몽상가 夢想家

FUSION ORIENTAL STORY

김대산 퓨전 무협 소설

몽상가 3

김대산 퓨전 무협 소설

초판 1쇄 찍은 날 § 2010년 7월 19일
초판 1쇄 펴낸 날 § 2010년 7월 26일

지은이 § 김대산
펴낸이 § 서경석

편집팀장 § 서지현
편집책임 § 박우진
편집 § 어정원

펴낸곳 § 도서출판 청어람
등록번호 § 제1081-1-89호
등록일자 § 1999. 5. 31
어람번호 § 제2-1954호

주소 § 경기도 부천시 원미구 심곡2동 163-2 서경B/D 3F (우) 420-822
전화 § 032-656-4452 팩스 § 032-656-4453
http://www.chungeoram.com
E-mail § chungeoram@chungeoram.com

© 김대산, 2010

ISBN 978-89-251-2233-5 04810
ISBN 978-89-251-2201-4 (세트)

몽상가

夢想家

3

소통(疏通)

김대산 퓨전 무협 소설

FUSION ORIENTAL STORY

도서출판 청어람

目次

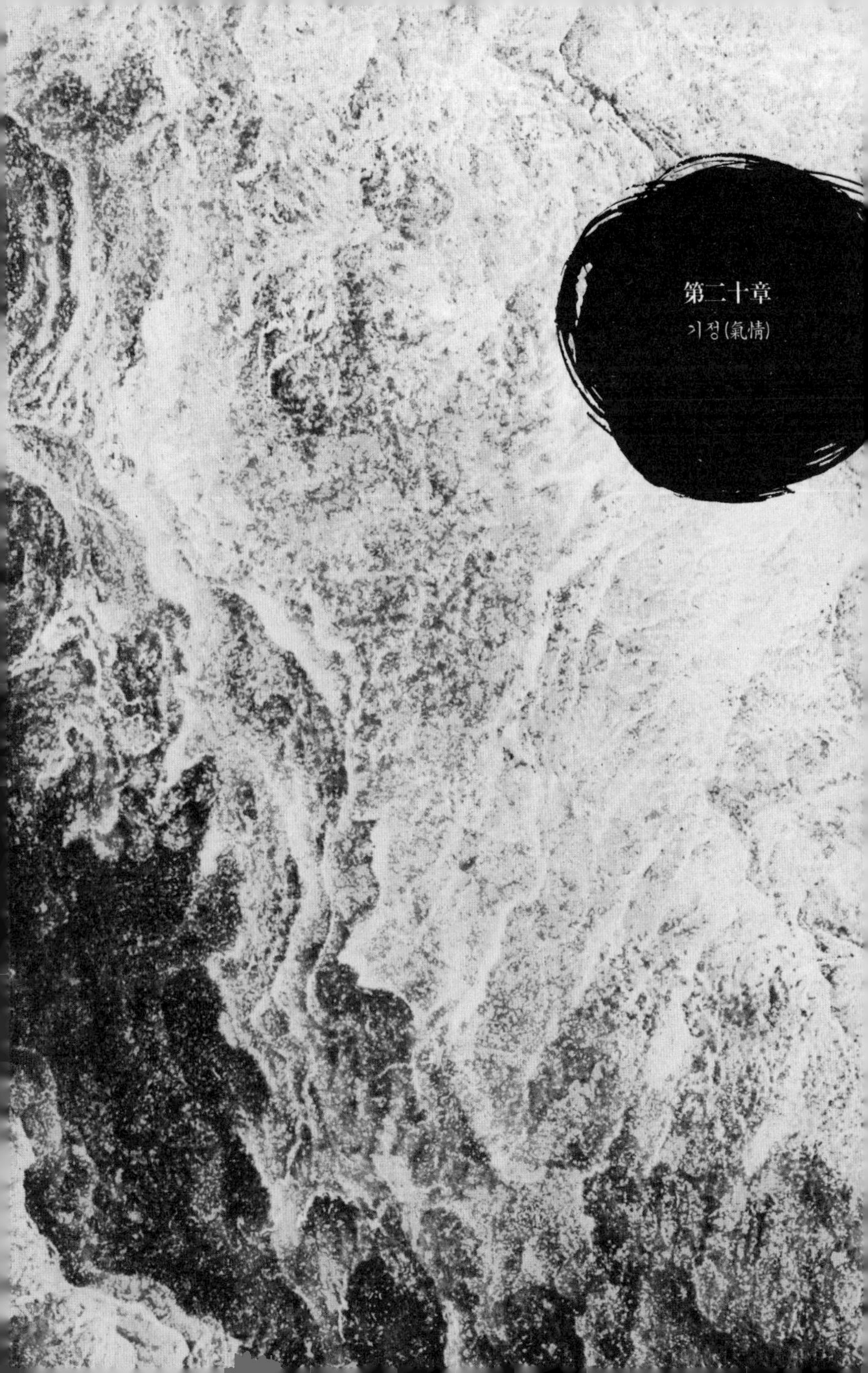
第二十章
기정(氣情)

몽상가

몽상가

1

철민이 섬뜩한 느낌에 뒤를 돌아보니 섭문이 바짝 뒤에 쫓아와 있었다.

'헛!'

화들짝 놀란 철민이 꽁지에 불붙은 쥐처럼 온 힘을 다해 죽자고 달렸지만 거리는 조금도 벌어지지 않았다. 오히려 점차 가까워지더니 금세 섭문이 손만 쭉 뻗으면 목덜미를 낚아채일 정도가 되었다.

그러나 섭문은 서두르지 않았다. 오히려 여유를 부리며 쫓는 행위 자체를 즐기고 있는 듯하였다.

그런데 철민은 그야말로 죽을힘을 쥐어짜 내는 순간이었다. 그의 내부에서 불끈—이제는 어느 정도 익숙해진—한 가닥의 뜨

거운 활력이 솟아났고, 곧바로 온몸에 힘찬 기운이 확 퍼지는
것이었다. 순간 철민의 몸은 갑자기 탄력을 붙이며 쭉쭉 앞으
로 뻗어나가기 시작했고, 그 덕분에 잠깐 만에 섭문과의 거리
를 십여 미터나 벌릴 수가 있었다. 철민이 스스로 놀라서 힐끗
돌아보니 섭문 또한 사뭇 놀랍다는 표정을 하고 있었다.

그러나 그야말로 잠깐이었다. 섭문이 내력을 배가하여 신법
을 펼치자 두 사람 간의 거리는 이내 바짝 좁혀지고 말았다.

그렇게 쫓고 쫓기는 중인데, 마침 그들의 앞쪽에 숲이 나타
났다. 어차피 당장에라도 섭문에게 잡힐 지경이었으니, 철민
이 생각해 볼 여지도 없이 그대로 숲을 향해 뛰어들어 갔다.

숲 속은 굵은 소나무들이 제법 무성한 군락을 이루었고, 그
아래로는 줄기만 남았으되 잡목이 또한 빽빽하게 군집을 이루
고 있었다. 철민이 손에 잡히는 대로 잡목의 가지들을 튕기고,
소나무의 둥치를 잡고서 이리저리 급하게 방향을 틀어가며 잡
히지 않으려고 마지막의 안간힘을 다하였다.

그런 중에도 섭문은 여전히 여유가 있어 보였다. 그러고 보
니 숲 속에 들어와서 그의 움직임은 한층 더 유연하고도 절묘
해진 데가 있어서 지형과 장애물에 거의 지장을 받지 않는 모
습이었고, 그럼으로써 철민에 비해 오히려 크게 이득을 보는
것 같았다. 이리저리 쫓고 쫓기던 중에 하나의 공터를 만났을
때 섭문은 이윽고 여유있게 철민의 앞을 딱 가로막았다.

"놈! 이제 재주를 부릴 만큼 부렸느냐? 흐흐흐! 고작 이런 재
주를 가지고 네놈이 잘도 본 공자를 우롱하였겠다?"

이내 말끝에다 터질 듯한 분노를 담은 섭문이 대뜸 검을 뽑아 들었다.

치잉!

철민의 목을 겨눈 칼날에서 언뜻 푸르스름한 빛이 비쳤다. 철민도 이미 몇 차례 견식을 한 바 있는, 바로 검기였다. 그리고 그것으로써 섭문이 방금의 말과는 달리 지금 철민에 대해 결코 소홀하지 못하여 처음부터 전력을 기울이고 있다는 사실을 능히 짐작해 볼 수 있었다.

검기에 대해 철민이 취할 수 있는 수단은 역시 매봉뿐이었다. 일단 상대의 선공이 펼쳐진다면 그때는 이미 늦으리라. 곧바로 매봉이 춤추기 시작했다.

우웅! 우우웅!

기묘한 소리를 내며 매봉이 금세 철민의 주변 공간에 거뭇거뭇한 그림자들을 만들어내더니 이내,

우우우웅!

하고 숫제 울음소리를 토해내며 몇 개의 그림자를 제법 선명하게 만들어냈다.

섭문은 펄쩍 뛰어서 단숨에 이 장여를 물러섰다. 그가 이미 철민의 괴상함을 한차례 경험한 바 있었으니 다시 같은 전철을 되밟는 우를 범하지 않겠다는 신중함이 있거니와, 지금 그 이상하게 생긴 한 자루의 쇠몽둥이가 허공을 휘저으며 내는 소리와 기파가 제법 대단하기도 하였기 때문이다.

철민은 서두르지 않고 천천히 섭문을 향해 접근해 갔다.

우우우우웅!

매봉이 긴 울음소리를 토해냈다. 그 맹렬함에 섭문이 아직 거리가 있건만 흠칫 다시금 서너 걸음을 지레 물러났다. 그러나 그는 이내 피식 조소를 떠올리더니 선뜻 검을 거두어들이며 외쳤다.

"네놈의 완력은 과연 제법 대단하구나! 하하하! 그러나 본 공자는 문득 궁금해졌다. 네가 그 무작스러운 쇠몽둥이를 휘둘러서 과연 이것마저도 막아낼 수 있을지 말이다."

동시에 섭문이 오른손 손바닥을 활짝 펴며 뭔가를 확 뿌렸는데, 순간 자잘한 모래 같은 것이 허공을 자욱이 덮으며 철민에게로 날아왔다. 철민으로서는 전혀 예측하지 못한 상황이라 어찌 피해볼 엄두조차 내보지 못하고 그대로 온몸에다 가루를 뒤집어쓰고 말았다.

그나마 철민이 재빨리 눈을 감았기에 다행이었는데, 그가 급하게 얼굴에 달라붙은 가루를 털어내고 눈을 떴을 때, 섭문은 원래의 자리에 그대로 서 있었다. 그가 느긋하게 웃는 얼굴로 이죽거렸다.

"단혼사(斷魂沙)에 당했으니 네놈은 이제 끝이다!"

"단혼사?"

"무지한 놈! 이름 그대로 혼조차도 끊어버린다는 독 모래다. 그걸 뒤집어쓰다시피 했으니 이제 곧 네놈의 전신 피부가 썩어들고, 이어 내장까지 썩어 문드러져서 결국에는 한 줌의 검은 독수로 화하게 될 것이다. 흐흐흐! 그러나 본 공자는 이미

네놈을 갈기갈기 찢어 죽이리라 작정한 바 있는 만큼, 네놈이
그처럼 맥없이 죽도록 내버려 두지는 않겠다. 자! 이제부터 어
떻게 해주랴? 우선 네놈의 몸에다 몇 군데의 구멍을 뚫는 것으
로 시작을 할까?"

　섭문은 다시 검으로 철민의 목을 겨누었다. 대번에 섬뜩한
예기가 밀려왔기에 철민은 반사적으로 매봉을 들어 막으려 했
다. 그러나 어깨만 움찔거렸을 뿐 막상 매봉은 움직일 수조차
없었다. 심지어는 매봉을 잡고 있는 손의 감각마저도 느껴지지
않았다. 마비였다. 손뿐만이 아니라 전신의 감각이 다 없었다.

　텅!

　매봉이 땅바닥에 떨어져 나뒹굴었다. 철민이 힘겹게 살펴보
니 그의 양손과 옷 바깥으로 드러난 팔목까지의 피부가 모두
거무스름하게 변색이 되고 있었다. 중독 현상임에 분명했다.
아마도 얼굴과 전신의 피부가 다 그러할 것이다.

　"자! 우선은 네놈의 왼 어깨부터 구멍을 내주마!"

　섭문이 검극을 옮겨 철민의 왼 어깨를 찔렀다. 아주 천천히
검극이 파고들며 철민의 어깨가 피로 물들었다, 검붉은색으로.

　"흐흐흐! 놈! 지금 느낌이 어떠하냐?"

　섭문이 철민의 눈을 빤히 들여다보며 잔인하게 웃었다.

　철민의 내부에서 기이한 현상이 생기기 시작한 것은 바로
그때였다. 몸속 딱히 어디라고 콕 짚어 말할 수는 없지만, 그의
내부 깊숙한 곳에서부터 돌연 뜨거운 열기가 생겨나더니 이내
몸 구석구석으로 퍼져 나가는 것이었다. 그런데 그 뜨거운 기

운이 퍼져 나가는 곳마다 열기와 선명하게 대비되도록 시원하고도 서늘한 느낌이 청명하게 번지고 있었다. 철민은 언뜻 그의 몸 안에 번져 있던 독 기운이 사라지는 게 아닐까 하는 생각을 언뜻 했다.

그러나 철민의 생각이 절실해질 때, 그의 몸속에서 벌어지는 현상은 이내 멈추어 버렸다. 기세 좋게 퍼져 나가던 뜨거운 기운은 역시 딱히 어디쯤이라고 콕 짚어 지정하기 어려운 어느 영역 즈음에서 문득 멈추어 버린 것이다. 그럼으로써 그의 몸속에는 그 '영역'을 구분하는 어떤 경계선 같은 것이 생겨난 느낌이었다. 당장의 독 기운은 물론이고, 혹은 어떤 나쁜 기운도 그 너머로는 침범하지 못하도록 굳건히 지키는 무형의 '경계선'.

정말로 특이한 것은 그 짧은 순간에 철민의 마비가 급속히 풀렸다는 것이다. 전신의 마비가 다 풀렸는지는 아직 모르겠으되, 양팔을 움직일 수 있게 된 것은 분명했다. 어쨌거나 이미 검이 어깨 깊숙이 파고든 다음이니 통증에 대한 반사작용이다시피 철민은 양손으로 와락 섭문의 검을 움켜잡았다.

섭문은 경악했으나 와중에도 신속하게 내력을 끌어올렸다.

웅!

검이 바르르 진동하며 푸르스름한 광채를 뿜어냈다. 검기 발현이었다. 그러니 그것을 맨손으로 움켜잡은 철민의 양손은 간단히 잘려 나가고 말 판이었다.

그런데 바로 다음 순간, 섭문의 검에서 뿜어지던 푸르스름한 빛의 검기가 문득 사라져 버리는 것이었다. 그러나 섭문은 막상 그럴 만한 원인을 찾지 못하였기에 그가 당장에 긴급하게 취할 수 있는 조치는 내력을 배가시키는 것밖에 없었다.

우웅!

검이 부르르 진동하며 좀 전보다 짙은 색의 검기를 뿜어냈다. 그러나 이내 검기는 다시금 사라지고 말았다.

'도대체 어찌 된 것인가?'

섭문이 크게 당황하였으나 여전히 원인을 알 수가 없었다. 더욱이 상대가 우악스러운 완력으로 검을 비틀고 있었으므로 그는 급히 십성의 내공을 끌어올려 검에 주입시켰다.

우우웅!

검이 세차게 떨며 사뭇 푸른색의 검기를 뿜어냈다. 그러나 이번에도 역시 마찬가지였다. 검은 이내,

우웅! 웅!

하고 급격히 기세를 잃어버리는 것이었다. 그리고 섭문은 문득 심한 피로감을 느꼈는데, 그것 역시 갑작스럽고도 이해할 수 없는 현상이었다.

바로 그 순간 철민이 와락 검을 잡아당겼다. 섭문이 미처 검을 놓을 생각을 하지 못하고 반사적으로 버티는데, 잡아당기는 힘이 상상 이상의 괴력이어서 그는 그만 몸까지 확 딸려 가고 말았다.

'아차!'

그야말로 아차 하는 순간이었다. 어떻게 된 일인지 미처 파

악하기도 전에 섭문의 목은 철민의 팔에 감겨 버리고 말았다.

철민이 오른팔로는 섭문의 목을 조이고 왼손으로는 여전히 검을 움켜잡았다. 그의 왼손바닥에서 홍건히 배어 나온 피가 칼날을 타고 뚝뚝 떨어지고 있었다. 피는 이제 아주 검은색에 가까웠다. 그러고 보니 철민의 얼굴 또한 자줏빛이다시피 짙게 변해 있었다. 완연히 중독된 모습이었다.

목을 완전히 제압당한 섭문은 금세 호흡이 막혔다. 그러나 이전의 경험이 있었으니, 철민의 괴력에서 목을 빼려는 시도를 하기보다는 차라리 철민이 왼손으로만 움켜잡고 있는 검을 빼냄으로써 오히려 기회를 잡는 것으로 빠르게 생각을 정했다. 섭문이 즉시 온 힘을 다해 검을 비틀었고, 과연 칼날이 철민의 손아귀에서 틈을 벌리며 천천히 뒤로 빠져나왔다.

후드득!

빠져나오는 칼날을 따라 검은색의 피가 아예 줄기를 이루며 바닥으로 쏟아져 내렸다. 섭문은 이를 악물었다. 검만 빠진다면 비록 밀착되었다고 하더라도 단숨에 베고 찌를 수법은 얼마든지 있었다.

그런데 철민의 손아귀에서 검이 거의 다 빠져나왔을 즈음이다.

턱!

철민이 돌연 검을 놓아버리더니 그 손으로 섭문의 머리카락을 움켜잡아 버리는 것이었다. 동시에 섭문은 자유로워진 검을 최단 궤적으로 되돌려 그대로 철민의 하복부를 찔렀다.

그러나 찰나간의 차이였다. 철민이 갑자기 섭문의 목에 매달리다시피 하며 바닥으로 주저앉아 버리는 바람에 섭문은 휘청 중심이 무너지며 바닥으로 무릎을 끓고 말았고, 그의 검 또한 힘없이 노리던 목표를 빗나가고 말았다.

그때 철민은 연속 동작으로 다시 자세를 바꿨다. 순간적으로 뒤로부터 섭문의 목 위로 올라타듯이 하더니 재빠르게 두 다리로 섭문의 목을 조이는 자세를 만들어낸 것이다. 마치 자신의 두 다리를 가위 삼아 조이는 듯한 묘한 자세였다.

그러는 사이에 찰나간의 틈을 찾은 섭문이 왼손으로 검을 옮겨 잡으며 그대로 위를 향해 올려 찔렀다.

팟!

검은 섭문 자신의 뺨을 스치듯이 지나 그대로 철민의 옆구리를 파고들었다.

"윽!"

철민이 화들짝 진저리치며 비명을 토해냈다. 그러나 와중에도 두 손으로 칼날을 움켜잡아 옆구리의 박힌 부분을 힘겹게 빼냈다. 두 사람의 사력을 다한 힘이 부딪쳐 칼날이 부들부들 떨렸고, 그 바람에 철민의 옆구리 상처로부터는 검붉은 핏줄기가 세차게 뿜어졌다.

"크윽!"

철민은 악물린 신음 소리를 뱉으며 힘겹게 칼끝을 옆구리에서 빼냈다. 그리고는 칼날을 움켜잡은 채 그대로 벌렁 뒤로 누워 버렸다. 그 바람에 그의 두 다리 사이에 목이 낀 섭문 또한 따라 누울 수밖에 없었다.

쿵!

등이 바닥에 부딪치는 충격을 탄력 삼아 철민은 강하게 허리를 비틀었다. 연이어 전력을 다해 두 다리를 조였다.

"헉!"

섭문은 숨이 콱 막혔다. 엄청난 힘이 그의 목을 조였다. 섭문은 반사적으로 칼자루를 놓고 철민의 양다리를 움켜잡았다. 그리고 사력을 다해 풀어내려고 했다. 그러나 마치 두 개의 무쇠 기둥이라도 된 듯이 철민의 다리는 요지부동이었다. 오히려 조이는 힘은 더욱 강해져 갔기에 그는 이내 정신이 혼미해졌다.

"끄으으~!"

힘없이 신음을 흘려내더니 섭문의 몸이 축 늘어졌다. 그래도 철민은 두 다리에서 힘을 풀지 않았다.

우두둑!

소리가 났고, 그것이 목뼈 부러지는 소리이리라 언뜻 짐작해 보고 나서야 철민은 힘을 풀었다.

입 밖으로 밀려 나온 혓바닥, 백지장같이 창백한 얼굴, 연체동물처럼 흐느적거리는 목. 힐끗 살펴본 사체의 형상은 끔찍했다.

부르르!

그제야 살인을 했다는 사실을 실감하고 철민은 저도 모르게 모진 진저리를 쳤다.

그러나 어떻단 말인가? 진저리일 뿐이었다. 그는 살아 있는 것이다. 살아남은 것이다. 다만 마음이 시릴 뿐이었다.

한참이나 지나 차갑게 식은 마음으로 철민은 몸 상태를 점검했다. 되도록 하나하나 꼼꼼하게.

피부는 완연히 자줏빛을 띠고 있었다. 손의 상처가 가장 심했다. 특히 왼손은 손바닥의 살점이 아주 너덜거릴 정도였다. 그래도 다행인 것은 출혈이 진정되고 있다는 점이었다. 또한 그토록 처절한 사투를 벌인 끝임에도 아직은 힘이 남아 있다는 점이었다.

사실 그것은 좀 이상했다. 힘이 남아 있다는 정도를 조금 넘어서, 그의 몸 구석구석에는 지금 어떤 미지의 활력이 아주 차분하게 가라앉아 있는 듯한, 뭐랄까, 뿌듯하다면 뿌듯하고 이상하다면 정말로 이상한, 하여간 그런 느낌이었다.

철민은 적당한 너비로 옷자락을 찢어 양 손바닥을 동여맸다. 그런 다음 매봉을 집어 들었다. 다시 달아나야만 했다. 적의 수는 많았고, 그는 이제 겨우 그중 하나를 줄였을 뿐이다.

2

혈염마는 끝내 철위강을 놓치고 말았다. 아예 종적조차 찾지 못한 것은 아니었고, 일찌감치 종적을 발견하고서 계속 뒤를 쫓았음에도 결국은 놓치고 만 것이다.

그런 점에서 혈염마는 혹시 자신이 농락당한 것이 아닐까 하는 생각이 언뜻 들기도 했다. 그 자신과 청랑단 백 명의 치밀한

추격을 유유히 따돌리고 사라졌다는 것만으로도 어쩌면 상대
는 그가 평가하고 있는 것보다 훨씬 더 대단한 자일 수도 있다.

'혹시?'

혈염마는 언뜻 한 가닥의 불안을 떠올렸다. 연이어 급한 마
음이 되었으므로 즉시 병력을 되돌렸다.

그로부터 한 시진가량이 지난 후에 혈염마는 자신이 떠올렸
던 불안이 현실로 화해 있는 광경을 목격하고 말았다. 섭문의
처참한 최후였다.

경악과 당황 속에서도 혈염마는 일단 사체부터 꼼꼼히 살폈
다. 섭문의 직접적 사인은 목뼈가 부러진 때문이었는데, 목의
눌린 자국으로 보아서는 경부 압박이 우선의 사인일 수도 있
었다. 이어 사체의 단전을 가볍게 눌러보았다. 그것은 평소 그
의 독특한 습관 중 하나였다.

'딱딱하지 않고 오히려 부드럽다?'

순간 혈염마의 눈빛은 짙은 이채로움으로 물들었다. 사체의
단전 부위가 부드럽게 풀려 있었기 때문인데, 그것은 참으로
특별한 경우가 아닐 수 없었다. 즉, 일반적으로 일정 수준 이상
의 내공을 지닌 무인이 죽고 나면 단전 안의 내공이 일시적으
로 흩어지게 된다. 그럼으로써 단전 주변의 근육들을 다른 부
위에 비해 상대적으로 빨리, 그리고 확연히 단단하게 경직시
키는 것이다.

'죽음에 이르기 전 이미 상당량의 내공 손실이 있었다? 그

러나 단전이 손상된 흔적은 전혀 없다? 그럼 빼앗겼다? 흡공수법(吸功手法)?

사체의 단전이 부드럽다는 데 대해 빠르게 원인을 추정해 나가는 중에, 혈염마는 어느 틈에 처음의 놀람과 당황 대신에 지극한 호기심을 떠올려 놓고 있었다.

'그러나 최소한 흡공수법에 당한 것은 아니다.'

흡공수법에 당한 자의 몰골은 내공을 급속히 빨려 버리는 탓에, 특히 단전 부근의 피부 형상이 바짝 말라 오그라든 오이 껍데기처럼 되어버린다. 그런데 지금 사체의 단전 부위는 부드러울 뿐만 아니라 아직까지도 피부색을 그대로 유지하고 있는 중이었다.

'그렇다면 기정(氣精)만 흡수해 갔다? 설마……?'

혈염마의 눈빛이 언뜻 깊어졌다. 그러나 그는 이내 천천히 고개를 가로저었다. 강한 부정이었다. 그런 게 결코 가능하지 않다는 것은 누구보다 그 스스로가 너무도 잘 알고 있었다. 그러나 그의 강한 부정은 역설적이게도 이내 한 가닥의 막연한 기대를 만들어냈다.

'지금까지 전혀 알려지지 않은, 아주 다른 형태의 수법이 출현했을 수도 있는 일이 아닌가?

혈염마의 얼굴에 문득 흥분이 떠올랐고, 금세 고조되어 이내 진한 갈증으로 화했다.

"이인일조(二人一組)로 산개하여 목표를 추적한다! 목표를 발견하는 즉시 신호를 발하여 위치를 보고하되, 임의로 공격

하는 것은 불허한다."

사방으로 울려 퍼지는 혈염마의 나직한 외침에는 미처 숨기지 못한 가느다란 흥분이 그대로 녹아 있었다.

3

혈염마는 강호상에 현존하는 유일한 흡공류(吸功流)의 무공인 흡월신마대법(吸月神魔大法)을 익혔다. 그렇기에 그가 섭문의 사체에서 그런 몇 가지의 이상한 점들을 알아볼 수 있었고, 몇 가지의 사실과 추정들을 연이어 도출해 낼 수 있었던 것이다. 또한 그랬기에 막연한 기대와 고조된 흥분, 진한 갈증 따위를 느낄 수밖에 없었다.

흡공(吸功). 남의 내공을 간단히 흡수해 버리는 비법이다. 즉, 오랜 시간의 고련 없이도 간단하고 빠르게 내공을 성취할 수 있는 것이니, 무인에게는 더할 수 없는 갈구이자, 혹은 차마 외면하지 못할 유혹이 아닐 수 없다.

그러나 그러한 비법을 추구하는 무공이 고금을 통틀어서도 다만 몇 가지에 불과하며, 그 몇 가지조차도 금기의 무공으로 강호에 공포되어 있으며, 더욱이 그런 중에서도 다시 흡월신마대법 하나를 제외하고는 모두 다 절전이 되었다는 것은, 역설적으로 그러한 종류의 무공들에 어떤 근원적이고도 치명적인 폐단, 내지는 부작용이 있다는 것을 의미할 터이다.

흡월신마대법이 잠마련의 무고(武庫)에 비장(秘藏)되어 있다는 사실은 잠마련 내부적으로도 극비의 사항으로, 특별한 필요에 의해서 극히 제한적으로만 전수가 되었다.

그 특별한 필요성이란 역시 대법이 가지는 무학적(武學的) 매력, 내지는 가치를 차마 포기할 수 없다는 것이었다. 대법의 근원이 되는 이치가 워낙 심오 박대하거니와 그 부작용과 폐단만 최소화할 수 있다면 그야말로 고금제일의 무공으로 거듭날 수 있을 것이 아닌가? 하여 잠마련에서는 대를 이어오며 오랜 세월에 걸쳐 기꺼이 시행착오를 거치고 있었다. 그리하여 조금씩이라도 대법의 부작용을 개선해 오고 있었던 것이다.

물론 대법을 전수받은 자가 누구인지는 당사자를 제외하고는 잠마련주만 알고 있는 철저한 비밀이었다. 대법을 익힌 사실이 밝혀질 경우에는 당장에 정사를 막론한 강호 전체의 공적으로 몰릴 것이고, 그전에 잠마련 내부에서조차 배척을 받고 말 것이니 어찌 비밀이지 않을 수가 있겠는가? 그리하여 대법의 전수자는 자신의 부모형제에게조차 대법 수련 사실을 밝히지 못했다.

내공이 아닌 기정만을 취한다.

혈염마를 일시 흥분 고조의 상태로까지 몰고 간 명제는 바로 그것이었다.

기정이란 곧 내공의 정화(精華)를 말함이다.

내공은 수련하는 심법(心法)의 종류마다 그 속성이 다르고,

설령 같은 심법이라고 하더라도 익히는 사람의 기질이 반영되기에 약간이나마 속성이 달라질 수밖에 없다. 엄밀히 얘기하자면 천 사람이면 천 사람의 내공이 다 다르다고 할 수 있는 것이다. 그러하기에 개정대법 종류를 위시한 사제 간의 내공 전수에 있어서도 예측 못할 부작용이 상존하는 것이며, 나아가 지극히 성공적인 경우라도 그 전수의 효율은 고작 이 할에도 미치지 못한다. 즉, 스승이 제자를 위해 백 년의 내공을 불어넣어 준다고 해도 막상 제자가 진정한 자신의 내공화를 할 수 있는 것은 고작 이십 년의 내공에 불과하다는 것이다. 그것도 최상의 조건을 전제하여 아주 잘되었을 경우에 말이다.

흡월신마대법과 같은 흡공류의 무공이 가지는 고민 또한 바로 그런 속성의 차이에 있다. 대법을 익힌 자가 흡공을 행하게 되면 그 빈도가 늘어날수록 제각기 다른 성질의 이종(異種)의 진기들이 단전에 축적되고, 다양한 속성들의 혼재는 필연적으로 이러저러한 갖가지의 부작용을 불러오게 되는 것이다. 그리고 흡공을 통해 내공이 일정 수준 이상으로 축적되었을 때 그 부작용들은 이윽고 치명적이 되고 마는 것이다.

그런데 흡공 시에 상대의 내공을 직접 흡수하지 않고 그 정화인 기정을 흡수한다는 것은 곧, 내공이 지니는 고유의 속성이 개입되지 않은, 그야말로 순수한 상태의 정화만을 흡수한다는 의미이다. 그러니 비록 당장의 양적(量的) 효율성은 낮을 것이나 대신 흡공이 가지는 모든 부작용들로부터 근원적으로 해방될 수 있는 것이다.

　그렇기에 기정을 흡수한다는 것은 흡공류의 무공들이 고금 이래로 한결같이 염원해 온 궁극의 목표였다. 또한 그럼으로써 섭문을 죽인 자가 섭문의 내공이 아니라 그 정화만을 취한 것이 정말 사실이라면? 설마 아닐 것이지만, 만에 하나라도 사실이라면? 혈염마로서는 그야말로 일생일대의 대기연을 눈앞에 두고 있는 것이다.

　'만약 기정을 취하는 비법을 얻는다면?'

　상상만으로 혈염마의 가슴은 쿵쾅거렸다. 사실 혈염마에게는 '대기연' 보다 절박한 당장의 갈증이 있었다. 그동안 행해 온 흡공으로 인해 그의 내공은 이미 지극히 불안정하여 언제 치명적인 부작용을 불러일으킬지 모르는 위험한 지경에 도달해 있는 것이다.

　'만에 하나라도 사실이라면?'

　섭문에게서 기정을 취해간 그자의 내공은 조금의 혼탁함도 없는 기정 그 자체일 것이다.

　'그것을 오롯이 취한다면?'

　혈염마는 당면한 위험지경에서 당장에 해방될 수 있을뿐더러, 나아가서는 다시 왕성한 흡공을 통해 단시일 내에 새로운 내공의 경지에 도달할 수도 있을 것이다. 물론 그때에는 다시 새로운 부작용에 당면하게 되겠지만, 그런 문제야 그때 가서 다시 고민할 문제였다. 더욱이 이번에 그가 기정을 취하는 비법까지 얻게 된다면, 그러한 '그때 가서 다시 고민할 문제' 조차도 없을 것이지만 말이다.

　물론 그러한 모든 추정과 기대, 또 가슴 쿵쾅거리는 상상들은 다만 혈염마의 절박한 갈증이 만들어낸 허황된 공상에 불과할 수도 있었다. 그러나 역시 그 갈증이 너무도 절박하기에 설령 허황된 공상에 불과할지라도 혈염마로서는 직접 확인해 보지 않고는 도저히 견디지 못할 지경에 이르고 만 것이다.

4

　날이 저물고 있었다.

　무작정 앞만 향하고 달리던 중에 철민은 퍼뜩 이대로 달리기만 해서는 안 되겠다는 생각을 했다. 지금까지의 예로 보아 그가 아무리 사력을 다해 달리고 또 조심을 기한다고 하더라도 강호 무사들의 추적을 따돌리기는 어려운 일일 것이다. 그렇다면 차라리 어디 숲 속에라도 은신해 있다가 아주 어두워진 다음에 다시 움직이는 것이 오히려 현명할 수도 있겠다는 데 생각이 미친 것이다.

　숲 속의 어둠은 소리없이 찾아왔다. 천지가 홀연 적막한데 짙은 구름 속에 갇힌 달이 힘겹게 모습을 보이며 신음하듯이 흐릿한 빛을 뿌리고 있었다.

　철민은 어둠의 바다 위에 그 홀로 떠 있는 듯한 심정이었다. 사방 천지를 분간하기조차 어려웠으니 참으로 막연하기만 하였다. 달이 다시 구름 속으로 들어가면서 사방이 일순 완전한 암흑이 되어버렸기에, 철민은 괜히 두 눈을 부릅떠 보았다. 그 덕분인지 주변의 풍경이 흐릿한 윤곽으로나마 형체를 드러내는 듯했다.

그런데 철민이 좀 더 안력을 집중하니 이내 사방의 풍경이 제법 선명하게 보이는 것이었다. 조금 마음의 여유가 있었다면 참으로 이상하다고 할 일이었다. 뭐랄까? 철민이 군대 생활을 할 때 야시경(夜視鏡)이란 장비가 있었다. 왜, 그 있지 않은가? 아주 작은 불빛만 있어도 한밤중에도 제법 환하게 멀리까지 볼 수 있는 장비 말이다. 그 장비를 끼고 어둠 속 풍경을 보던 때와 비슷하다고 할까? 물론 그만큼이야 선명하지는 않았지만, 어쨌든 나무와 바위 등의 형체를 제법 용이하게 식별할 정도는 되었다. 그러니 철민이 이제야말로 움직여 볼 때라고 결정을 내렸다.

저벅! 저벅!

바스락! 탁! 타닥!

발걸음 소리, 마른 나뭇잎 밟히는 소리, 나뭇가지 부러지는 소리……. 한밤중 숲 속에서 나는 소리들은 너무도 또렷했다. 그것들이 자신이 만들어내는 소리라는 것을 분명히 인식하고 있음에도 철민은 흠칫흠칫 놀라곤 하였다.

숲을 빠져나와서 철민은 곧장 북쪽을 향해 가기로 했다.

'그런데 북쪽이 어느 쪽이던가?

사방을 돌아보았지만 철민은 도무지 방향을 가늠해 볼 수가 없었다. 어두워지기 전에 잡아두었던 방향 기준은 아무 소용이 없어졌다. 북두칠성의 국자 모양 별자리라도 찾아볼까 하여 하늘을 올려다보았지만, 여전히 구름만 잔뜩 낀 어두운 하늘에 별은 없었다.

그래도 다행인 것은 길을 찾았다는 것이다. 관도였다. 어디로 가는 길인지는 모르겠으되, 어쨌든 길도 아닌 벌판이나 산속을 무작정 헤매느니보다는 길을 따라 간다면 도시를 만날 수고 있을 것이고, 혹은 민가를 만날 수도 있지 않겠는가? 철민은 길의 양 방향 중 느낌상 북쪽이겠다 싶은 쪽을 택해 바삐 걷기 시작했다.

우우우우!

처음에는 환청인 줄 알았으나 이내 보다 분명하게 다시 들리는 그 희미하고도 은은한 울림 때문에 철민은 문득 멈추어 섰다.

'무슨 소리지?

철민은 이내 적극적으로 귀를 열었다. 뒤늦게 그것이 낯설지 않은 소리라는 것을 알아챘기 때문이다. 소복 입은 여인네의 호곡성과도 같아 돌연 쭈뼛 머리털이 곤두서게 만드는 음산한 소리. 바로 천마비가 우는 소리였다.

우우우우!

마치 영혼을 끌어당기는 듯이 소리는 철민을 부르고 있는 듯했다. 철민은 주저없이 달리기 시작했다. 천마비가 있는 곳에 필시 철위강이 있을 것이라는 생각만으로도, 그를 만날 수 있다는 반가움만으로도 어둠 속에서 모호한 형체로 불쑥불쑥 튀어나온 돌부리들과 돌연 움푹 꺼지는 얕은 웅덩이들을 피해 가며 힘껏 달려가야 하는 충분한 이유가 되었다.

천마비는 끊어질 듯하면서도 계속 이어지고 있었다. 그러더니 어느 순간에는 길이 이어져 있는 방향과도 멀어지고 있었으므로, 철민은 길을 벗어나 거친 황야로 접어들어야만 했다.

어둠 속의 황야는 더욱 거칠었다. 그러나 철민은 거침없이 달려나갔다. 키 작은 잡목의 숲은 돌아갈 것도 없이 그대로 헤치며 지나고, 웬만한 바위쯤은 한달음에 뛰어넘어 가며 질주하기를 얼마간이나 했을까? 커다란 계곡 하나를 마주하고서 철민은 이윽고 걸음을 멈추었다.

그 계곡은 짙은 어둠을 안고서 마치 거대한 괴물처럼 웅크리고 있었는데, 그 품속에는 지금 무언가 시커먼 것들이 서고 앉고 눕는 천 가지의 형태로 잔뜩 군집해 있었다. 바위들이었다. 크고 작은 바위들로 가득 채워진 황량하기 그지없는 돌무더기 계곡이었다.

철민이 계곡 안으로 진입하자 당장에 삐죽삐죽 날카로운 모서리들이 밟혔다. 이래서야 낮이라 해도 발 디딜 곳을 찾기가 그리 수월하지는 않을 터이니 하물며 캄캄한 밤중임에야.

'도대체 왜 이런 곳에……?

철민이 다시금 의문을 가지지 않을 수 없는 차에, 천마비가 다시 울었다.

우우우우우!

　울음소리는 더욱 간절했다. 마치 철민에게 무얼 망설이고 있느냐고, 어서 오라고 호소하는 듯했다. 그러나 보이지 않았다. 천마비도 철위강도. 천마비는 분명 돌무더기 계곡 중간쯤 어딘가에서 애틋하게 흐느끼고 있는데도.

　철민은 이윽고 천마비의 위치를 발견했다. 눈이 아닌 귀로. 아니, 그의 마음속에 울리는 소리였으니, 육신의 귀가 아닌 심령의 귀로 발견했다고 해야만 하는 것이리라.

　돌무더기 위에 얹힌 제법 무거운 돌 하나를 들어내자 그 속 틈새에 천마비는 거꾸로 박혀 있었다.

　우우우우웅!

　철민이 뽑아내자 천마비는 길게 울음을 토해냈다. 그런데 그 소리가 지금까지와는 사뭇 달라서 흐느낌이라기보다는 포효로 들릴 정도였다. 그것이 여전히 그에게만 들리는 소리일 것이라고 짐작하면서도, 철민은 순간 천마비의 포효가 계곡 전체를, 그리고 거대한 어둠을 통째로 지배한다는 느낌을 받았다. 그런 느낌은 어둠보다 더한 어둠, 근원의 두려움을 지니는 암흑의 권위 같은 것이랄까? 철민은 괜한 상상의 비약까지 해보았다, 스치는 생각으로.

　그러나 천마비의 포효가 실제이든, 다만 그의 마음속 소리에 불과하든, 혹은 무슨 '어둠보다 더한 어둠'이든, '근원의 두려움을 지니는 암흑의 권위' 따위이든, 그렇거나 말거나 지금 이 황량하고 삭막하고 음산하기 짝이 없는 한밤중의 돌무더기 계곡 중간에 홀로 서 있는 철민에게는 그나마 유일하게 낯설지 않은, 그나마 기대볼 수 있는, 차라리 의지의 대상이 되는 데가 있었다.

어렸을 때, 아무도 없는 한적한 밤길을 혼자 걷고 있을 때 뒤에서 무언가가 금방이라도 덮쳐들 듯 머리털이 쭈뼛쭈뼛해질 만큼의 지독한 두려움을 느꼈을 때, 명절날 어른들이 빳빳한 종이돈을 쥐어줄 때도 부르지 않고 꿋꿋이 버텨냈던 노래를 떨리는 목소리로 쥐어짜 내며 종종걸음을 칠 때, 멀리서 들려오는 동네 어느 집 사납기 그지없는 검둥개의 짖는 소리조차도 어쩌면 그렇게 반갑고 든든하던 것처럼.

천마비의 한 뼘 길이 날이 은은하게 빛을 발하고 있었다. 어둠의 빛, 묵광이었다. 재회를 반가워하는 빛일까? 버려진 데 대한 서러움의 토로일까?

'나는 지금 이 한 자루의 비수와 정말로 소통을 하고 있는 것일까?'

사람들이 만들어 붙인 이런저런 전설과 상상과 부풀림과 왜곡 따위를 죄다 떼어내고 나면 사실은 한낱 쇠붙이에 불과할 작은 비수 한 자루였다. 그러나 천마비는 그에게만 들리는 소리로 울었고, 지금 천마비를 손에 쥐고 있다는 것만으로도 전해지는 이 한 가닥의 안도와 충만의 느낌이야말로 바로 천마비와 그의 소통, 혹은 감응 같은 것을 말해주는 것은 아닐까? 철민은 다시금 '괜한 상상의 비약'까지 해 보았다.

"형님은 어디 가고 너만 홀로 이곳에 있느냐?"

철민의 물음에 천마비는 나직한 흐느낌을 흘릴 뿐이었다.

우웅!

대답을 들을 수 있을 거라고 터무니없는 기대를 한 것은 아니었지만, 그러나 그 짧은 울림에서 철민은 지금까지는 미처 생각해 보지 못했던 몇 가지의 의문과 추측을 문득 떠올려 볼 수 있었다.

철위강은 왜 누구도 찾아오지 않을 이 황량한 돌무더기 계곡 한 가운데다 천마비를 감추어두었을까? 이쪽은 북쪽일까? 혹시 철민이 천마비를 찾을 수 있으리라고 확신이라도 했던 걸까?

그는 필시 잠마련의 추격을 자신에게로 유도했던 것이며, 그리고는 철민이 지나갈 길목 즈음에다 천마비를 숨겨 놓았으리라. 굳이 영호상 등 사람들이 다 보는 앞에서 천마비를 달라고 했던 것이며, 헤어질 때 천마비가 지금 울고 있느냐고 굳이 물어보았던 이유도 다 그런 데 있었던 것이리라.

"아아!"

문득 찡하게 울리는 가슴을 누르며 철민은 나지막이 탄식하고 말았다.

第二十一章
적의(敵意)

1

조승태는 혹시나 해서 한영주의 운전기사에게 미리 줄을 대놓았고, 한영주의 동태에 대해 수시로 보고를 받고 있었다. 그러던 중 하루는 뜻밖의 말을 들었다. 어젯밤 김철민과 한영주가 술에 만취하여 함께 김철민의 오피스텔로 들어갔다는 얘기였다.

‘두 사람 사이에 과연 무슨 일이 있었을까?

그런 상상을 하는 것만으로도 참을 수 없는 불쾌감과 모욕감이 밀려들었으나, 조승태는 금방 냉정해질 수 있었다. 이제부터 그는 이 문제에 대해 아주 냉철한 대응을 할 작정이었다.

누가 뭐라고 해도, 그 어떤 경우에도 이준혁은 완벽해야만 했다. 누구도 감히 그의 완벽성을 깨뜨리도록 용납할 수는 없었다. 설사 이준혁 자신이라고 해도.

2

이준혁의 외조부인 유동제에겐 특이한 이력이 하나 있다. 바로 근대의 격동기 동안 전국적인 규모의 큰 주먹 조직을 거느린 적이 있다는 것이다.

조승태의 아버지는 바로 유동제의 옛 부하였다. 80년대, 소위 주먹 시대의 쇠락 과정에서 벌어진 조직 내의 대규모 반란에서 보스였던 유동제를 위해 목숨을 버린 충성스러운 부하였다. 조승태가 아주 어렸을 때의 일이고, 아비가 목숨까지 바친 충성의 대가로 조승태는 쭉 유동제의 도움하에 어린 시절과 청소년 시기를 거쳤다.

그런 까닭에 조승태가 어릴 때부터 조직의 생리를 습득하게 된 것은 아주 자연스러운 일이었다. 천생이 눈치가 빠르고 주먹도 좀 쓰는 축에 속하는 그였기에, 일찍이 중, 고등학교 시절부터 소위 일진이니 뭐니 해서 학내 폭력 문제에는 늘 빠지지 않고 연관이 되곤 했다.

고등학교 졸업 후 대학을 포기하고 자진 입대를 한 조승태는, 제대 후 철 좀 들어야겠다 싶어서 유동제가 소개해 준 회사에서 제법 착실히 일을 하기도 했다. 합법적인 회사였으나, 역시 조직의 룰이 적용되는 곳이었다. 그곳에서 조승태는 맡겨지는 일들을 나름 깔끔하게 잘 처리하였고, 선배들에게도 늘 깍듯하였다. 그런 덕분으로 단 몇 년 만에 의리있고 쓸 만하다는 평가를 두루 받았고, 그의 아래로 부하도 제법 거느리는 중간 위치로 올라설 수 있었다.

유동제는 조승태를 지켜보던 중에 점차 충성스럽던 옛 부하의 이미지를 떠올리게 되었고, 이윽고는 그를 외손자인 이준혁에게 보내기로 했다. 유동제에게 이준혁은 유일한 혈손이기도 했지만, 그보다는 그가 일생 동안 이룬 것을 기꺼이 승계시켜 주고 싶은 후계자로서의 의미가 더 컸다. 물론 합법적인 것들만의 승계였고, 사실 그가 이룬 것들의 대부분은 이미 합법화되어 있기도 했다. 다만 이준혁이 그런 것을 알게 될 시점은 여러 측면의 이유에서 좀 더 나중이면 좋을 것이었으므로, 우선 조승태를 통해 나중을 위한 사전의 연결고리들을 만들어두고자 하는 의도였다.

유동제에게서 이준혁을 보좌하라는 말을 처음 들었을 때 조승태로서는 당연히 반발이 없을 수 없었다. 무슨 왕조시대도 아니고, 그의 아버지가 그랬던 것처럼 또다시 대를 이어 충성을 바치라는 것인가?

그러나 청년으로 성장하기까지 신세를 진 것이 분명히 있기에 곧바로 못하겠다는 소리는 차마 못하고 조승태는 한 가지 조건을 걸었다. 별 내세울 것도 없는 몸이나 그래도 사내가 되어 아무에게나 함부로 허리를 숙일 수는 없고, 그렇다고 한눈에 사람을 알아보는 재주가 있는 것도 아니니 다만 주먹으로 깨끗하게 자신을 바닥에 눕힐 수 있는 사람이라면 한번 해보겠다고.

그러자 유동제는 껄껄 웃으며 흔쾌히 수긍을 했다.

"넌 재능이 많은 녀석이다. 주먹보다도 더 큰 재능들이지. 난 그 재능을 보고 널 준혁이의 곁에 둘 생각을 한 것이다. 그러나 어쨌든 좋다. 결국은 너의 선택에 달린 것이니 네가 말한 대로 한번 해보거라!"

이준혁의 주먹 실력은 뜻밖이라는 정도를 넘어 놀라울 정도였다. 조승태가 아는 한 일대일로 붙는다면 내로라하는 전국구 주먹들 중에서도 이준혁을 꺾을 상대는 찾기 어려울 것 같았다. 물론 어디까지나 '정식으로 붙는다'는 전제를 달았을 때의 얘기가 되겠지만.

그와 이준혁의 대결은 어느 체육관의 링 위에서 있었다. 처음으로 보는 어색하기 짝이 없는 환경이었지만, 그나마 종합격투기 룰이란 것이 조승태의 마음에 들었다. 사실 조승태는 이미 제법 많은 싸움을 경험한 바가 있었다. 그중에는 소위 제대로 무술을 수련했다는 치들도 적지 않았는데, 어쨌거나 어떤 싸움에서든 승부를 내지 못한 적은 있었으되 한 번도 진 적은 없었다. 실력으로 달린 경우에라도 패배를 인정한 적은 없었다. 그리고 당한 만큼은 반드시 대가를 돌려주었다, 어떤 방법을 써서라도.

　이준혁에게 조승태는 그야말로 박살이 났다. 피범벅이 되고 온통 시퍼렇게 멍이 들도록 맞았으나, 정말로 단 한 대도 때리지 못했다. 물론 링이 아니었다면 그렇게까지 일방적일 수는 없었을 것이다. 이준혁이 어떻게 진짜 싸움을 알겠는가? 오로지 이기기 위해 수단과 방법을 가리지 않는 잔혹한 피의 싸움을.

　그러나 조승태는 깨끗이 인정했다. 분명한 패배였고, 확실한 실력 차이였다. 그리고 그는 진심으로 승복했다, 이준혁이라는 사내에게. 그 스스로 내건 조건이기도 했지만, 왠지 그러고 싶어진 때문이었다. 왠지 그냥 끌리는 데가 있었다, 이준혁이라는 사내에게.

　유동제가 왜 자신을 이준혁의 곁에 두려고 하는지에 대해 조승태는 알고 있었다. 이준혁이 자연스럽게 조직의 룰과 특성을 익혀 나갈 수 있도록 하고, 또 필요할 때마다 그의 부족한 부분을 뒷받침해 주라는 뜻임을.

　유동제가 가진 힘의 승계자. 재계 서열 9위인 재경 그룹의 후계자. 최고의 엘리트로서 그 스스로가 지닌 실력과 재능. 이준혁은 완벽하다고 할 만했다. 아니, 완벽했다. 조승태가 승복한 것은 바로 그 '완벽'에 대해서였다.

　승복한다면? 충성을 바칠 수도 있는 것 아닌가? 조승태는 기꺼이 그러기로 했다. 어쩌면 그런 논리야말로 그가 지닌 태생적인 가치관 내지는 철학, 혹은 그것들의 한계일지도 몰랐다.

그 자신은 그런 '완벽'을 가지지 못했으므로. 그런 '완벽'은 그가 도저히 가질 수 있는 것이 아니었으므로.

그리고 '완벽'에 대해 바치는 충성이라면 그야말로 완벽해야만 했다. 그의 아버지가 그랬던 것처럼 그도 그의 모든 것을 다 바쳐 지켜내야만 했다. 이준혁을, 아니, 그의 '완벽'을. 어느 누구도 훼손하지 못하도록.

그것이 다만 가상, 혹은 작은 가능성밖에 안 되는 위협이나 위험일지라도 쉽게 용납할 수는 없는 일이었다. '완벽'을 지키기 위해서는 처음부터 완벽해야만 하는 것이었다. 그리고 철저해야만 하는 것이었다.

3

김철민에 대해 질 낮은 징계를 할 생각 같은 것은 조승태에게 전혀 없었다. 이것은 그가 내리는 징계가 아니라 어디까지나 이준혁이 내리는, 아니, 이준혁을 대신하여 그가 내리는 징계였다. 그런 만큼 최소한의 격은 갖추어야만 하는 것이다. 어떻게? 그건 이제부터 천천히 생각해 볼 일이었다.

조승태는 우선 김철민에 대해 처음부터 다시 알아보기로 했는데, 그 과정에서 그의 부하가 김철민에게 쥐어 터진 사실을 뒤늦게 알게 되었다.

'적당히 겁 좀 줘놨습니다.'

김철민에게 가벼운 경고를 주라고 보냈던 놈의 전화 보고가

새빨간 사기였을 줄이야! 하긴 놈도 전혀 생각지도 못한 꼴을 당하고 나서 얼마나 당황스러웠으면 그런 사기를 다 쳤을까? 감히 그에게 말이다.

'제법 그런 재주가 있었다 이거지?'

하는 생각과 함께 김철민에 대한 징계 방식은 그 대강의 틀이 결정이 되었다. 질이 낮지 않을 뿐만 아니라, 잘하면 제법 흥미로운 일이 될 수도 있을 것 같은 기대감에 조승태는 절로 웃음을 흘렸다.

"후후후! 너는 이제부터 나의 사냥감이 되었다. 부디 최선을 다해주기 바란다. 싱거운 사냥으로 끝나 버리지 않도록 말이다. 만약 날 실망시킨다면? 그에 걸맞게 가차없이 짓밟아 버릴 것이다. 무가치한 상대에게는 무가치한 대우를 해줘도 무방하다는 것이 내 방식이니까 말이다."

第二十二章

1

먼 곳이 희미하게 밝아오고 있었다.

철민은 바닥에다 '4'를 그렸다. 밝아오는 쪽을 동쪽으로 맞추었을 때 그 왼쪽이 북쪽이니 그가 지금 가고 있는 방향은 정북(正北)이라기보다 약간 북동(北東)으로 치우쳐 있었다. 그리하여 철민이 가아 할 방향을 수정하고 보니, 그쪽으로는 당장의 거친 벌판에다 멀리는 높고 낮은 구릉 지대가 끝없이 펼쳐지고 있었다.

그러나 철민이 거친 지형을 택하는 데 망설임은 없었다. 물론 길을 따라가면서 그때그때 북쪽으로 방향을 보정해 가는 방법도 있겠지만, 그런 편의성을 택하기엔 왠지 철위강이 그에게 보여준 진정성에 대한 예의가 아닌 것만 같았다. 그냥 괜히 그런 마음이 들었다.

　삑!
　언뜻 새소리 같기도 한 그 단음의 소리가 들린 것은 철민이 두어 개의 완만한 구릉을 넘어 다시 키 작은 나무들과 바위들이 난립해 있는 잡목 지대로 접어들었을 즈음이다.
　우웅!
　천마비가 나직이 울음을 토했다. 철민이 문득 긴장하여 사방을 살피니, 동녘 하늘은 이미 완연히 밝은 가운데 벌판의 구석진 곳 군데군데에만 아직까지 어둠의 자락이 남아 있었다.
　철민이 막 키 높이의 바위 하나를 돌아서 지나갈 때였다.
　팟!
　바람을 가르며 돌연 튀어나온 무언가가 그의 옆구리 어림을 스치고 지나갔다.
　"허억!"
　철민이 헛바람을 토해내며, 그러나 반사적으로 크게 허리를 비틀며 바위 오른쪽으로 비켜 나갈 때, 돌연 바위 뒤에서 시커먼 그림자 두 개가 허공으로 뛰어올랐다. 동시이다시피 두 자루의 검이 허공을 쪼개며 철민의 양 어깨로 떨어졌다. 철민이 생각하고 판단할 틈도 없이 진저리치면서 부르짖었다.
　"우아압!"
　매봉이 아래에서 곧장 위를 향해 쓸고 올라갔다.
　챙! 캉!

두 가닥의 날카로운 금속성이 새벽의 차가운 공기를 울렸
고, 비호처럼 철민의 좌우로 미끄러져 나간 두 명은 단번에 반
토막이 나고 만 자신들의 검을 보며 일시 망연해하였다. 그 찰
나의 놀람조차도 방심이었다. 어느 틈에 궤적을 되짚은 매봉
이 그들의 머리 위에서부터 아래로 쓸고 내려왔다.

퍽! 퍼억!

둔탁한 소리와 함께 두 개의 육신이 곧장 바닥으로 무너졌
다. 터진 머리통들에서 허연 뇌수가 비어져 나왔고, 뒤이어 콸
콸 쏟아지는 붉은 피는 맞닿은 바닥을 금세 홍건하게 적셨다.
그리고 잠시간 그들의 몸은 금방 물 밖으로 건져진 물고기처
럼 펄떡거렸다.

그러한 참경은 철민에게 지극히 생소하였다. 그러나 그는
힐끗 스쳐 보았을 뿐, 매봉을 양손으로 움켜잡고서 곧장 달리
기 시작했다.

우우웅!

천마비가 울었다, 철민에게 닥친 위기가 이제 시작일 뿐이
라고 알려 주듯이.

달리는 중에야 철민은 옆구리 쪽에서 불편한 느낌을 받았
다. 손바닥을 대보니 질펀한 느낌이었다. 피였다. 좀 전의 기
습에서 상대의 검에 베인 것이다. 그러나 철민은 굳이 손바닥
을 보지는 않았다. 피가 홍건히 묻었을 것이되, 그 피가 다시
터져 버린 손바닥의 상처에서 나온 것인지 새로이 베인 옆구
리에서 나온 것인지 구분되지도 않을 것이며, 더욱이 완연히

검은색을 띠는 피를 더는 보고 싶지도 않았다.

달리던 중에 철민은 돌연 펄쩍 도약해 올랐다. 바로 오른쪽의 덤불로부터 무릎 아래를 노리고 베어오는 두 자루의 칼날을 보았기 때문이다. 그러나 완전히 피하지 못하였는지 오른쪽 종아리에서 날카로운 통증이 일었다.

그러나 그것이 다가 아니었다. 철민이 불안정하게 착지를 하는 바람에 바닥으로 뒹굴고 말았는데, 그런 그의 위에서 두 자루의 검이 곧장 그의 얼굴과 가슴을 찍어 내리고 있었다.

"와아악!"

철민이 절규와도 같이 부르짖으며 매봉을 수평으로 돌려 바닥 어림을 쓸었다. 매봉에 무엇이 걸리며,

빡! 빠각!

하는 시린 소리가 터져 나왔고, 동시에,

"악!"

"크악!"

하고 처절한 비명 소리가 터져 나왔다. 위에서 찍어 내려오던 두 개의 칼날은 옆으로 비켜 나갔다. 벌떡 몸을 일으킨 철민은 그제야 각기 정강이 어림을 부여잡고 바닥을 뒹굴고 있는 두 명의 기습자를 볼 수 있었다.

삐!

고통에 겨워하는 중에도 기습자 중 하나가 작은 호각 같은 것을 입에 물고 날카로운 소리를 냈다. 순간 매봉을 움켜잡은

철민의 손아귀에 불끈 힘이 들어갔다. 그러나 철민은 기습자들에게로 달려가기보다는 다시 앞을 향해 달리는 쪽을 택하였다.

'여기에서 빨리 벗어나야만 한다!'

철민의 생각이 급해졌다.

두 번의 기습 모두 이인일조(二人一組)였다. 그리고 그들이 신호를 보냈다는 것은 멀지 않은 곳에 또 다른 적들이 포진하고 있다는 사실을 의미하는 것일 터다.

'포위를 당한다면?'

그때는 정말로 대응할 방법이 없을 것이다. 철민은 매봉을 바짝 당겨 잡았다. 그리고 달리는 걸음에 더욱 박차를 가했다.

동쪽 하늘에서 어느덧 완연히 솟아오른 둥근 일륜이 천지간에 환한 빛을 뿌리고 있었다. 그 찬연한 햇살 아래 넓게 펼쳐진 벌판에서는 일장의 숨 가쁜 추격전이 벌어지고 있었다.

픽! 퍼억!

"악!"

"으악!"

빡! 빠악!

"크악!"

"으아악!"

철민이 질주하는 궤적을 따라서 수시로 피가 튀고 비명이 터져 나왔다. 적과의 격돌이 점차로 빈번해지고 있었다. 적들의 전력이 가까이 접근해 오고 있다는 것이리라. 적들의 공격은 여전히 이인일조의 형태였다. 역설적이게도 그 덕분에 철민은 그나마 돌파를 계속해 나가고 있었다.

그러나 매번 격돌에서 철민 또한 크고 작은 상처들을 계속하여 입었으니, 지금에 이르러 그의 전신은 피로 목욕을 하다시피 한 몰골이었다. 가히 검은색의 혈인(血人)이었다. 아울러 그가 달리는 속도도 갈수록 느려지고 있었다.

2

혈염마는 집요하리만치 철민의 일거수일투족에다 시선을 박아두고 있었다. 그가 보고를 받고 현장에 도착한 것은 최초의 격돌이 있은 지 일각여가 지난 시점이었다. 그러나 그는 직접 나서지 않고 내내 뒷선에서 지켜보고만 있는 중이었다. 그가 진작에 나섰더라면, 아니, 직접 나서지는 않더라도 여전히 이인일조를 고수하고 있는 청랑단의 공격 형태를 바꾸라고 명령만 내렸더라도 훨씬 더 효율적인 공격이 가능하였을 것이다. 그런 점에서 청랑단이 지금처럼 많은 피해를 당하고 있는 것은 그의 방관이 불러온 결과라고도 할 수 있다.

혈염마의 방관은 의도적이었다. 그에게는 지금 섭문의 죽음이 중요한 것이 아니었다. 그로 인한 련의 책임 추궁이나 섭문의 부친인 부련주의 힐책이 두렵지도 않았다. 심지어는 천마비를 되찾아야 한다는 소명조차도 이제는 중요하지 않았다.

오직 중요한 것은 지금 그가 주시하고 있는 대상이 과연 기정을 취할 수 있을까 아닐까 하는 것이었다.

청랑단이 벌써 이십여 명이 넘는 사상자를 내고 있는 중에 아직까지도 혈염마의 '관찰 대상'이 기정을 흡수하는 징후는 발견되지 않고 있었다. 그러나 어쩌면 그런 '징후' 자체를 자신이 알지 못하고 있는 것일 수도 있다는 쪽으로도 혈염마는 가능성을 열어두고 있었다. 그가 가보지 않은, 아니, 흡공류의 길을 걸었던 누구도 가보지 못했을 미지의 분야인 것이다. 지금 '관찰 대상'이 가지고 있는 단 한 가닥의 가능성을 제외한다면 말이다.

그런 점에서 오히려 '가능성'은 있어 보였다. 간접적인 측면의 가능성이라고 할까?

'관찰 대상'은 벌써 십여 차례가 넘게 청랑단의 이인일조를 격파하고도 여전히 돌파를 계속하고 있는 중이다. 가능성은 '관찰 대상'의 무공보다는 체력의 측면이었다. 그중에서도 지구력적인 측면이다. 내공과 체력은 소모적인 것이다. 휴식이나 운기를 통해 재충전을 하지 않는 한 쓰는 만큼 소모되게 마련인 것이다.

그런데 '관찰 대상'은 지금 실로 놀라운, 아니, 그의 무공 정도가 결코 고급스럽기는커녕 그저 평범한 수준을 넘지 못한다는 지금까지의 판단 결과를 전제한다면, 지극히 예외적이라고 할 만한 지구력을 보여주고 있었다. 그런 '예외'는 투지라든지 혹은 신념이라든지 하는 정신적인 요인을 끌어 붙여 설명하기에도 그 가능한 범주를 한참이나 넘어서는 것이었다.

그러나 역시 아직까지는 다만 '가능성'일 뿐이었기에, 그것이 부디 그가 바라는 것이기를 바라는 혈염마의 마음은 더 이상 참기 어려울 만큼 절실해지고 있었다.

3

우우우웅! 우우우우웅!

매봉이 거칠게 울고,

챙! 캉!

적들의 도검이 부러져 나가고,

퍽! 퍼억!

적들의 머리가 뭉개지고, 어깨가 으스러지고, 선혈이 사방으로 튀고,

"으악!"

"크아악!"

처절한 비명이 대기를 소스라치게 울렸다. 철민은 진저리치며 차라리 울부짖었다.

"비켜라! 더 이상 죽이고 싶지 않으니 제발 좀 덤비지 마라!"

그러나 적들의 공격은 갈수록 악착같아졌다.

우우우우우웅!

매봉이 아예 울부짖으며 그야말로 매봉파가 전개되었다.

채채채챙! 퍽! 퍼퍼퍽!

"으악!"

"크악!"

"으아악!"

몇 개의 도검이 한꺼번에 부러져 나가고, 처절한 비명 소리가 잇따르는 중에 피와 살점이 사방으로 튀었다.

철민은 질끈 두 눈을 감고 말았다. 목불인견. 눈뜨고 볼 수 없는 끔찍한 광경이었다. 아수라지옥이 있다면 바로 지금 이곳일 것이다. 그러나 철민은 다시 눈을 떠야만 했다. 사람으로서 할 짓이 아니라고 해도 지금은 하지 않을 수 없는 짓이다. 사람으로서 할 짓과 못할 짓을 따지는 것은 일단 살아남은 뒤의 일이다. 일단은 살아야 하고, 살기 위해 무슨 짓이라도 해야만 하는 것이다.

매봉파가 공간을 휩쓸 때마다 적들은 크게 주춤거렸지만, 이내 다시 공격을 가해왔다. 악착같이, 끊임없이. 철민은 부수고 또 부수었다. 피, 그리고 끔찍하다는 느낌에는 이미 둔해져 있었다. 죽이는 것이 아니라 그저 부순다고 여겼다. 양 손바닥에는 벌써부터 감각이 없었다. 순간순간 아찔한 현기증이 났다. 적의 피와 그 자신의 피가 뒤섞여 그의 온몸에 질퍽거리고 있었다.

파팟! 파파팟! 피핑! 피피핑!

어느 때부턴가 암기들이 날아오고 있었다. 손바닥 길이의 작은 화살이며, 표창과 철환(鐵丸) 등등의 각양각색의 알지 못할 종류들이었다. 그것들 중의 대부분은 쉽게 매봉파를 뚫고 들어왔고, 철민의 온몸에 상처를 입히거나 아예 틀어박혀 버렸다. 그 수가 워낙 많다 보니 처음에는 따끔거리고 쓰라린 느낌이나마 있더니, 좀 지나서는 별 감각을 느낄 수조차 없게 되었다.

철민은 달리지 못하고 있었다. 이내 걷는 것조차도 힘에 겨워졌다. 다리가 무겁고, 매봉파는 더욱 무거웠다. 매봉파는 무리였다. 그냥 한번 휘두르는 것만도 버거웠다. 적의 칼끝이 몸으로 파고드는 것을 보면서도 어떻게 막고 피하지 못하는 경우가 늘어나고 있었다. 급기야 이제는 시야까지 흐릿해졌다. 그러나 마지막 순간까지 몸부림을 쳐보는 수밖에.

삑! 삐익!

“놈은 지쳤다. 놈을 이쪽으로 몰아라!”

호각과 휘파람 소리, 그리고 호통 소리가 연신 울리는 가운데, 혈염마는 가늘게 몸을 떨고 있었다. 희열이었다. 그는 마침내 확신하였다. ‘관찰 대상’에게 과연 그가 열망하고 있는 것이 있음을.

4

혹! 후욱!

턱밑에까지 닿은 숨을 힘겹게 뱉으며 철민은 문득 멈춰 섰다. 나지막한 구릉의 정상부였다. 다리는 후들거렸고, 눈앞은 뿌옇게 흐렸다. 무엇보다도 심한 어지럼증 때문에 더 이상 나아가는 것은 불가능하였다. 뿌연 시야 속에 구릉 아래 사방에서 다가들고 있는 희미한 형체들이 눈에 들어왔다. 어림잡아 육칠십에 이르는 숫자였다. 철민은 갑자기 툴툴 웃음이 솟아났다.

"흐흐흐! 이게 다 무슨 일이란 말인가? 도대체 내가 왜 이런 지경을 당해야 한다는 건가? 흐흐흐! 세상에 이런 지독한 악몽이 다 있다니……."

그러나 악몽이 아니었다. 꿈이 아니었다. 꿈인지 현실인지 구분하기 어렵게 된 지는 이미 오래전이다. 모든 것이 이처럼 생생한데 어떻게 꿈일 수 있단 말인가? 어떻게 현실이 아닐 수 있단 말인가? 설령 꿈일지라도 현실과 다름없으니 곧 현실인 것이다. 그럼으로써 그는 지금 꿈을 꾸고 있는 것이 아니라, 또 하나의 현실을 살아내고 있는 것이다. 너무도 절박하게, 아니, 그는 이제야말로 절박함의 끝에, 죽음의 문턱에 도달해 있었다.

5

"천마비다!"
"천마비가 나타났다!"
동쪽 먼 곳 어디쯤에서 들려오는 외침이었다. 마치 메아리

같이 웅웅거리며 울리는 소리여서 얼마나 떨어진 곳인지 언뜻 짐작하기는 어려웠으나, 그 외침이 뜻하는 바만큼은 분명하였다.

"일대주(一隊主)! 이곳의 일은 노부 혼자서 수습을 할 것이니 대원들을 이끌고 즉시 천마비를 추적하라!"

혈염마가 즉시 명령을 내렸고, 청랑단의 대주가 다시 받아서 외쳤다.

"총원(總員)! 나를 따르라!"

그 즉시 구릉을 둘러싸고 있던 칠십여 명의 청랑단은 일제히 동쪽을 향해 달려갔다.

사실은 회음전성(回音傳聲)의 수법이었다. 내공이 이 갑자를 상회하는 초절정급의 고수가 짧은 소리를 내공에 실어 먼 곳까지 보낸 다음에 그 곳으로부터 소리가 들리도록 하는 수법. 혈염마가 부려낸 간단한 위계(僞計)였다.

6

사방의 적들이 일제히 사라졌다. 그러나 위기가 사라진 것은 아니었다. 구릉 아래 저쯤, 백발의 노인 하나가 우두커니 서서 그를 바라보고 있었다. 창백한 얼굴, 붉은 입술. 뿌연 시야 속에서도 구분이 되는 특징들에서 노인은 철민이 익히 알고 있는 사람이었다.

물론 철민으로서야 누인이 바로 혈염마이며, 나아가 그 이름이 어떤 내력을 지니고 있다는 것까지 알 수는 없는 노릇이었지만, 그렇다 하더라도 노인이 철위강조차도 어떻게 해보지 못했던 고수라는 사실은 분명히 알고 있었다.

웬일인지 노인은 멀찌감치 선 채로 지켜보고만 있을 뿐, 당장에 달려올 것 같지는 않았다. 그럼으로써 철민은 잠깐의 안도를 가질 수 있었는데, 그러자 당장 옆구리 부위에서부터 심한 통증이 느껴졌다. 살펴볼 엄두가 선뜻 나지 않았지만, 아무래도 상처가 심한 모양이었다. 그 순간 다시 머리가 핑 돌며 다리가 풀리는 바람에 철민은 휘청하였다가 겨우 몸을 바로 세웠다. 우선은 지혈이라도 해야만 했다.

품속에서 천마비를 꺼내 들며 철민은 저도 모르게 피식 실소하고 말았다. 무슨 전설의 검이니 신검이니 하였어도 지금까지는 시시때때로 저 울고 싶을 때 우는 것 외에는 딱히 이거다 할 어떤 용도를 발견하지 못하였는데, 이제야 그럴듯한 놈의 쓸모를 하나 발견하였기 때문이다.

철민이 상의를 벗어 들고 보니 피에 절다 못해 아주 뚝뚝 방울 지어 떨어져 내리는 지경이었다. 그래도 지혈을 위해 쓸 물건이라고는 그것 밖에 없었으니, 달리 가위 같은 것이 있는 것도 아니기에 궁여지책으로 천마비로 잘라볼 요량을 했던 것이다.

철민이 옷을 편평한 바위 위에다 펼쳐 놓고 아랫단을 대강 가늠하여 천마비를 그으려는데, 손목에 제대로 힘이 들어가지 않아 부들부들 떨렸다. 겨우 천마비의 날을 세우고 힘없이 긋자, 축축이 젖은 천이 대번에 잘라져 나갔다. 잘려진 천 조각을 집어 들고 바닥을 보니 바위의 표면에 길게 베인 흔적이 나 있었다.

'능히 바위를 자르는 검이라!'

철민은 이제나마 인정해 주지 않을 수 없었다. 과연 신검이었다. 아니, 무쇠를 자른 것까지는 아니었으니, 신검은 좀 그렇다고 하더라도 명검 소리를 듣기에는 조금도 부족하지 않았다.

철민이 허리둘레로 천 조각을 단단히 감아서 임시로 지혈 조치를 마쳤을 때, 혈염마는 구릉의 완만한 경사를 천천히 올라오고 있었다. 그에 철민은 천마비를 품속에다 집어넣고, 옆에 눕혀놓았던 매봉을 들어 바닥에 세웠다.

혈염마가 오른 손바닥을 세워 가볍게 밀어냈을 때, 철민은 매봉을 앞으로 뻗었다. 사실은 매봉을 휘두를 기력조차 남아 있지 않았기에 그렇게 해서 거리를 유지하고자 한 것이었다. 그러나,

"놈!"

짧은 호통과 동시에 혈염마의 신형이 번뜩 시야에서 사라지는 순간,

쾅!

하는 소리와 함께 철민은 커다란 쇠망치로 가슴을 치는 모진 충격을 받았다.

"크윽!"

주르륵 족히 오륙 미터나 밀려나고서도 충격을 다 감당하지 못하여 철민은 그대로 바닥으로 무너지고 말았다. 가슴이 통째로 으스러지는 듯한 충격에다, 일시 하늘이 노래지며 빙글빙글 돌았다. 머리로는 곧바로 몸을 일으켜 세우려 하였지만, 몸은 제대로 움직여지지 않고 버둥거리기만 할 뿐이었다. 충격보다도 탈진이었다. 그는 마침내 완전한 탈진 상태에 이르고 만 것이다.

혈염마가 천천히 다가섰다.

퍽! 퍼억! 콱! 콰직!

혈염마의 발이 번개처럼 움직였을 때, 철민은 반사적이다시피 처절한 비명을 내지르고 말았다.

"크으아아악!"

지독스러운 고통이었다. 몸의 몇 군데가 끔찍한 고통을 호소하며 제멋대로 펄쩍펄쩍 튀어 올랐다. 철민의 양손이 땅바닥을 긁었다.

고통에 절규하는 철민을 내려다보며 혈염마는 희미한 미소를 떠올렸다. 철민의 상처가 심한데다 이미 탈진지경에 이르러 있으니 반항할 여지는 없어 보였다. 그러나 한편으로 그가 예측하기 어려운 능력을 보유하였고, 더욱이 섭문으로부터 점혈이 통하지 않았다는 얘기를 들은 바가 있으므로, 일단은 가장 확실한 방법으로 오른쪽 어깻죽지와 양쪽 갈비뼈, 그리고 왼쪽 발목뼈를 부러뜨려 놓은 것이었다.

고통이 극점을 지난 다음, 철민의 두 눈은 증오로 활활 타올랐다. 죽이고 싶었다. 내가 살기 위해서가 아니라 터질 듯한 분노와 증오로 죽이고 싶었다. 내가 죽더라도 그 죽음에 상대를 함께 끌고 가고 싶었다.

그러나 늙은이의 잔인성으로 보아 무모한 반항은 고통만 자초하게 될 게 뻔했다. 기다리며 기회를 엿보는 수밖에 없었다. 탈진한 데다, 몸 곳곳의 뼈까지 부러진 마당에 무슨 기회가 올 것인가마는, 그래도 기다릴 수밖에 없었다. 마지막 한 번의 기회가 오기를 염원해 보는 수밖에 없었다. 그는 아직 죽지 않은 것이다.

철민이 조금도 반항하지 못할뿐더러 차라리 모든 것을 포기한 듯한 기색임을 확인하고 나서 혈염마는 우선 철민의 품속을 뒤졌다. 그러나 그는 천마비를 찾았을 뿐이다. 그가 진정으로 염원하고 있는 것은 없었다.

우우우우!

천마비가 거칠게 울었다. 그러나 그 울음이 혈염마에게까지 들린 것 같지는 않아서 그는 아무런 놀람이나 경계도 없이 천마비를 자신의 소매 속에 챙겼다. 이어 혈염마는 가볍게 철민의 혼혈을 짚은 다음 축 늘어진 그의 몸을 옆구리에 꼈다.

팟!

높이 도약해 오른 혈염마의 신형이 길게 포물선을 그리며 금세 서쪽을 향해 사라졌다.

암벽 사이의 틈새는 꽤나 컸다. 허리를 펴고 바로 서기에는 높이가 낮았지만, 그 너비와 깊이는 두 사람이 정좌하고 앉기에 충분할 정도였다.

혈염마는 이미 한껏 고조되어 버린 흥분을 참기가 어려웠다. 그러나 이럴 때일수록 더욱 신중하고도 조심스럽게 일을 진행시켜야만 했다. 우선은 철민의 내공이 과연 순수하게 정화된 것인지부터 확인하는 것이 순서였다. 그렇기를 간절히 염원하고 또 염원하는 바이지만.

철민을 정좌의 자세로 앉힌 다음에, 혈염마는 그 뒤에 가부좌를 틀고 앉았다. 굳이 철민을 깨울 필요는 없었다. 혈염마 자신의 내공으로 철민의 기혈을 열고 운기를 유도하면 되는 일이었다. 철민의 등에 오른 손바닥을 밀착시킨 혈염마는 신중하게 내력을 불어넣었다. 이제 천천히 상대의 기혈을 열면 상대의 내력과 교접을 이루게 될 것이다. 그다음으로는 상대의 내력을 부드럽고도 정밀하게 제어하여 이끌면서 자신의 단전으로 받아들이기만 하면 되는 일이었다.

그러나 바로 그 순간 혈염마는 경악하고야 말았다.

'헛?'

상대의 내력이 그에게로 빨려들어 와야 하는데, 오히려 그의 내력이 상대에게로 빨려 나가고 있었다. 전혀 생각지도 못한 뜻밖의 사태였다. 아니, 이럴 수는 없는 일이었다. 이런 일은 상대의 내력이 그의 내력보다 현저히 높은 경우에만 가능한 일이었다. 그러나 모든 경우에서 그런 일은 불가능했다. 나이며 내공을 익힌 연수 따위를 굳이 따져 보지 않더라도 지금 그의 내력은 이 갑자를 훨씬 상회하고 있는 것이다.

더욱이 그가 왜 상대의 내력 수준을 미리 세밀하게 점검해 보지 않았겠는가? 그런데 상대에게는 세밀하게 점검할 만큼의 내력이 아예 있지도 않았다. 사실은 그랬기에 상대의 내력이 비록 높은 수준은 아니지만, 대신에 그야말로 순수하게 정화된 형태의 것이리라는 기대를 높이 가지게 되었던 것이기도 했다.

혈염마는 지체없이 자신의 모든 내력을 끌어올렸다. 그러나 '뜻밖의 사태'를 정상적인 상황으로 되돌릴 수는 없었다. 다만, 그의 내력이 상대보다 훨씬 더 강한데도 불구하고 오히려 상대에게 흡수를 당하고 있는 이유에 대한 좀 더 분명한 정황을 파악할 수는 있었다.

상대의 내부에 이상한 것이 존재하고 있었다. 그것은 일종의 경계선, 혹은 차단막 같은 것이었는데, 이상하게도 내력의 일방적 흐름만을 허용하는 역할을 하는 것 같았다. 그럼으로써 상대의 내력이 밖으로 나오는 것은 강력히 차단하고, 반대로 혈염마 자신의 내력은 거침없이 빨아들이고 있는 것이었다.

그리고 다시 얼마 지나지 않아 혈염마는 문득 알 수 있었다. 아니, 엿보게 되었다. 바로 그가 그토록 열망해 온 비결의 요강(要綱)이 어떤 것인지. 곧, 기정을 과연 어떤 형태로 흡수할 수 있는지에 대해서.

　상대의 내부에 존재하는 그 경계선 내지는 차단막은 혈염마의 내력을 빨아들이는 것이 아니었다. 그야말로 기정만을 흡수해 들이고 있었다. 그럼으로써 양적으로는 그의 내공 중에서 극히 일부만 흡수해 가는 형국이지만, 문제는 흡수해 간 그 일부가 그야말로 내력의 본질이며 정화에 해당하기에 남는 대부분은 찌꺼기로서의 부피에 불과하다는 것이다. 혈염마는 그제야 퍼뜩 절박한 심정이 되고 말았다.

　'아아! 이대로 가다간 끝장이다. 어떻게 하든 이 상황에서 벗어나야만 한다!'

　그가 차라리 희열마저 느껴가며 비결의 실체를 엿보고 있는 동안, 상황은 그가 손을 쓸 수 없는 지경으로 번져 있었다. 그가 모든 내력을 끌어올려 놓고 있는 동안에 그의 전신 기맥은 완전히 열려 버렸고, 그런 이상 이제 그의 의지로는 지금의 상황을 중단할 수가 없게 되었다. 그 종말이 어떻게 될지를 뻔히 알면서도 마치 거미줄에 걸린 하루살이처럼 그저 이 끔찍한 흡공의 과정이 끝나기만을 기다려야 하는 것이다. 여태껏 그에게 내공을 빨렸던 무수한 자들처럼.

　부르르!

　혈염마의 몸이 가늘게 진저리를 쳤다. 그런 중에 그의 몰골이 조금씩 조금씩 기이한 형상으로 변해갔다.

8

철민은 기왕서부터 깨어 있었다. 그랬기에 등 뒤에 앉아 있
는 혈염마의 변화와 그의 절망을 알지는 못한다고 해도, 그 스
스로 내부에서 벌어지고 있는 상황에 대해서는 사뭇 분명하고
도 요연하게 실감을 하고 있었다. 온몸이 빠르게 재충전되는
느낌이었다. 덕분에 어지럼증은 말끔히 사라졌고, 나아가 내
부에는 지금까지 경험해 본 적이 없었을 정도의 힘과 활력이
급속도로 충만해지는 느낌이었다.

그러나 그런 느낌이 그저 상쾌하거나 좋기만 한 건 아니었
다. 활력이 충만해짐에 따라 어느 순간부터는 묘한 불쾌감과
거부감이 스멀거리며 피어오르고 있었다. 그리하여 이윽고 참
기 어려울 정도가 되었을 때, 철민은 그나마 성한 왼팔로 땅을
짚으며 앞으로 쭉 몸을 당겨내고 말았다. 순간,

"윽!"

"악!"

하는 두 마디의 짧은 비명이 동시에 터져 나왔다. 그중 하나
는 철민 자신의 것이었다. 전신의 부러진 뼈들이 주는 끔찍한
고통이었다. 철민이 앉은 채로 천천히 몸을 돌리다가 다시 한
번 엄습하는 고통을 참지 못하여,

"크윽!"

하고 비명을 흘리고 말았다. 그러나 그의 비명은 곧바로 경
악성으로 바뀌고 말았다.

"헉?"

기괴하고도 비참한 몰골 하나가 가부좌를 틀고 앉은 채 그를 마주하고 있었다. 퀭한 눈두덩과 불쑥 돌출된 광대뼈, 그리고 한여름 가뭄에 바짝 말라 버린 논바닥처럼 얼기설기 갈라진 피부는 그대로 한 구의 미라를 보는 듯했다.

그러나 철민은 이내 그 몰골이 바로 혈염마임을 직감하였고, 순간 자신도 모르게 가벼운 진저리를 치고 말았다. 혈염마의 모습에서 문득 과거 까마귀늙은이의 마지막 모습을 떠올렸기 때문이다.

"너의… 그 수법은… 뭐라고… 부르느냐?"

혈염마가 힘겹게 물었다. 만약 그 목소리가 겨우 들릴 만큼 힘없는 것이 아니고, 또한 혈염마가 부들부들 몸을 떠는 안타까운 모습이 아니었다면 아마도 철민은 굳이 그의 말을 받아 주지 않았을 것이다.

"무슨 수법을 말하는 것입니까?"

"그것… 기정을… 취하는… 수법 말이다."

"기정이요? 기정이 무엇입니까?"

철민의 반문에 혈염마는 문득 눈빛에 노기를 띠었다. 당장에라도 죽고 말 것같이 위태로워 보이는 늙은이의 눈빛에 담긴 노기는 차라리 간절한 데가 있었다. 더욱이 철민은 그가 곧 죽을 것이라는 직감을 가지고 있었기에, 일순 그의 간절함에 대해 무슨 대답이라도 해주어야만 할 것 같은 심정이 되고 말았다.

"구벽외공이라는 것입니다."

“구벽… 외공?”

혈염마는 추가적인 설명을 요구하는 듯했지만 철민이 그럴 마음까지 내키지는 않았고, 막상 추가적으로 설명할 말이 없기도 했기에 묵묵히 바라보기만 하고 있는데, 혈염마가 돌연 가슴을 쥐어뜯듯이 움켜잡으며 괴로워했다.

“크으으으!”

사실 혈염마의 내부에서는 지금 격렬한 충돌이 연속적으로 일어나고 있었다. 이미 정화가 모두 빠져나가고 활용도가 없는 찌꺼기 내력만 남은 상태였으나, 이종진기의 특성들은 그대로 남았기에 그 혼탁한 성질들이 제멋대로 충돌을 일으키고 있는 때문이었다.

그때 혈염마의 품속에서 천마비가 빠져나와 돌바닥으로 떨어지며,

팅!

하고 맑은 쇳소리를 냈다. 그러나 혈염마는 그것조차 알아채지 못하고 점점 격하게 가슴을 쥐어뜯으며 괴로워하였다. 부릅뜬 그의 두 눈은 금방 피라도 뿜어낼 듯이 시뻘겋게 변했고, 얼굴과 전신의 피부는 금방이라도 부서져 내릴 듯이 푸석푸석해진 중에도 굵은 지렁이 같은 푸른 힘줄들이 금방이라도 뚫고 나올 듯이 거세게 꿈틀대고 있었다. 그리고 이윽고는,

“끄으으윽!”

한 소리 길고도 고통스러운 비명을 마지막으로 남기고 혈염마는 마침내 생을 마감했다.

9

　좁은 암벽의 틈새 공간 안에 삶과 죽음이 공존하고 있었다. 온몸이 비틀려 버리기까지 한 혈염마의 주검은 너무도 끔찍한 형상이었지만 철민은 차라리 무덤덤해져 있었다. 그는 지금 주검 너머로 동굴 바깥을 망연히 바라보고 있었지만, 사실은 아무것도 보고 있지 않았다. 다만 그 스스로의 내부를 보고 있는 중이었다. 관조하고 있는 중이었다.

　그의 몸 안에 힘과 활력이 충만한 중에 그것들을 포용하고 있는, 혹은 가두고 있는 뭔가가 있었다. 뭐랄까? 굳이 느낌을 구체화해 본다면, 피부 아래 일 센티미터쯤에 뭐라고 정의하기 어려운 어떤 테두리, 혹은 경계 같은 것이 존재한다고 할까? 더욱 묘하다고 할 것은 힘과 활력이 그 테두리, 혹은 경계의 안쪽으로만 존재하고 있다는 것이다.

　'벽이 아닐까?'

　철민은 문득 그런 생각을 해보았다. 그냥 떠오르는 대로의 생각이었으니, 굳이 무시하거나 지레 거부할 것도 없이 그대로 떠오르도록 두었다.

　'벽이라면?'

　생각은 저 홀로 궁금해하고, 스스로 주고받으며, 자유롭게 떠오르기를 계속했다.

　'지난번에 까마귀늙은이가 말하기를, 이미 사벽(四壁)에 진입하였다고 했으니, 그렇다면 오벽(五壁)일까? 이 경계의 느낌이야말로 바로 오벽의 실체일까?

'그러나 까마귀늙은이는 칠벽(七壁)에 도달해서야 비로소 '벽(壁)'이 무슨 의미인지를 실제로 느낄 수 있게 된다고 했는데?

'혹시 까마귀늙은이도 정확히는 잘 몰랐던 것이 아닐까? 사실은 칠벽이 아니라 오벽부터 그 실체를 느낄 수 있는 게 아닐까?

'어쩌면 지금 느껴지는 이 경계는 벽이 아니라 단전인지도 모른다. 단전의 크기가 무한하다면, 거기에 담을 수 있는 내공의 양 또한 무한할 것이라고 하지 않았던가?

'그냥 떠오르는 대로'의 생각은 거기까지였다. 철민의 의지는 이내 '무시'하고 '거부'하며 생각에 개입을 하고 말았다.

'벽이든 단전이든, 혹은 또 다른 무엇이든 그러한 것이 지금 무슨 대수이랴.'

사실 그러한 '개입'이야말로 현실적이고도 타당했다. 혹시 까마귀늙은이가 살아서 이 자리에 있었다면 철민의 이런 잠깐의 자유로운 생각들에 대해 죽을 둥 살 둥 캐물었을지도 모르겠지만, 철민에게 가장 중요한 것은 지금의 상황이 여전히 긴장을 늦출 만하지 못하다는 것이었다. 우여곡절 끝에 또 한 번의 위기를 넘기긴 하였으나 여전히 적들의 추격으로부터 안전하지는 못한 것이다.

더욱이 한심스러운 노릇은 전신에 힘과 활력이 넘칠 것처럼 충만한데도, 막상 몸 상태는 여전히 심각하다는 점이다. 온몸의 찔리고 베인 상처들이야 어떻게 된 영문이지 모르겠으나 어느 정도 지혈이 된 터라 다행이라고 할 것인데, 문제는 뼈가 부러진 부위들이었다. 오른쪽 어깻죽지와 양쪽 갈비뼈, 그리고 왼쪽 발목 부위 말이다.

으드득!

저절로 소리가 날 정도로 이를 갈며 철민은 자신을 그렇게 만든 장본인을 노려보았다. 새삼 견디기 어려울 만큼의 증오가 솟구쳤다. 그러나 사자(死者)에게 따질 수도 없는 노릇이고, 더욱이 주검을 모독하여 마음이 편할 리는 없을 터였다.

우웅!

철민이 바닥에 떨어진 천마비를 주워 들자, 놈은 짧게 울음을 토했다. 마치 왜 이제야 챙기느냐고 호소라도 하는 듯하였다. 순간 철민은 정말로 놈과 어떤 소통이 되는 게 아닌가 하는 생각을 새삼 해보았다. 어쨌거나 그에게 놈은 이제 단순한 한 자루 비수의 의미를 뛰어넘었다. 소중한 의미를 지니게 된 것이다. 놈이 신검이거나 보검이어서가 아님은 물론이다.

철민은 매봉을 지팡이 삼아서 그나마 성한 왼팔과 오른 다리에 의지해 몸을 일으켰다. 당장에 부러진 부위들이 극통을 호소했다.

철민이 겨우 암벽을 벗어나서 북쪽을 가늠하고서 걷는데, 왼 다리는 바닥에 질질 끌리고 양쪽 옆구리는 바로 세우지조차 못하니, 왼손 하나로만 매봉에 매달리다시피 하여 한 걸음 한 걸음 힘겹게 걸음을 옮기는 수밖에 없었다.

그러나 멈출 수는 없었다. 이대로 산중을 벗어나지 못한다면, 적의 추격이 문제가 아니라 먼저 굶어 죽고 말 것이다. 상처도 치료해야만 했다. 부러진 뼈를 계속 방치해 두었다간 심각하게 악화가 될 수도 있는 일이다. 그러나 그 혼자서는 어찌해 볼 수가 없는 일이었으니 도움이 필요했다. 일단은 민가가 있는 곳으로 가야만 했다.

10

"어머! 저 사람, 철 공자 아니에요?"

앞쪽에서 지팡이 하나에 의지해 힘겹게 걸어오고 있는 사람을 모두가 경계 어린 시선으로 보고 있던 중에 화문희가 문득 외쳤다. 그러나 그녀는 이내 겸연쩍은 기색이 되어서는 주위의 사람들을 돌아보았다. 순간의 생각에도 철민의 재등장이 환영받을 일은 아니라는 판단이 들었을까?

공손일준은 천천히 앞으로 걸어나갔다. 영호상의 무거운 눈빛이 그에게로 와 닿는 것을 느꼈지만, 그는 애써 외면하였다. 그런 그에게 힘을 보태려는 듯이 백리소란이 뒤를 따라나섰다.

영호상은 찡그린 얼굴로 두어 번 고개를 가로저었으나, 이내 어쩔 수 없다는 듯이 천천히 걸음을 떼었다. 그가 움직이자 영호가의 사람들이 일제히 그 뒤를 따랐다.

철민의 모습은 처참하다 못해 차라리 끔찍하다고 해야 할 정도였다. 전신에 부위를 가리지 않고 수두룩이 난 크고 작은 상처들에서는 피가 채 마르지 않았고, 온몸에는 무수히 많은 각양각색의 암기가 마치 가시처럼 박혀 있었다. 게다가 검게 변색된 얼굴과 피부는 그가 심각하게 중독된 상태임을 말해주고 있었다. 그런 몰골을 하고도 진작에 쓰러지지 않았다는 것이 믿어지지 않을 정도여서 공손일준은 자신도 모르게 얼굴을 잔뜩 찡그리고 말았다.

"맙소사! 도대체 어쩌다가……?"

백리소란이 안타까워할 때, 철민은 도움부터 청했다.

"저 좀… 도와주십시오!"

철민에게 지금 도움은 그만큼 절실했다. 염치나 체면 따위를 가릴 여유는 조금도 없을 만큼.

공손일준은 대답 대신 곧장 철민의 몸을 부축해서 일단 가까이에 있는 편평한 바위로 데리고 가 앉혔다. 바짝 곁으로 따라붙은 백리소란이 빠르게 물었다.

"독에 당했나요? 어떤 독인지 알고 있나요?"

철민이 기억을 떠올려 대답했다.

"모래 같은 것인데, 무슨 단혼사라고 했습니다."

"아! 단혼사!"

백리소란이 흠칫 놀라고 말았으나 곧바로 품속에서 작은 비

단주머니를 꺼내 그 속에서 밀랍에 싸인 환약 한 알을 집어냈
다.

"범용(凡用)으로 쓰이는 해독단(解毒丹)이에요. 당분간 중독
증상이 악화되는 건 막을 수 있을 거예요. 침에 잘 녹으니 그
냥 씹어서 삼키세요."

철민이 고개 숙여 감사를 표하고는 환약을 받으려는데 공손
일준이,

"잠깐!"

하고 제지하고는 대신 알약을 받아서 다시 철민에게 건네주
었다. 그런데 어느 틈엔지 그는 양손에 얇은 가죽장갑을 끼고
있었다. 그러나 그것에 대해 물어볼 처지는 또 아닌지라, 철민
이 군말없이 알약을 받아 입 안으로 집어넣었다. 과연 화한 맛
이 입 안에 확 퍼지더니 알약은 금세 액체로 변하여 수월하게
목구멍을 타고 넘어갔다.

그때 공손일준은 소매 속에서 작은 대나무 통 하나를 꺼내
서는 뚜껑을 열고 손바닥에다 대고 기울였는데, 그 안에서 흰
색의 가루가 한 줌 쏟아져 나왔다. 이어 공손일준은 철민의 상
처 부위에다 가루를 골고루 뿌렸는데, 아마도 지혈과 상처를
아물게 하는 약인 모양이었다. 그런 중에 공손일준은 철민의
몸 중에서 심하게 부어오른 몇 군데를 가볍게 눌러보기도 했
다. 그런데 마침 그곳들이 뼈가 부러진 부위들이라 철민이 저
도 모르게 와락 인상을 찡그리며 신음을 흘리고 말았다.

공손일준이 또한 잔뜩 미간을 찌푸렸는데, 누군가 잔인하게

도 철민의 뼈 몇 군데를 고의적으로 부러뜨렸다는 것과 그 과정에서 철민이 겪었을 지독한 고통을 짐작할 만하였기 때문이다.

공손일준이 가루약을 마저 뿌리고 난 다음 주변에서 어린아이 팔뚝 굵기의 나뭇가지 하나를 구해 철민의 부러진 왼쪽 발목에다 대고 천으로 단단히 묶어주었다.

"상처가 심합니다. 임시로 응급조치를 하였으나, 늦지 않게 의원에게 데리고 가 제대로 치료를 받도록 해야 합니다."

공손일준의 말에 영호상은 무겁게 고개를 가로저었다. 단호한 부정이었다.

"강호에서 다만 몇 번 우연하게 만났던 정리에 대한 성의로는 지금까지 베푼 것만으로도 차고 넘친다. 그러니 더는 저자의 일에 상관하지 않는 게 좋겠다."

"숙부님, 하지만……."

"모르겠느냐? 저자는 잠마련과 이미 풀기 어려운 깊은 은원을 맺은 것이 분명한데, 저자로 인해 우리마저 잠마련과 악연을 맺게 될까 우려하는 것이다. 그러니 네가 진정 나를 숙부라 여긴다면 더 이상은 말하지 말거라. 만약 네 부친이 나 대신에 이 자리에 있었어도 나와 똑같은 결정을 했을 것이니까 말이다."

영호상이 이어 철민을 향해 무거운 얼굴로,

"우리는 자네와 만나지 않은 것으로 할 터이니 자네는 자네의 길을 가도록 하게."

하고 말하고는 휙 몸을 돌려서 앞으로 걸어가 버렸다. 영호가의 인물들이 일제히 그 뒤를 따랐다. 화문희는 설핏 공손일준과 백리소란의 눈치를 보았으나, 영호헌이 눈짓으로 한번 재촉을 하자 마지못한 듯이 돌아섰다.

"철 형, 미안하오!"

공손일준이 그렇게 말을 꺼낸 것은 잠깐의 갈등을 한 뒤였다. 이어 그는 백리소란을 재촉했다.

"란매! 그만 갑시다!"

백리소란이 잠시 망설이는 듯했으나, 이내 침울하게 고개를 끄덕였다. 그리고는 품속에서 좀 전의 해독단이 들어 있던 비단주머니를 꺼내서 철민에게 건넸다. 철민이 사양하지 않고서 고개 숙여 감사를 표하고 주머니를 받았다. 백리소란은 그런 철민과 차마 눈길을 마주치지 못하고 그대로 돌아섰다.

"부탁 하나 해도 되겠습니까?"

철민의 그 말에 막 돌아서던 공손일준이 멈칫하며 되돌아섰다. 철민이 지팡이처럼 짚고 있던 매봉을 내밀었다.

"이걸 좀 맡아주십시오! 소중한 분께서 마련해 주신 물건인데, 제법 무거워서 지금의 제 처지로는 간수하기가 버겁네요. 맡아주신다면 언젠가 꼭 찾으러 가겠습니다."

공손일준이 설핏 얼굴을 붉혔으나, 이쪽을 돌아보고 선 백리소란의 눈에 언뜻 습기가 어리는 걸 보고는 입술을 꽉 다물었다. 그리고 말없이 철민에게서 매봉을 받아 들고는 곧바로 돌아서서 걸음을 옮겼다. 그때 철민이 문득 물었다.

“북쪽이 어느 쪽입니까?”

공손일준은 뒤돌아보지 않았고 대신 백리소란이 언뜻 의아
해하다가 한쪽을 가리키며 대답했다.

“저쪽이에요!”

그리고 백리소란은 이미 저만큼이나 걸어가고 있는 공손일
준의 뒤를 서둘러서 쫓아갔다.

11

일행에 합류하고 나서 얼마 가지 않아 공손일준은 영호상에
게 잠시간의 작별을 고했다. 갑작스럽게 볼일이 생겼으니 따
로 그 일을 처리하고 난 다음에 늦지 않게 사가정회(四家定會)
에 참여하겠다고 했다.

영호상은 공손일준이 길을 되짚어서 철민에게로 가려는 의
중임을 짐작할 수 있었다. 또한 좀 전에는 그가 자신의 뜻에
승복한 것이 아니라, 다른 사람들이 보는 앞에서 항명하는 곤
란한 모양새를 피하기 위해 잠시 굽힌 것이란 사실도. 아마도
공손일준은 자신에게 실망한 것이리라.

그러나 공손일준도 언젠가는 알게 될 것이다. 혈기(血氣)란
것은 다만 젊은 한때의 과정일 뿐, 세상을 살아감에 있어서 그
러한 일시의 충동은 결코 득이 되지 않는다는 것을.

공손일준과 백리소란이 서로를 마음에 두고 있는 사이란 것

은 사대세가 사람들 중에서는 이미 공공연한 일이었다. 백리소란이 지금 아무 말 없이 공손일준에게서 그 한 자루의 길고도 무거운 쇠방망이를 받아 드는 것을 보고서 영호상은 둘 사이에 벌써 어떤 공감이 있었으리라고 짐작했다.

화문희는 갑작스러운 공손일준과의 작별에 서운한 기색을 감추지 못하였고, 그것을 보면서 영호헌은 어두운 표정을 하고 있었다.

12

철민은 산비탈로 접어들고 있었다. 멀쩡한 길을 놓아두고서 굳이 거칠고 험한 곳을 택한 것은, 조금이라도 돌아가지 않고 곧장 북쪽으로 향하고자 하는 나름의 결의(決意) 때문이었다.

비탈이 갈수록 급해지고 있었다. 더욱이 양 옆구리의 골절 때문에 허리를 바로 세울 수 없는데다, 부목을 댔다고는 하지만 왼발에는 거의 체중을 분산할 수가 없었으므로 철민은 아무래도 몸의 중심을 잡기가 힘들었다. 그러다 결국에는 '아차!' 하는 사이에 발을 헛디뎠고, 그만 비탈 아래로 뒹굴고 말았다.

쿵! 픽! 콱!

나무둥치와 바위 등에 숱하게 부딪치고 찍혀가며 얼마나 정신없이 굴러떨어졌을까? 이윽고 편평한 바닥에 이르러 멈추었을 때, 비로소 온몸에 작렬하는 지독한 고통에 철민은 비명도 지르지 못하고 진저리를 치고 말았다. 그러고도 뼛속까지 저미는 고통은 쉽게 가라앉지 않았기에 철민은 차라리 기절하지 못하는 자신을 원망하고 또 원망해야만 했다.

한참만에야 겨우 어느 정도 고통이 진정되었을 때, 철민은 마침내 포기하고 말았다. 잠마련의 추격이 끝끝내 따라붙을 테지만, 어쨌든 지금 당장은 더 이상의 악착을 부려볼 엄두가 조금도 생기지 않았다.

'될 대로 되어라!'

등과 머리를 온전히 땅바닥에 붙인 자세 그대로 눈만 굴려 위를 올려다보니 하늘이 보였다. 우중충했다, 금방 비라도 내릴 것처럼.

마침 그가 쓰러져 있는 바로 옆에 커다란 바위 하나가 비스듬히 서 있었는데, 두어 걸음쯤만 옆으로 움직이면 바위를 지붕 삼아 몸 하나 누일 정도의 흙바닥이 있었다. 그러나 그는 감히 엄두를 내지 못하였다. 손가락 하나라도 꼼짝한다면 당장에 바늘로 찌르는 듯한 지독한 고통이 전신을 엄습해 들 것이다.

툭! 투둑!

얼굴에 차가운 물방울이 떨어졌다. 빗방울이다. 기어코 비가 쏟아지려는 모양이다. 그 차가운 느낌이 차라리 시원하다 싶은데, 돌연히 피로가 몰려왔다. 그러더니 이내 피로는 감당할 수 없을 정도가 되고 말았다. 마치 온 세상의 피로가 한꺼번에 다 몰려오는 듯했다. 불가항력으로 두 눈이 감겼고, 이내 의식이 희미해져 왔다.

그런 중에 무슨 소리가 들리는 것 같았다. 사람들이 두런거리는 소리 같기도 했다. 그러나 먼 곳인지 가까운 곳인지, 몇 사람이나 되는지 하는 따위는 모호하기만 했다.

끝내 적들이 추격해 온 것일까? 그러나 상관하고 싶지 않았다, 그 무엇도. 그리고 그는 마침내 아무것도 상관하지 않게 되었다.

第二十三章
재건(再建)

몽상가

1

철민에게 출장 명령이 떨어졌다. D 불스의 전지훈련지로의 출장이었다. 단장 명의의 명령이었지만, 그 명령의 출발점, 혹은 경유지에 이종성 과장이 있을 것이라는 점을 굳이 말할 필요까지는 없을 일이다.

사무실 사람들은 철민의 반발을 은근히 기대하는 눈치였다. 신구(新舊) 실세들의 한바탕 충돌을 기대하는 것일지도 모를 일이다. 어쨌거나 그들에게 두 사람 모두 이방(異邦)의 점령군쯤으로 여겨질 테니까 말이다. 그러나 철민은 그런 가상의 '기대'에 대해 전혀 의욕이 없었다. 의욕을 가져볼 명분도 없는 것이었지만.

'기왕에 몰리는 것, 아예 막다른 구석까지 몰려보자!'

그때쯤 철민의 심경은 차라리 그런 쪽에 가까웠다. '아예 막다른 구석'은 사표였다. 그 최후의 카드 하나만 쥔 채로 다른 고민 없이 그저 상황이 흘러가는 대로 따라서 흘러보자 하는 배짱이었다. 혹은 포기이든지.

2

손강호에게서 전화가 왔다. N시로 출장을 간 직후, 제 딴에는 직속상사에게 보고를 한답시고 전화를 한 것을, 철민이 괜히 한 다리 건널 필요 없이 강영석 부장에게 하든지, 아니면 단장에게 직접 보고를 하라고 괜히 톡 쏘아준 뒤로는 정말로 전화 한 통 없던 그다. 세련되지도 않는 안부의 말을 한 다음에 손강호는 새삼스럽게도 철민에게 '보고'를 했다.

"저기… 감독님, 있잖습니까?"

"감독님이라니요?"

"우리 불스에 지금 감독 자리가 공석이지 않습니까?"

"그런데요?"

"저기… 그 자리에 아주 적합한 분이 한 분 계셔서 그러는데… 그러니까 감독님으로 영입을 했으면 해서요."

대체 뭔 엉뚱한 소린지?

'손 대리가 왜 그런 데까지 신경을 써요?

하는 퉁명스런 소리가 목구멍까지 올라오는 걸 철민이 겨우 눌러 참았다. 그런 소리 자체가 쓸데없이 '신경'을 쓰는 일이니, 다만 자신과는 무관한 일이라고 말해주면 될 일이었다.

"그런 얘길 왜 저한테 합니까?"

"김 과장님이 우리 현장지원팀의 팀장님이잖습니까?"

손강호의 목소리가 은연중에 툭 튀는 느낌이 있었기에 철민 또한 불쑥 심사가 뒤틀리고 말았다.

"큭! 팀은 무슨, 기껏 우리 두 사람뿐인데 팀은 무슨 팀입니까? 그냥 낙동강 오리알들이지!"

그러자 손강호의 목소리는 다시 묵직하니 고집스러움을 담았다.

"어쨌든 제 직속상사고 사수잖습니까?"

"아니, 그거야 뭐… 어쨌거나 방금 그 얘기는 어디까지나 운영본부에서 할 일이지 우리 쪽에서 할 일은 또 아니죠."

손강호가 전화 저쪽에서 잠시간의 침묵을 가지더니 곧 힘있는 목소리를 다시 보내왔다.

"사실은 며칠 전에 강 부장님께도 말씀을 드렸습니다."

"그래요? 그럼 됐네요, 뭐!"

"그런데 강 부장님이 그러시더라고요. 내년 시즌을 감독 대행 체제로 가는 것으로 혁신본부 쪽에서 이미 방침을 정했으니, 강 부장님이나 단장님으로서는 그 방침을 거스를 힘이 없다고."

"맞는 얘기네요."

"그렇지만… 구단주님께 직접 건의가 올라간다면 혹시 달라질 수도 있지 않겠습니까?"

"글쎄요? 뭐, 그럴 수도 있겠죠. 그러나 그것 역시 운영본부 쪽에서 할 일이지, 우리가 괜한 고민을 할 일은 아니겠죠?"

"전 알고 있습니다. 그리고 사무실 사람들도 전부 다 알고 있습니다. 우리 중에서 구단주님께 가장 설득력있게 건의를 할 사람이 바로 팀장님이란 걸 말입니다."

"허! 그게 도대체 무슨……."

하고 목소리를 높이려다가 철민은 문득 입을 닫아버렸다. 무슨 그런 쓸데없는 말을 다 하냐고, 내가 지금 막다른 골목으로 몰리고 있다는 걸 당신도 뻔히 알지 않느냐고, 그런 처지에 내가 무슨 건의 따위를 하냐고, 내 코가 석 자인데 그런 따위에 신경 쓸 경황이 어디 있겠느냐고 퍼붓고 싶었다.

그러나 철민이 그렇게 하지 못한 것은 전화기 저편에서 어떤 진심이, 안타깝기까지 한 열정 같은 것이 문득 전해져오는 듯한 느낌을 받았기 때문이다. 갑작스러운 느낌이었다. 그리고 그냥 느낌일 뿐이었다. 그러나 그 '느낌일 뿐인' 것 때문에 철민은 그렇게까지 모진 소리를 할 수가 없었다.

"어쨌든… 전화로 길게 얘기할 사항은 아닌 것 같으니까 우리 만나서 얘기합니다."

"예? 저보고 사무실로 복귀하라는 겁니까?"

"아니오. 내일 제가 그쪽으로 갈 겁니다. 출장 명령이 떨어졌거든요."

그렇게 철민은 전지훈련지로의 출장을 결심했다. 물론 '최

후의 카드' 를 지금 오픈할 것이 아니라면 그의 결심과는 전혀
무관하게 어차피 가야 할 것이지만, 궁핍하지만 어쨌든 '그저
상황이 흘러가는 대로 따라서 흘러보는' 출장은 아니게 된 것
이다. 그것은 아주 작은 차이였다. 그리고 그 작은 차이는 철
민의 심경에 '딱 그만큼' 의 작은 변화를 가져왔다.

　'얼마가 될지 모르겠으나, 함께 있는 동안만큼은 작은 성의
라도 보여 보자. 성의를 보이는 척이라도 해보자! 그가 인정해
준 대로, 그의 직속상사로서, 그의 사수로서.'

　그렇더라도 그것은 너무나 작아서 결과적으로는 아무런
'변화' 도 가져오지 못할 것이 분명해 보이는 아주 작은 변화
에 불과했다.

3

　N시로 가는 길은 멀었다. 시간도 많이 걸렸지만, 서울에서
아득히 멀어지는 듯하여 더욱 멀게만 느껴졌다.

　고속버스 차창으로 풍경이 스쳐 갔다. 가까운 것들은 급하
게, 먼 것들은 느릿하게. 그러나 그것들에서 철민은 아무런 감
상도, 의미도 느끼지 못하였다. 그저 건조하고도 삭막한 풍경
의 연속일 뿐이었다.

　'이런 곳에서 전지훈련이라고?'

　N시의 첫인상은 매서웠다. 최남단이라고는 하지만 1월이었
다.

　손강호 대리와의 재회는 그저 밋밋했다. 기껏 일주일여 만의 재회일 뿐이기도 하지만, 그가 무슨 중요한 임무를 띠고 와 있는 것도 아니고, 그렇다고 치하를 해야 할 만큼 대단한 노고를 겪고 있는 것도 아니기 때문이리라.

　그가 엉뚱하게도, 그리고 자신의 직분에 과분하게도 불스의 새 감독을 인선하는 문제에 상당한 시간을 할애하고 있는 것만 보더라도, 손강호에게 부여된 임무가 그다지 중요하거나, 또는 대단한 노고를 겪어야 하는 그런 것이 아님은 분명했다.

　손 강호 대리가 묵고 있는 모텔에 짐을 풀고—짐이래야 옷가지 몇 개를 넣은 작은 가방 하나가 다이지만—저녁을 먹기 전에 한 바퀴 둘러본 N시의 정경은 한산하다 못해 차라리 을씨년스럽기까지 한 데가 있었다. 여느 지방 중소 도시와 다를 것 없는 아담한 규모인데, 몫 좋고 전망 좋은 위치마다 휴양 시설과 숙박 시설들이 세워져 있었다. 여름철이면 관광객들로 붐빌 법한 그것들은, 그러나 지금은 소외된 외로움을 호소하듯이 음울한 분위기들을 잔뜩 풍기며 방치되어 있었다.

　손강호의 말에 따르면 좀 더 외곽으로 나가면 제법 큰 규모의 리조트가 몇 군데 있는데, 제법 그럴듯하게 운동장이며 실내 훈련장까지 갖추고 있어서 축구 등 다른 스포츠 팀들에서 겨울철 전지훈련을 와 있는 곳도 있다고 했다. 그중에서 야구단이 전지훈련을 할 만한 실내 훈련 시설과 연습구장으로 쓸 만한 운동장을 동시에 갖춘 곳은 한 군데뿐으로 다행히도 비어 있어서 강 부장의 허락을 받아 이미 가계약을 해두었다고 한다.

'그러거나 말거나!'

철민은 덤덤하기만 했다. 그가 이곳에 와야 할 자의적 이유에 손강호로부터 비롯된 '이유'를 슬쩍 차용하긴 했지만, 그것이야 손강호와의 인간적 관계에 관한 것이지, 그 모든 이유의 본질이 되는 문제와 그는 어차피 아무 상관이 없는, 정확히는 이제 곧 아무런 상관이 없어질 일인 것이다.

철민이 굳이 관심이 있다고 한다면, D 불스의 현장지원팀 팀장으로서가 아닌 그저 야구팬의 한 사람으로서 다른 야구팬들이 가지는 것과 비슷한 정도의 관심이랄까? 구경꾼으로서 말이다. 그러나 철민의 그런 덤덤함은 얼마 가지도 못했다.

철민은 본래 손강호의 진지함과 열정에 대해 다만 최소한의 '성의'를 표시하려고 했을 뿐이다. 그저 그가 하는 얘기를 가능하면 어떠한 이의 제기도 없이 끝까지 잘 들어주는 것으로써 말이다.

그런데 손강호는 바로 그날 밤에 철민의 계산에 뜻밖의 착오를 만들고 말았다. 철민으로 하여금 문제의 본질과 곧장 맞닥뜨리게 만들어 버린 것이다.

4

불쑥 모텔 방으로 찾아온 그는 작달막한 키에 비해 과도하

게 굵은 몸집 때문에 땅딸막하다는 첫 느낌을 주었다. 손강호
가 간단히 인사를 시키고는 그가 바로 자신이 추천하고자 하
는 '분' 이라고, 또한 간단히 부언했다.

"장동국이오!"

그의 첫마디는 무뚝뚝하고도 투박했다.

장동국? 그 이름은 프로야구계의 인물들에 대해 어느 정도
는 알고 있다고 자부하는 철민으로서도 여태껏 한 번도 들어
본 적이 없는 이름이었다.

스스로 소개하기를 장동국은 프로야구의 1세대라고 했고,
짧은 현역 시절에서의 성적은 평범 이하이어서 내세울 게 없다
고 했다. 그리고, 현역에서 은퇴한 이후에는 몇몇 실업팀과 아
마리그 팀을 거치면서 코치와 감독을 했으나 역시 내세울 만
한 성적을 거둔 적은 없다는 얘기들을 참 태연스럽게도 했다.

어쨌든 그런 덕분에 철민은 그에게,

'프로야구에서, 혹시 2군에서라도 지도자 경험은 있습니까?'

하는 따위의 실없는 질문을 하지 않아도 좋았다. 하긴 그런
질문을 그가 해야 할 이유도 없지만.

좁은 방 안에 몸통 굵은 두 덩치와 함께 있기 때문인지 철민
은 괜히 갑갑하다는 느낌이 들었는데, 언제 준비해 놓은 것인
지 손강호가 냉장고에서 소주 몇 병과 마른 오징어, 그리고 과
자 몇 봉지를 꺼내서는 맨 방바닥에다 펼쳐 놓았다.

한 병이 간단히 비워지는 동안에 세 사람은 소주를 마시는
일에만 전념했다. 오간 말이라곤 '무엇을 위해서!' 의 목적어

가 생략되어 그저 밋밋하기만 한 두 번의 '건배!' 가 다였다. 그런 중에도 손강호와 장동국은 잘만 잔을 비우고 익숙하게 오징어를 질겅거렸고, 철민만 괜히 어색함을 탔다.

소주 두 병이 비워질 때쯤 장동국은 서서히 말이 많아졌고, 손강호는 열심히 장단을 맞추었다. 옛날 얘기도 있었고 요즘의 얘기들도 있었다. 시시콜콜한 얘기도 있었고, 굵직하거나 제법 심각하게 날을 세우는 얘기도 있었다. 그러나 야구라는 큰 틀의 주제에서 벗어나는 얘기는 거의 없었다.

철민은 묵묵히 듣기만 했다. 그들만의 얘기였으니 철민이 쉽게 끼어들 분위기도, 또 그들이 쉽게 끼워줄 분위기도 아니었다. 물론 철민으로서도 별로 흥미가 당기는 얘기가 없었다.

그러던 중에 철민이 문득 그들의 얘기에 흥미가 끌리기 시작한 것은, 장동국이 바로 손강호의 고교 시절 은사였다는—그러니까 손강호가 고교에서 야구를 할 당시에 장동국이 야구부의 감독이었다는—얘기를 들으면서였다. 그것을 기점으로 하여 철민은 모르는 사이에 조금씩 그들의 얘기 속으로 끌려들어 가게 되었다.

어느 순간 철민은 스스로의 내부에서 무언가 한 가닥의 뿌듯하고도 뜨거운 감상이 치밀어 오르는 느낌에 언뜻 당황스러워지고 말았다. 머리가 아니라 가슴속 깊은 지점으로부터 치밀어 오른 감상이었다.

당황스럽다 못해 웃기는 일이었고, 이해할 수 없는 일이었다. 자신이 쉽게 감상에 젖거나, 더욱이 감동에 빠져드는 성격이 결코 아님은 철민 스스로가 너무도 잘 알고 있는 바다. 그러니 정상적이라면 지금 그는 장동국의 얘기에서 허세와 허점, 혹은 무모함이나 불합리 따위를 냉철하게 간파해 낸 다음에, 간단히 무시하고 말았어야 하는 것이다.

그런데 왜, 어떻게 장동국의 허세와 허점과 무모함과 불합리 따위가 지금 투박하나 순수한 열정과 굳건한 의지와 당당한 가치관 같은 것으로 근거도 없이 미화되고 엉뚱하리만치 굴절되어서 들리는 것일까?

"대강의 얘기는 강호에게 들었소."

장동국이 소주 한 잔을 툭 털어놓고는 그렇게 불쑥 뱉었다. 무슨 대강의 얘기를 들었다는 건지?

손강호가 얼른 잔을 채우자 장동국은 다시 툭 털어 넣고는 좀 의아하다 싶게 목소리가 버럭 커졌다.

"선수들 연봉을 절반 밑으로 후려쳤다지? 고액 연봉을 받는 선수들하고는 계약을 아예 안 해도 좋다는 배짱이고, 팔 수만 있다면 주전 선수든 유망주든 닥치는 대로 팔아치울 태세라지? 해외 전지훈련비 아끼려 이 엄동설한에 기껏 여기 남쪽 촌구석에서 전지훈련을 하라고 한다지? 야구가 무슨 장난인 줄 알아? 감독, 코치, 그리고 선수할 것 없이 프로야구에 몸담고 있는 입장들이라면 누구도 장난으로 야구를 하지는 않아! 자신들의 인생을 걸고서 야구를 하고 있는 거야! 무슨 말인지 알아?"

장동국은 아예 퍼붓고 있었다. 그 저돌적인 기세에 철민은 괜스레 움츠러들고 말았다, 마치 호되게 야단 듣는 아이처럼.

그러나 금방 반발이 생겼다. 아니, 그것은 차라리 억울한 감정이라고 해야 했다.

뭐랄까?

'왜 나한테 그래? 그게 나한테 뭐라고 해야 할 것은 아니잖아?' 하는 것보다는 차라리,

'나도 당신이 말하는 것과 비슷한 종류의, 아니, 어쩌면 보다 절박한 울화를 가진 사람이오. 그런데 왜 당신만 울화를 퍼붓고 있는 것이오?' 하는 쪽이랄까?

그랬다. 그것은 차라리 장동국의 울화에 대한 철민 자신의 공감이었다. 종류는 다르나 역시 가슴속에다 잔뜩 울화를 품고 있는 처지로서 가지는 공감.

"아무리 돈 놓고 돈 먹는 판이 프로의 생리라고 하지만, 그래도 당신네들처럼 그렇게 제멋대여서는 안 돼! 야구단 운영하기 싫으면 차라리 깨끗하게 손을 떼면 될 일이지, 구단을 아예 개판으로 만들어놓고서 계속 끌고 가겠다는 건 또 무슨 고약한 심보냐고?"

벼르고 있던 상대라도 만난 것처럼 장동국은 계속 퍼부어댔다.

철민은 장동국을 노려보았다. 그러나 정작은 장동국을 노려보는 것이 아니라, 자신의 내부에서 꿈틀거리고 있는 스스로의 울화를 노려보고 있는 중이었다. 울화가 요동치고 있었다.

그냥 듣고만 있다가는 가슴이 터져 버리고 말 것만 같았다.

"야구를 한다는 관점에서만 보자면 지금 하시는 말씀들이 다 맞을 겁니다. 그러나 말씀하셨다시피 프로야구 아니겠습니까? 그렇다면 야구단을 운영하는 모 기업의 관점에서는 조금 다른 입장과 처지가 될 수도 있는 것 아니겠습니까?"

철민이 '모 기업'의 입장을 대변하자는 건 결코 아니었다. 다만 장동국의 거친 질타에 대해, 그리고 그것에 거칠게 반응하는 스스로의 울화에 대해 그 자신을 변명하고 변호하려는 반사적인 대응이었다.

"내 말 안 끝났어! 끝까지 듣고 나서 말해!"

장동국은 아예 호통을 치고 나왔다. 덩달아서 철민의 얼굴이 흥분으로 벌겋게 달아오르는 걸 보고서 손강호가 얼른 나섰다.

"자자! 잠깐 진정들 하십시오! 일단 한 잔씩 마시고 나서 다시 계속하시죠! 자자! 잔 다 비우는 겁니다? 자! 건배!"

장동국이 힐끗 손강호를 쏘아보았으나, 못 이긴 척 한 잔을 툭 털어 넣었다. 그리고 다시 입을 여는데, 그래도 그 잠깐의 이완 덕분인지 그의 목소리는 한결 차분해졌다.

"내가 비록 프로야구 판하고는 거리를 두고 사는 처지지만, 지금 불스의 감독이 된다는 게 어떤 고역을 자초하는 의미인지를 모르지는 않아."

장동국이 차분해졌더라도 철민은 차라리 황당했다. 불스의 감독이 되다니? 누구 맘대로?

철민이 황당한 얼굴이거나 말거나 장동국은 차분한데다 진지한 기색을 더했다.

"그러나 말이지, 할 수만 있다면 해보고 싶다는 게 솔직한 내 심정이야! 왜? 돈 때문에? 프로야구단 감독이라는 명함 한 번 박아보려고? 그런 건 아니야! 단지 마지막으로 내 열정을 한번 태워보고 싶어서야. 정말로 목숨까지 걸어도 좋을 인생의 마지막 열정 말이야. 그러나 아무리 그렇다고 하더라도 안 되는 건 처음부터 안 되는 거 아니겠어? 내 말, 뭔 애긴 줄 알아? 다만 5%가 됐든 10%가 됐든 약간의 가능성은 있어야 목숨이든 뭐든 걸어볼 거 아니냔 말이야!"

"그 5%, 10%가 뭡니까?"

불쑥 그렇게 뱉어놓고 나서 철민은 그만 당황하고 말았다, 그가 물을 말은 아니었기에.

장동국은 쏘아보듯이 철민과 시선을 맞추고는 윽박지르듯이 대답했다.

"우선 선수와 코치들에 대한 일체의 사항을 감독에게 일임할 것! 물론 이미 계획된 것 이상의 지원 요구는 하지 않아! 다만 선수와 코치들의 관리에 대한 사항이야! 말하자면 감독이 선수와 코치들을 죽이든 살리든 구단에서는 일절 관여하지 말란 말이지!"

철민은 빠르게 계산했다. 물론 그것 또한 그가 할 계산은 아니었다. 그러나 어쨌든 장동국이 이미 확정된 구단의 운영 계획—좀 더 명확하게는 구단의 운영 예산 측면이 주가 되겠지만—

을 존중하겠다는 의미의 전제를 깔고 말을 한 이상, '모 기업'의 입장에서도 문제가 될 것은 없는 조건이었다.

"만약 그 조건을 받아들인다면요? 다른 조건이 또 있습니까?"

얼큰히 돌기 시작하는 취기 때문이던지, 혹은 무엇에 홀린 때문인지 철민은 한 걸음을 더 나가고 있었다. 주제넘게도 말이다.

"크으!"

소주 한 잔을 입에다 털어 넣은 뒤 안주도 집어먹지 않은 채 장동국은 오히려 반문했다.

"당신네가 이번 시즌 목표로 잡은 게 4강이라며? 맞나?"

"맞습니다."

"흐흐흐! 그게 가능하다고 생각하나?"

"글쎄요! 8팀 중에서 4위 안에 들라는 것이니 어렵다고 하는 건 몰라도 아주 불가능하다고 할 수는 없는 것 아닐까요?"

철민이 슬쩍 비트는데, 장동국은 오히려 표정을 무겁게 바꿨다.

"만약에 말이야, 그 목표를 달성하면 어떻게 할 건데?"

"예?"

"4강에 들면, 그때에는 우리 선수들한테 뭘 해줄 거냐는 말이야."

철민이 언뜻 당황하고 마는데, 장동국의 목소리가 높아졌다.

"4강에 들면 그때는 야구단을 매각하느니 정리하느니 하는 따위의 소리는 없던 일로 하는 건가? 그리고 이번에 마구 후려 친 선수들 연봉도 다시 원래대로, 아니, 성적을 올린 만큼 그 이상으로 올려줄 건가?"

장동국의 목소리가 다시 차분해졌다.

"그것만 보장해 준다면, 내 다른 조건은 더 이상 달지 않고 기꺼이 D 불스의 감독이 되어주지."

순간 철민은 당황이고 나발이고 간에 픽 웃음을 흘리고 말았다. 턱없는 애기였다. 아예 노골적으로 '웃기고 자빠지자 는' 수작이었다.

그러나 철민은 그런 어이없음을 입 밖으로 내지 못하였다. 오히려 한순간 턱 말문이 막히고 말았다. 장동국의 두 눈이 불타고 있었다. 아주 활활 타오르고 있었다. 한마디만 잘못 뱉으면 당장에 멱살을 틀어쥐고 죽인다고 으르렁댈 기세였다.

철민은 벌겋게 충혈된 장동국의 눈을 마주 노려보았다. 그러는 외에는 달리 대응할 방법이 없었다. 그렇다고 그가 딱히 어떤 노려볼 이유를 가지고 있는 건 아니었다. 사실 그는 지금 아무 생각도 하지 못하고 있었다. 아니, 무슨 생각을 하고 싶지도 않았다. 그저 '노려보기에' '노려보는' 것 외에는.

5

한영주는 대승그룹 회장실에 와 있었다. 선약도 없이 불쑥

들이닥친 그녀 때문에 비서실에서는 사뭇 곤혹스러워했지만, 그녀는 막무가내였다.

"야구단에 관한 얘기라고? 허! 어떻게 하지? 난 지금 바로 중요한 스케줄이 있는데……."

한승헌 회장은 짐짓 안타깝다는 표정이다가, 마침 당황스러운 기색으로 뒤늦게 회장실로 들어오는 비서실장에게 질책의 눈초리를 보냈다. 그러나 한영주가 작정하고 들이닥친 것을 비서실장이라고 해서 딱히 무슨 수가 있었으랴?

"그리고 야구단에 관한 얘기라면 나보다는 오히려 비서실장과 얘기해 보는 게 좋을 거다. 나야 뭐, 요즘에는 그쪽으로 통 신경을 못 쓰고 있으니 말이다."

한 회장이 웃으며 하는 말에 한영주는 곧바로 날부터 세웠다.

"안 돼요. 비서실장님께서는 결정하지 못하실 문제예요. 오빠가 바쁘다니까 간단히 요점만 말할게요. 대신 반드시 제 요구 사항을 들어주셔야 해요."

"허허! 이거야 원! 아주 단단히 작정을 하고 온 것 같으니 후환이 두려워서라도 그냥 갈 순 없겠구나. 그래, 무슨 애긴지 일단 들어나 보자! 대신, 제발 간단히 좀 끝내줬으면 좋겠다!"

"이번에 그룹에서 우리 구단에 부여한 경영 목표가 뭔지 아세요?"

"글쎄?"

한 회장이 가볍게 눈살을 찌푸리며 비서실장을 돌아보자,

비서실장이 얼른 대답했다.

"이번 시즌 4강 달성과 전년도 대비 총예산 50% 저감(低減)입니다."

"흠! 그래요?"

한 회장의 표정이 언뜻 찡그린 듯 웃는 듯 묘하게 일그러졌다. 한영주가 힐끗 비서실장을 흘겨보며 말했다.

"그중 총예산 저감 목표는 사실상 이미 달성이 된 것이나 마찬가지죠. 마구잡이의 칼질과 쥐어짜기로 말이에요."

"허허! 마음에 들지 않을 수는 있겠으나 그런 표현은 좀 그렇구나!"

한 회장이 다소간 어색하게 웃으며 비서실장을 변호하기라도 하듯이 말했다. 그러나 한영주는 여전히 비서실장에게 시선을 꽂아둔 채 다시 물었다.

"그런데 4강이란 목표는 누구에게 물어도 모두들 불가능하다고 해요. 그렇지 않나요, 실장님?"

비서실장이 슬쩍 회장의 기색을 살피고 나서 차분하게 대답했다.

"그렇다고 보는 의견들이 지배적이긴 합니다."

한 회장이 한영주에게 물었다.

"잠깐 듣자니 너는 그 불가능한 목표가 부여된 데 대해서 내게 항의를 하러 온 모양이구나?"

"아니에요. 그 반대예요."

한영주의 똑 부러지는 대답에 대해 한 회장이 짐짓 흥미롭다는 듯이 반문했다.

"반대라?"

"그래요. 비록 불가능한 목표라고는 해도 제가 처음으로 도전해 보는 것이니 할 수 있는 데까지는 최선을 다하고 싶어요."

한 회장이 어린 여동생을 잠시간 지그시 바라보고 있다가 문득 빙그레 웃으며 말했다.

"그 목표에 대해 깊은 내막까지는 잘 모르겠다만, 다들 불가능하다고 할 때는 그만한 이유가 있는 법이 아니겠니? 현명한 경영자라면, 불가능한 목표를 그대로 밀어붙이기보다는 실행 가능한 수준으로 목표를 수정하거나, 혹은 빨리 포기하고 다른 기회를 도모하는 것이 바른 처신이 아닐까?"

"그러나 저는 차라리 배수진을 치려고 해요."

"배수진? 끝까지 밀어붙이겠다고? 허허, 참! 사실은 내가 보기에도 뻔히 불가능한 일 같은데, 그렇게 괜한 고집을 피울 것까지야 없지 않겠니?"

"말씀드렸잖아요? 저의 첫 도전이라고. 이 첫 번째 도전에서 해볼 수 있는 데까지 해보지 않으면, 그래서 실패하더라도 제 스스로가 충분히 납득할 수 있는 그런 실패가 아니라면, 저는 앞으로 두 번째 도전 같은 것은 감히 시도조차 해볼 수 없을 것 같아서요."

"그래, 그런 생각은 가상하다만… 허허, 참! 그래, 배수진까지 치겠다면, 네 등 뒤에는 무얼 두려고?"

"제가 뭐 특별히 둘 만한 게 어디 있겠어요. 만약 목표를 달성하지 못하면 그냥 깨끗하게 야구단에서 손을 떼도록 하죠. 그때는 매각을 하든 공중분해를 시키든 일절 관여하지 않을게요."

"그래?"

"대신에……."

그때 마침 비서실 직원이 들어와서 스케줄이 지연되고 있음을 조심스럽게 알렸으므로 한영주의 말이 빨라졌다.

"불가능하겠지만 만약에라도 금년 시즌에서 우리 구단이 정말로 4강에 든다면, 그때는 합당한 보상이 있어야만 해요."

"흠! 경영 목표를 달성했을 때의 보상을 제시해 달라?"

"그래요. 불가능한 목표인데, 그 불가능을 이뤘을 때의 보상조차 없다면 누가 시도조차 하려고 할까요? 불가능한 목표임에도 사람들을 그 목표를 향해 움직이게 하려면, 반드시 그만한 동기와 비전이 제시되어야 하는 법 아닌가요?"

한 회장이 슬쩍 비서실장을 돌아보고는 다시 한영주에게 물었다.

"그래, 그 합당한 보상에 대해서 간단히 들어볼까?"

"금년에 삭감된 선수단의 연봉을 원상 이상으로 보장할 것. 또한 향후 3년간 나머지 일곱 개 구단 평균치 이상의 구단 운영 예산 배정을 약속할 것."

"그건 안 됩니다. 그룹의 제반 여건상 그런 일은 불가능합니다."

　단호한 투로 말하고 나선 것은 지금까지 내내 조심스럽게 듣고만 있던 비서실장이었다.

　"불가능하다고요? 그러나 불가능하기로는 저희 구단에 하달된 목표가 먼저 아니던가요? 처음부터 불가능할 것을 알고서 하달한 목표 아니었던가요? 그렇다면 불가능한 목표에 대한 보상 역시도 최소한 불가능 비슷한 것으로는 제시되어야 하는 것 아닌가요? 그래야 최소한의 공정성이 확보되는 것 아닌가요? 그래야 그룹으로서도 최소한의 명분과 체면이 서는 것 아닌가요?"

　한영주가 날카롭게 되받았다. 그러나 그녀의 날카로움은 비서실장이 아닌 한 회장을 향한 것이었다.

　한 회장이 언뜻 비서실장을 보았기에 비서실장은 순간 당황한 기색이 되고 말았다. 아마도 이 순간 그의 머릿속에서는 수많은 계산과 저울질이 오가고 있으리라. 비서실장이라는 자리는 조언을 할망정 장담을 하는 위치가 되어서는 안 되는데, 지금 그는 장담을 요구받고 있었다. 그 스트레스가 당황을 만들어내고 있는 것이리라. 그러나 일단 회장의 요구를 받은 이상 장고(長考)는 가장 나쁜 대답이 될 것이니 그는 결국 고개를 끄덕이고 말았다.

　"하하하! 난 네가 그동안 구단주 노릇을 하면서 엉뚱한 짓이나 하고 다니는 줄 알았다. 그런데 오늘 보니 승부수를 띄울 줄도 알고, 제법 배운 것이 있어 보이는구나. 비록 무모한 승부수인 것 같기는 하지만… 좋다. 네 요구 조건을 받아들이는 것으로 하마."

한 회장이 웃으며 말했을 때, 한영주의 얼굴에는 반색과 함께 의외롭다는 기색이 동시에 떠올랐다.

"정말이죠? 나중에 다른 말씀 하는 거 아니죠?"

"허허! 얘가 지금?"

"호호호! 좋아요! 약속하신 거예요, 회장님?"

"허허허!"

한 회장이 웃는 한편으로 서둘러 자리에서 일어섰다.

"더 필요한 것이 있다면 비서실장과 의논하도록 하고, 난 이만 가봐야 되겠다."

"죄송해요! 어서 가보세요!"

서둘러 회장실을 나서는 한 회장은 여전히 웃는 얼굴이었다.

6

장동국은 뜻밖의 전화 한 통을 받았다.

"감독님의 제안을 받아들이죠!"

묘령의 여자 목소리는 대뜸 그렇게 말했다.

"대체 무슨 소리요? 당신 누구요?"

"한영주라고 합니다."

"한영주? 한영주가 누구요?"

"D 불스의 구단주죠."

"D 불스의 구단주? 뭐요? 정말이요? 아니, 그런데 어떻게…
이렇게 직접……?"

당황을 금치 못하는 장동국에게 전화 저편의 한영주가 밝은
웃음소리로 대답했다.

"호호호! 김철민 팀장에게 보고받았어요. 김 팀장 말이 우리
구단이 이번 시즌에 4강 진입을 하려면 장 감독님이 절대적으
로 필요하다고 하더군요."

"아… 예! 허허… 이거 참! 허허허!"

"저는 이미 감독님의 제안을 받아들였으니 이제 감독님의
결심만 남았네요."

장동국은 그제야 당황과 흥분을 수습할 수 있었다. 그의 목
소리에 힘이 들어갔다.

"허허! 이미 감독이라고 부르고 계신데, 제가 또 뭘 어떻게
하겠습니까? 좋습니다! 한번 해보지요!"

"고맙습니다, 감독님! 우리 D 불스가 금년에 여러 가지 어려
운 상황에 처해 있음에도 불구하고 기꺼이 감독직을 수락해
주신 데 대해 구단주로서 진정으로 감사를 드립니다."

"제게 감사하실 필요까지는 없습니다. 어디까지나 절 위해
서, 제가 좋아서 선택한 것일 뿐이니까요."

"아무튼 감독님만 믿겠습니다. 그리고 제가 할 수 있는 데까
지 모든 지원을 다할 테니 필요하신 것이 있다면 제게 직접 말
씀을 하셔도 좋고, 김철민 팀장을 통해 하셔도 좋습니다."

7

한영주가 장동국에게 전화를 했다는 사실을 철민은 손강호를 통해서 들었다. 기분이 묘했다. 그가 한영주에게 장동국에 대해 말을 하기는 하였지만, 솔직히 그녀가 무엇을 해줄 수 있을 것이라고 기대하지는 않았다. 혹은 무엇을 해줄 수 있다고 하더라도 실제로 해줄 것이라고는 또 기대하지 못했지만.

다만 장동국의 열정에 대해, 또한 그것에 공감하는 철민 자신의 울화에 대해 그가 잡을 수 있는 마지막 동아줄을 한번 당겨보고자 하는 마음이었을 뿐이다. 물론 한영주라는 그 마지막 동아줄에 대해서 그는 이미 썩은 동아줄일 것이라는 체념을 가지고 있는 중이었는다. 그럼에도 차마 놓지 못하고 있는 막연한 마지막 한 가닥의 기대가 있었기에, 이제 그 동아줄이 다만 썩은 동아줄에 불과하다는 것을 분명히 확인함으로써, 마침내 추락의 완전한 끝을 확인해 보고 싶은 마음이었다.

그렇기에 그는 장동국의 요구 사항에다, 그 자신의 공감과 울화 격인 '향후 3년간 나머지 일곱 개 구단 평균치 이상의 구단 운영 예산 배정을 약속할 것' 이라는 요구까지 덧붙인 무게로 썩은 동아줄을 당겼던 것이다.

의외로 동아줄은 끊어지지 않았지만, 그럼에도 여전히 튼튼한 동아줄이라고는 생각되지 않았다. 이번 한 번은 용하게도 끊어지지 않았지만, 언제 어느 순간에 허망하게 끊어져 버릴지 모르는 여전히 신뢰할 수 없는 불량 동아줄일 뿐이었다.

설령 튼튼한 동아줄이라고 해도 철민은 그것에 본격적으로 매달려 볼 생각 따위는 없었다. 썩었든 튼튼하든 그 동아줄은 자신이 매달릴 동아줄이 아닌 것이다.

다만 장동국에게, 그리고 손강호에게 비록 만족할 만큼은 아닐지라도 한동안만이라도 그들이 지닌 열정을 한껏 발산해 볼 수 있는 그런 동아줄이 되어주기를 바랄 뿐이었다.

아주 조금 욕심을 내도 좋다고 한다면, 덕분에 철민 자신도 잠시간, 아주 잠시간만 그들과 함께 매달려 있을 수 있기를 바라는 마음은 있었다. 막다른 구석에 도달할 때까지만, 정말 막다른 구석에 몰렸다고 스스로 인정할 수 있을 때까지만, 그럼으로써 지금까지의 실패를 흔쾌히 인정하고 아무런 울분 없이 툭툭 털고서 새로운 길을 갈 각오를 다질 수 있을 때까지만.

8

D 불스 구단사무실에 변화의 바람이 불고 있었다. 위로부터 부는 바람이었다. 구단주의 강력한 지시였다.

'앞으로 구단의 모든 업무를 직접 챙기겠다. 특히 구단 바깥으로 나가는 모든 사항은 사안의 시급과 경중을 불문하고 무조건 구단주를 거쳐라!'

그런 '바람'에 대해 철민은 다분히 회의적이었다. 결국은 잠시 스쳐 가는 작은 회오리바람이려니 여겨졌다. 잠시 휘돌다가 이내 그것 자체를 온전히 포함하는 더욱 거대한 바람에 흔적조차 없이 고스란히 포용되고 말 작은 회오리.

그러나 선수단에 부는 변화의 바람은 보다 강력했다. 우선 전임 감독과 세 명의 코치가 떠난 뒤로 거의 방치되고 있다시피 하던 지도부에 새로이 지휘봉을 잡을 감독이 선임되었다.

장동국! 한마디로 야인(野人)이라고 묘사된 그가 D 불스의 새로운 감독으로 부임한 것에 대해 언론과 야구계에서는 떠들썩한 관심들이 있었다. 물론 대부분은 지극히 부정적인 관심들이었고, 개중에는,

'D 불스 구단이 이제는 감독의 연봉마저 아끼려 한다.'

또는,

'구단 마음대로 선수들을 칼질하려고 허수아비 감독을 세웠다.'

하는 등의 원색적인 비난이 벌써부터 쏟아지고 있었다.

그런가 하면, 장동국 신임 감독이 자신의 연봉에 대해서는 미리 정해진 액수가 없을뿐더러 협상을 벌일 의지도 없어 구단에 일임해 놓았다는 사실과 구단 운영 팀에서 확정해 놓은 예산 계획대로 전년도의 절반에 불과한 운영 비용에 최대한 맞추어 금년 시즌을 꾸려 나가는 데 순순히 동의를 했다는 사실을 소위 '믿을 만한 소식통' 을 통해 확인했다는 기사들도 있었다.

9

장 감독에게 언론에서 예견했던 '허수아비'의 면모만 있지 않으리라는 것은 그가 1군 선수단을 소집하여 처음으로 대면하는 자리에서부터 짐작해 볼 수가 있었다.

"약 이 주일 뒤 우리는 전지훈련을 떠난다. 훈련지는 N시다."

의례적인 대면사를 대신한 장 감독의 일성이었다. 그 단도 직입적인 선언에 대해 선수들에게서는 당장에,

'N시가 도대체 어디냐? 사이판이나 가고시마 옆 동네쯤 되냐?'

하는 빈정거림에서부터,

'연봉 계약도 마무리 안 되었는데 무슨 훈련이냐?'

하는 불만의 토로까지 여러 형태의 반발이 나왔다. 그러나 장 감독의 대응은 명확하고도 단호했다.

"여러분에게 손해를 보라고 말하지는 않겠다. 구단과 싸우지 말라고 말하지도 않겠다. 여러분이 그렇게 할 가치가 있다고 생각한다면, 무엇이든 그렇게 해라. 그러나 야구선수로서 당연히 흘려야 할 땀과 노력을 볼모로 잡지는 마라. 불평하고 싸우더라도 야구선수로서 할 것은 해가며 하라는 것이다. 나는 오로지 야구를 하기 위해 여기에 왔다. 여기가 내 야구 인생의 마지막 종착지라 생각하고 왔기에, 정말 마음껏 후회없이 죽기 살기로 야구를 해볼 작정이다. 더 이상 잔소리를 늘어놓지는 않겠다. 감독으로서 분명히 말한다. 땀 흘릴 의지가 없는 사람은 훈련에 참여하지 마라. 참여하지 않겠다는 사람은

굳이 데려가지 않는다. 또한 분명히 말해두건대, 내가 지휘하는 팀에서 실력은 두 번째다. 실력보다는 야구를 하겠다는 의지가 우선이다. 각자 훈련 참여 여부에 대해 내일까지 내게 직접 의사를 표시해라. 그 의사를 백 프로 존중하겠다.”

　　예상과 우려대로, 장 감독의 ‘명확하고도 단호함’은 선수들에게 통하지 않았다. 다음날까지 1군의 주축 선수 중 대부분이 아예 의사 표시를 하지 않았다.
　　그럼에도 장 감독은 별로 난감해하는 기색이 아니었고, 단호함을 꺾지도 않았다.
　　“1군으로 훈련 인원이 모자란다면 2군을 훈련에 포함시킬 것이다! 그래도 선수가 모자란다면, 신인 테스트를 통해 신고 선수들을 뽑아서라도 보충할 것이다!”
　　그리고 감독은 결국 자신의 선언대로 밀어붙였다. 먼저 2군 소속 전원에게서 훈련 참가 의사를 받아냈고, 그들 중 적어도 다섯 명 이상을 전훈에 참여시키겠다고 구체적인 약속까지 했다. 그런 감독의 서슬에 마지못한 듯이 1군의 백업 요원들과 최근 이삼 년간 신인지명을 받은 신참 급들이 뒤늦게 쭈뼛쭈뼛 훈련 참가 의사를 밝혀왔다.

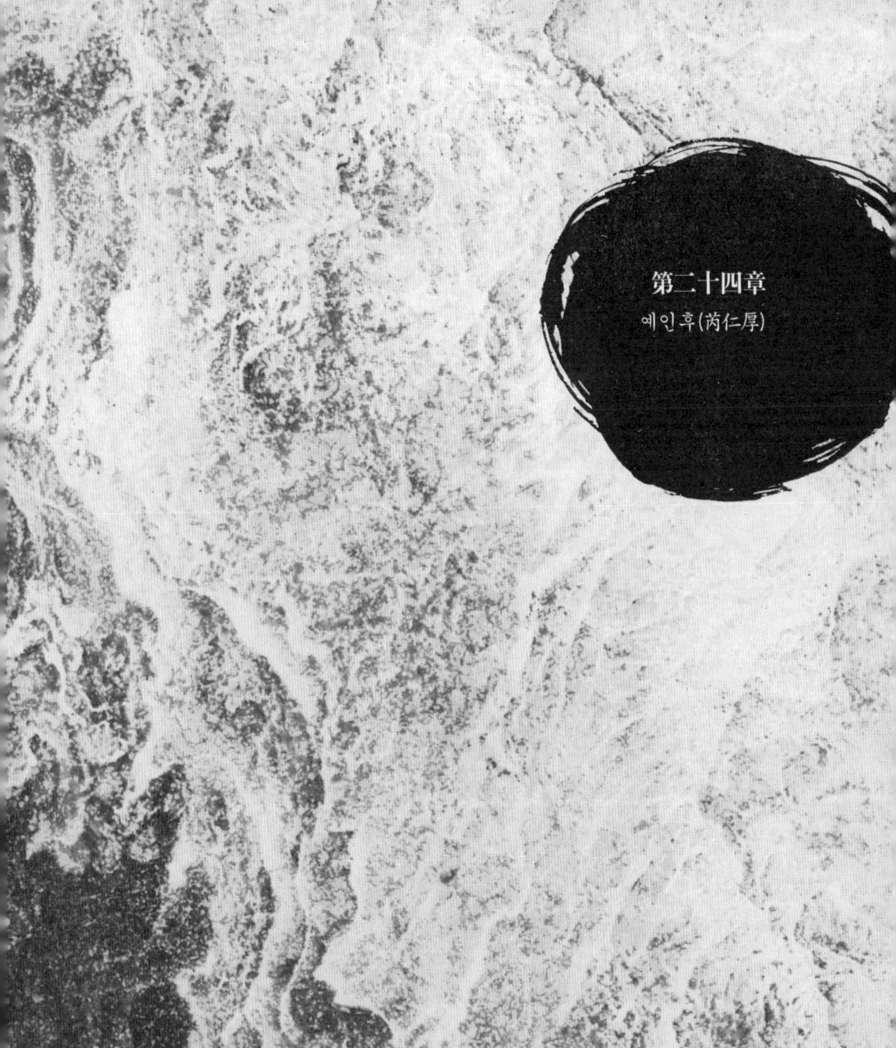

第二十四章

예인후(芮仁厚)

1

　철민은 아스라한 무의식의 저편에서 겨우 의식의 이편으로 건너오는 중이었다.

　시야가 트이기 전에 몸의 느낌이 먼저 살아났다. 그는 푹신한 바닥에 누워 있었는데, 충격은 크지 않지만 전체적으로 흔들리는 느낌이었다. 뒤이어 소리가 들렸다.

　그르르르르! 두드득! 두드드득!

　바퀴 구르는 소리와 말발굽 소리인 것 같았다.

　'마차인가?'

　그런데 말발굽 소리는 한두 마리가 아닌, 적어도 수십 마리가 달리는 듯했다. 그런 것으로 미루어, 마차 주위로 다수의 말 탄 사람들이 따라서 달리고 있는 모양이었다.

　'어떻게 된 일이지?

　언뜻 시야가 열렸다. 퍼뜩 들어오는 것은 한 사내의 옆모습이었다. 철민이 놀라 벌떡 몸을 일으키려는데, 순간 전신이 산산조각 분해되는 듯한 극렬한 통증이 한꺼번에 몰려오는 바람에 저도 모르게 비명을 내지르고 말았다.

　"크으으윽!"

　그때 부드러운 손길 하나가 지긋이 철민의 가슴을 눌렀는데, 고통도 고통이지만 사내의 손에서 흘러나온 부드러운 한 가닥의 힘 때문에라도 철민은 꼼짝도 할 수가 없었다. 그러나 그 손길은 아주 부드럽고도 편안한 느낌이었는데, 철민이 진정되자 사내는 가만히 손길을 거두었다.

　철민은 아주 느리고도 조심스럽게 몸을 점검해 나갔다. 그러나,

　'윽! 크윽!'

　작고 미세한 움직임의 시도만으로도 온몸의 근육과 뼈와 관절은 소스라치듯이 고통을 토해냈다. 가장 두드러진 것은 뼈였다. 한두 군데가 아닌, 전신의 뼈란 뼈는 거의 모조리 다 부서져 버린 느낌이었다.

　그야말로 엉망이었다. 더 이상 꼼꼼히 점검해 볼 것도 없이 그 약간의 시도만으로도 철민은 자신의 몸이 지금 도저히, 조금이라도 움직일 만한 상태가 아니란 것에 대해 순순히 수긍할 수밖에 없었다.

　다만 역설적이게도, 몸이 '엉망' 인 것과는 전혀 무관하게도

그의 내부는 기이한 활력으로 충만된 느낌이었다.

2

얼굴 윤곽의 뚜렷함과 피부의 윤기로 보아 사내는 많아도 서른은 안 넘었겠다 싶었다. 잘생긴 얼굴이었는데, 미남이라기보다는 호남형이라고 해야 할 얼굴이었다.

그런데 사내가 문득 눈길을 맞춰오는 순간 철민은 언뜻 감탄하고 말았다. 깊고도 맑은, 그러면서도 힘찬 기상이 서려 있는 듯한, 범상하지 않은 느낌의 눈빛이었다.

"누구십니까?"

경계와 불안을 숨기지 못한 철민의 물음에 사내의 눈빛은 언뜻 엷은 웃음기를 머금었다.

"소생은 예인후((芮仁厚)라고 합니다."

역시 맑은 느낌의 목소리였다. 짧은 대답을 한 사내, 예인후는 엷게 웃는 얼굴로 가만히 철민과 눈을 맞추고만 있었다.

그런데 철민은 문득, 다만 이름을 안 것만으로도 마치 예인후를 어느 정도 알게 된 것 같은 느낌이 들었다.

철민이 아무 말도 하지 않아 침묵이 길어지자 예인후가 담담한 얼굴로 다시 입을 열었다.

"이 넓은 강호 천지에서 우리가 이렇게 만났다는 것부터가 특별한 인연이 아닐 수 없고, 연배도 저와 크게 차이가 나지 않는 것 같으니… 제가 철 형이라고 불러도 되겠습니까?"

"아! 어떻게… 저를 아십니까?"

철민이 정말로 깜짝 놀라고 마는데, 예인후는 빙그레 미소를 떠올렸다.

"오늘 오전에 우연히 영호세가의 분들과 백리소란 소저를 만났습니다."

"아!"

"백리 소저는 간단한 사정 얘기와 함께 바로 얼마 전에 공손일준 형이 철 형을 뒤따라 북쪽을 향해 갔으니, 혹시 방향이 많이 다르지 않으면 가는 길에 두 분을 한번 찾아봐 줄 수 없겠느냐고 제게 부탁을 하더군요. 마침 저는 형제들과 함께 한 가지 임무 수행을 완수하고 집으로 복귀하는 중이었고, 방향도 많이 다르지 않았기에 그리해 보겠다고 했지요. 그래서 그 뒤로 내내 두 분의 행적에 유의하기는 했지만, 그렇더라도 정말로 철 형을 발견하게 될 줄은 미처 생각지 못한 일이었습니다. 게다가 발견 당시에 철 형은 위중한 상태로 의식을 잃고 쓰러져 있었으니, 어쨌든 정말로 다행한 일이었지요."

"아! 그랬었군요. 예 형께서 저의 목숨을 구해주셨군요. 정말… 정말 고맙습니다."

철민이 진정으로 고마움을 표시하자 예인후가,

"크게 애를 쓴 것도 없는데 그런 인사를 받기는 송구합니다."

하고 겸양하고는 문득 다시 정색을 하고서 덧붙였다.

"그런데 공손 형이 철 형을 바로 뒤쫓아갔다고 하던데, 혹시 두 분은 서로 만나지 못했습니까?”

“못 만났습니다. 저는 그런 줄 알지도 못했습니다.”

“음! 아무래도 두 분은 서로 길이 엇갈린 모양입니다.”

공손일준이 영호상 등과 작별을 하면서까지 자신의 뒤를 따라 나섰다는 말을 듣고 나서 철민은 공손일준의 인물됨에 대해 다시 한 번 생각해 보게 되었다. 공손일준이 결코 가벼운 성정의 인물은 아니라는 것은 이미 알고 있는 바이지만, 그렇다고 그가 철민 자신과 이렇다 할 특별한 관계가 있는 것은 아닌데 그렇게까지 깊은 마음을 써주었으리라고는 미처 생각지 못했던 일이다.

“사실 철 형이 이처럼 빨리 의식을 차리고, 또 저와 대화를 나누고 있다는 것은 상당히 놀라운 일입니다. 철 형의 상세는 그만큼 위중했고, 지금도 여전히 위중합니다. 어쨌든 저희가 가지고 있는 약재가 충분치 않아서 급한 대로 응급조치만 해놓은 상태인데, 다행히도 저희 집까지는 이제 얼마 남지 않았으니 도착하는 대로 제대로 된 치료를 받게 해드리겠습니다.”

“아아! 아닙니다. 이미 너무 많은 신세를 졌는데 무슨 염치로 다시 폐를 끼칠 수가 있겠습니까?”

예인후가 진중한 기색으로 고개를 가로저었다.

“말씀드렸지만, 철 형의 상처는 정말로 심각한 지경입니다. 내상의 정도는 상세한 진단을 받아봐야 알 것이니 차치하고라도, 온몸의 뼈가 거진 다 부러지다시피 했으니 당장의 치료가 시급하고, 그런 이후에도 최소 몇 개월은 정양해야 겨우 일어설 수가 있을 겁니다. 그리고 이미 집 어른들께도 전서구를 날려 사정 말씀을 올렸고, 또 철 형을 데리고 와도 좋다는 답신을 받았습니다. 그러니 신세니 폐니 하는 것은 나중에 생각하시고 일단은 저희 집으로 가십시다.”

예인후의 호의가 진심이라는 것이 느껴졌으니, 철민은 진심으로 감격하지 않을 수 없었다.

“저같이 보잘것없는 사람에게 이처럼 크나큰 호의를 베풀어주시니 저는 정말… 어떻게 감사를 드려야 할지, 나중에라도 어떻게 다 보답을 해야 할지 모르겠습니다!”

“하하하! 철 형이 보잘것없는 사람이라니요? 백리 소저에게 들어서 이미 알고 있습니다. 철 형이 잠마련의 섭문을 꺾음으로써 새로이 백강의 서열 십위가 되었다는 사실을!”

“아, 하지만 그건…….”

철민이 그게 사실은 그런 게 아니라고, 그 안에는 이러저러한 사정들이 숨어 있는 것이라고 해명을 해보려 했다. 그러나 그 안의 사정이 말로는 쉽게 해명이 될 것이 아니었거니와, 예인후가 해명할 틈을 주지도 않았다.

“사실 백강 중에는 스스로의 노력보다는 가문이나 사문의 배경에 힘입은 자들이 적지는 않지요. 그런데 철 형은 스스로의 능력만으로 당당히 서열 십위에 올라섰으니 능히 젊은이들 중의 영웅호걸이라고 해야 하는 것이지요.”

“음!”

철민이 답답한 침음성이나 뱉으며 우물거리고 있는데, 예인후는 문득 진중한 기색으로 되며 말을 이었다.

"사실은 철 형이 저의 집으로 가야 하는 이유가 또 한 가지 있습니다."

"예?"

"바로 잠마련 때문입니다. 철 형도 겪어보았겠지만, 잠마련은 실로 집요한 자들입니다. 한번 맺은 원한은 결코 잊는 법이 없지요. 더욱이 철 형이 그들의 최고 신물인 천마비와 연관이 있었으니만큼, 그들의 추격은 보다 집요하게 계속될 것이 분명합니다. 그렇다면 철 형은 최소한 부상을 치유하는 동안에라도 잠마련의 추격으로부터 안전을 확보할 수 있는 피신처가 필요할 것인데, 그런 점에서 저의 집만 한 곳을 따로 찾기는 결코 쉽지 않을 것입니다."

철민은 문득 의문을 가져보지 않을 수 없었다. 예인후의 말이 아니더라도 잠마련이 얼마나 크고 대단하며 또한 집요한 집단인지는 철민이 이미 충분히 실감한 바가 있다. 그런데 그런 잠마련의 위협에 대해서 능히 그의 피신처가 되어줄 수 있다고 장담하는 예인후의 집은 대체 어떤 곳일까 하는 당연한 의문이었다.

"예 형의 집은 어떤 곳입니까?"

철민이 묻자 예인후는 빙그레 미소를 떠올렸다. 그 미소에서는 일부러는 아닌 듯했지만, 다분한 자긍심과 자부심이 드러나 보였다.

예인후가 짧고 분명하게 대답했다.

"수호천입니다."

3

"잠마련의 추격이 강화되고 있네. 이제 내가 천마비를 미끼로 해서 그들을 유인해 볼 것이지만, 만약의 경우에 아우는 무조건 북쪽을 향하고 달아나게. 이곳에서 북쪽으로 구백 리(里) 떨어진 곳에 회강(回綱)이라는 곳이 있는데, 바로 수호천이 있는 곳이네. 그곳에 아우가 아는 사람이 있다고 했고, 또한 그곳이야말로 당금 강호에서 가장 힘이 강한 곳이니 어떠한 위협으로부터도 안전을 확보할 수 있을 것이네."

철위강이 떠나면서 마지막으로 남겼던 전음이 새삼 철민의 귓가에 생생하였다. 그리고 잇달아 떠오른 단상 하나.
'까마귀늙은이!'
돌이켜 보면 까마귀늙은이에 대해서 철민은 한동안 오직 원망만 가득하였다가, 나중에는 기왕에 죽은 사람이니 아예 기억에서 떨쳐 버리려고 했다.
그런데 그게 그렇지가 않았다. 까마귀늙은이는 철민의 기억 깊은 곳에 침잠해 있다가 어느 순간에는 문득문득 떠오르곤 했다.
그리고 까마귀늙은이로 인해 고통만 당했다고, 상처만 입었다고 생각했던 원망도 시간이 지나면서 조금씩은 변질이 되어

갔다. 설령 까마귀늙은이가 의도했던 것이 온전히 악독하기만
한 것이었다고 할지라도, 막상은 까마귀늙은이에게 받은 것들
덕분으로 온통 절망뿐이며 피할 수조차 없는 이 낯선 세계에
서 그가 지금까지 버텨 내며 또 하나의 삶을 살아내고 있는 것
이 아니던가?

그럼으로써 철민은 어느 때부터인가 까마귀늙은이를 원망
하는 마음 중에, 다시 뭔가 빚진 것 같은 기분을 초금씩 느끼고
있었던 것이다.

'천마비 때문일까?

그런 생각도 철민으로서는 당연히 해볼 수밖에 없었다. 그
리고 예인후는 천마비에 대해서 몇 가지 질문을 꺼내기도 했
다.

'철위강과 철민이 친형제 간인지, 다만 의형제 간인지?',
'철위강은 왜 천마비를 가지고 간 것인지? 어디로 간 것인
지?', '철위강은 어떤 사람인지? 백강의 서열 십일위에 올라
있었다는 사실 외에 그의 출생 가문은 어디이며, 사문은 어디
이며, 주요 경력들은 어찌 되는지?' 등등에 대한 질문이었다.

그러나 철민으로선 굳이 대답을 고민할 필요도 없는 사항들
이어서 그저 '철위강과는 의형제 사이지만, 가장 가깝고도 친
한 사람이다', '철위강이 천마비를 왜 가지고 갔는지, 어디로
갔는지는 나 자신도 모른다', '철위강의 출생 가문이며 사문,
주요 경력이며 그런 것들에 대해서는 역시 알지 못한다' 하는
정도로만 대답했다.

다만 그 정도의 대답이 예인후가 그에게 베풀고 있는 호의
에 비해서는 너무 무성의한 것이라 생각되었기에 철민은 자신
이 어떻게 철위강을 만나게 되었는지를 추가로 설명하였고,
그런 중에 자신이 투노였으며 투왕에까지 올랐었다는 사실에
대해서도 말을 해주었다.

그런 얘기들에 대해 예인후는 내내 흥미롭다는 기색을 감추
지 못했다.

4

철민이 예인후의 호의를 감사히 받아들이면서, 한편으로 약
간의 자위가 있기도 했다.

'까마귀늙은이의 마지막 부탁을 들어주자!'

그러나 사실은 다만 낯간지러운 핑계였다. 드러내기 불편할
지라도 진실은 너무도 확연했다.

'다른 선택의 여지가 없다!'

그동안 전적으로 의지하다시피 해왔던 철위강이 온전히 떠
나 버린 지금, 잠마련이라는 거대한 힘을 지닌 강호 집단으로
부터 그를 보호해 줄 곳은 철위강과 예인후가 모두 적시하였
듯이 수호천밖에는 없지 않는가?

예인후의 호의는 그야말로 '너무 호의적' 이어서, 철민으로
서는 당연히 그 안에 어떤 흑막이 있을지도 모른다는 생각을
해보기도 했다. 그러나 그런 점에 대해서도 철민은 예의 그

'불가피성' 외에 다시 한 가지 나름의 당위성을 부여했다. '당위' 란? 그냥 그의 느낌이었다. 첫인상? 혹은 호감이랄까?

언젠가 철민이 철위강에게 물었다, 무슨 이유에서 내게 이처럼 호의를 베푸느냐고.

그때 철위강은 누군가에게 들은 애기라며 이렇게 대답했다. 사람이 사람에게 가지는 호감에는, 그 호감을 가지는 사람으로서도 딱히 이유를 알기 어려운 종류의 호감도 있는 것이라고.

예인후는 수호천 내에서 제법 직급이 있는 것처럼 보였다.

철민이 누운 채로 언뜻언뜻 보이는 차창 밖의 광경과 여러 가지 정황들로 짐작해 볼 때, 마차 주변을 따르는 무리는 근 삼십여 명에 이르는 것 같았다.

예인후는 그들을 형제라고 불렀지만, 마차 바깥에서는 수시로 보고 형태의 말이 전해졌고, 그럴 때마다 그들은 예인후에 대해 깍듯하게 '대주(隊主)' 라고 불렀다.

5

"대주, 천(天)에 도착했습니다."

바깥에서 전해오는 보고에 예인후는 담담한 미소를 떠올렸다. 그러나 마차 안의 또 한 사람, 철민은 잔뜩 긴장되는 심정이 되지 않을 수 없었다. 당금 강호에서 가장 거대하고 강한 힘을 가진 곳, 바로 수호천이었다.

막상 수호천으로 들어가는 일은 철민이 미리 상상하고 있던 것에 비해서는 너무도 단순했다. 어떤 확인도, 검문도, 통과 절차도 없었다.

마차가 멈춘 다음에 철민은 곧장 예인후의 '형제' 몇 명에게 들려서 어떤 방으로 옮겨졌다.

그 방에서는 좋은 냄새가 났다. 딱히 감미롭거나 향기롭다기보다는, 그냥 사람의 마음을 편안하게 만들어주는 은은한 향이었다. 그 향이 약향(藥香)이란 것을 철민은 곧 알 수 있었다. 아마도 그는 의원에게로 데려온 모양이었다.

예인후는 상부에 보고를 하고 오겠다고 나갔고, 그 이후 한참이나 지나도록 방에는 아무도 나타나지 않고 있었다. 철민이 혼자서는 마음대로 고개조차 돌릴 수 없는 처지라 이윽고 몹시 답답해질 무렵이었다. 문득 누군가 방 안으로 들어온다는 기척이 나더니,

자박! 자박!

얌전한 발자국 소리가 철민에게로 다가왔다. 그리고는 곧장 얼굴 하나가 철민의 얼굴 위로 와서는 가만히 아래를 내려다보았다.

갸름하고 하얗고 작은 얼굴이 아무 말도 하지 않은 채 빤히 내려다보고만 있었기에 철민은 사뭇 당혹스럽지 않을 수 없었다. 더욱이 여자였다. 스물도 안 되어 보였다. 예뻤다. 그리고,

그럼으로써 맹랑하고도 당돌했다.

　'예쁘고 맹랑하고 당돌한' 얼굴의 여자는 전혀 양보를 할 기색이 없어 보였다. 그리고 철민은 고개를 돌리고 싶어도 돌릴 수 없는 처지였다. 당혹스럽고 난감한 잠깐이 지난 뒤, 철민은 슬그머니 약간의 반발과 화, 동시에 문득 묘한 호기심이 생겨났다.

　피할 수 없었으므로, 철민은 피하지 않기로 했다. 차라리 그 '예쁘고 맹랑하고 당돌한' 얼굴을 마주 올려다보았다. 그러자 '예쁘고 맹랑하고 당돌한' 얼굴은 문득 한 가닥의 이채로움을 떠올리는 것 같았다. 혹은, 호기심일까?

　그렇게 두 얼굴은 조용히 마주 대치했다. 위에서 아래를 내려다보며, 또한 아래에서 위를 올려다보며.

　찬찬히 뜯어봐도 예뻤다. 이목구비 하나하나도 예뻤고, 그것들이 조화된 전체는 하나하나의 예쁨의 합보다도 더욱 예뻤다. 기왕에 뻔뻔함을 동원한 터에 철민은 한 걸음 더 나아가 그 예쁨을 조금 더 구체적으로 뜯어보기로 했다.

　여인이 예쁘다는 표현의 대표적인 것은 '미인'일 것이다. 그러나 철민은 지금 위에서 빤히 내려다보고 있는 저 '예쁘고 맹랑하고 당돌한 얼굴'의 소유자에게는 '미인' 외의 다른 표현을 붙여주고 싶었다. '미인' 말고 뭐가 좋을까? 아름답다? 우아하다? 화려하다? 화사하다? 미려하다? 섹시하다?

　'아! 빈한하기 짝이 없는 표현력의 한계여!'

지금까지 철민이 본 최고의 미인을 굳이 꼽으라면―영화나 TV, 혹은 화보 등을 통해서 간접적으로 본 미인들 말고 그의 두 눈으로 직접 본 미인들 중에서는―둘을 꼽을 수 있었다.

우선은 백리소란이다. 굳이 그가 평가해 주지 않더라도 이미 강호에서 가장 아름답다는 세 명의 미녀, 즉 강호삼미(江湖三美) 중의 하나라는 그녀. 그녀는 마치 오래된 미인도에서 사뿐히 걸어나온 것 같은 고아(高雅)함을 지녔고, 또 담담히 미소를 지을 때면 마치 한 송이의 꽃이 환하게 피어나는 착각이 들 정도의 미인이었다. 그러나, 그럼으로써 그녀는 철민의 취향(?)은 아니었다. 빼어난 미인임에는 분명하되, 말 그대로 고전적(?) 미인이었다. 거리를 두고서 감상하면 좋을 미인이지, 막상 가까이한다면 아무래도 부담이 느껴질 유형이었다.

두 번째는 한영주이다. 작고 갸름한 얼굴 중에서도 오뚝 솟아 시원스레 뻗은 콧날과 서글서글하면서도 보는 사람을 끌어당길 듯한 매혹적인 눈매를 지닌 여인. 그런가 하면 한눈에 '잘 빠졌다!'는 느낌을 팍 풍기는 늘씬한 글래머의 몸매를 지닌, 그야말로 '퀸카'. 그러나 이지적이다가 때로는 도전적으로, 또 때로는 대책없이 열정적으로 변하기도 하는 예측불가의 자기 주도적 성격을 지닌, 그럼으로써 또한 부담스러운 유형이다.

어쨌거나 철민이 직접 본 중에서는 최고의 미인인 그들 두 여인에 비하면, 지금 이 '예쁘고 맹랑하고 당돌한' 얼굴의 소유자는 사뭇 달랐다.

‘더 아름답고 덜 아름답다’의 문제가 아니라, 아예 서로를 비교의 대상으로 삼기 어려운 전혀 다른 종류의 매력이라고 할까? 아주 단순하게, 그리고 편한 대로만 말하자면, ‘미인’인 두 여인이 ‘부담스러운 유형’이라면, 지금 이 ‘예쁘고 맹랑하고 당돌한’ 얼굴의 소유자는 ‘덜 부담스러운 유형’이다. 맹랑하고 당돌한데도 불구하고 말이다.

혹은 뭔가 모르게 괜히 공감이 가는 유형이라고 할까? 남들이야 공감하든 말든 저 혼자서 고아하게, 혹은 도도하게 아름다운 그런 것과는 다른, 그냥 곁에 서서 긴장하지 않고 마음 편히 천천히 바라봐도 되는 그런 아름다움 같은 것?

‘제기랄! 그냥 그렇다는 거다! 그냥 예쁘다는 거다! 아! 빈한하기 짝이 없는 표현력의 한계여!’

그야말로 쓸데없는 평가요, 상상이었다. 그리고 철민의 머릿속에서 그것들은 꽤나 장황하였으나, 막상 실제의 시간은 아주 짧았다.

위에서, 아래에서 두 사람은 여전히 한마디의 말도 없이 그렇게 마주 보고만 있었다. 참으로 이상하다고 해야 할 상황이었지만, 두 사람은 차라리 고집을 부리고 있었다. 누가 먼저 눈길을 피하나, 혹은 말을 꺼내나 하는 것에 내기라도 하는 듯이.

“저… 여기서 일하는 분입니까?”

결국은 철민이 졌다. 져야지 어떡하겠는가? 기껏 스물도 안 된, 이제 보니 그보다도 몇 살 더 어릴 수도 있겠다 싶은 애를 상대로 말이다.

‘예쁘고 맹랑하고 당돌한 얼굴’의 소유자인 여자애가 여전히 내려다보는 채로 입매만 살짝 움직여 생긋 웃더니 고개를 까딱하였다. 끝내 대답을 하지 않고, 겨우 그 정도의 표정과 고갯짓으로만 대답을 하는 것이 다소간은 마음에 들지 않고 새삼 어색한 감이 들기는 했지만, 그렇다고 그다지 무례하게 느껴지는 것까지는 또 아니었다.

눈빛 때문이었다. 여자애의 눈빛에 대해 철민은 한순간 여러 가지 느낌을 받았다. 맑다, 순수하다, 악의가 없다 등등. 그런 것들은 다만 철민의 느낌일 뿐이겠지만, 철민은 문득 여자애의 눈빛이 말 대신으로 무슨 의미를 전해오는 것 같다는 생각을 했다.

물론 처음 보는 여자애와 더욱이 이런 이상한 상황에서 무슨 이심전심이니 눈빛의 대화니 하는 소위 형이상학적인 범주에 드는 교감 같은 것이 가능할 리야 있겠는가? 그냥 좀 전까지 철민 자신이 그랬듯이 그냥 각자의 입맛에 맞는 상상을 하는 것이겠지.

어쨌거나 두 사람은 여전히 계속해서 서로를 마주 보고 있는 중이었다. 그러나 이제는 서로, 적어도 철민은 고집을 부리는 느낌이 아니었다. 그리고 어색도 계속 어색하면 익숙해지는 것인지, 철민은 이제 여자애를 마주 보는 것에서 별 어색함을 느끼지 않고 있었다. 그때,

"철 형!"

하고 부르는 소리와 함께 예인후가 돌아왔다. 동시에 여자

애는 한 번 더 확연히 생긋 웃는 입매를 만들어 보였는데, 그 입매에 대해 철민은 예뻐도 너무 예쁘다는 생각을 기어이는 하고야 말았다. 그리고 그 순간 그 '예쁘고 맹랑하고 당돌한' 얼굴은 철민의 시야를 벗어나고 말았다.

자박! 자박!

얌전한 발자국 소리가 멀어지며 방을 나갈 때, 철민은 잠시 간 잊고 있던 사실 하나를 문득 절감하지 않을 수 없었다. 그 가 스스로의 힘으로는 고개조차 돌릴 수 없는 처지라는 것을.

답답하다는 느낌이 확 몰려왔다. 새삼스럽게도.

6

"방금 상부에 보고를 마치고 나오는 길에 약원(藥院)에 들러 서 의원 한 분을 보내달라고 부탁을 해놓고 왔는데… 어쩌면 취소를 해야 할지도 모르겠습니다."

그 '예쁘고 맹랑하고 당돌한' 얼굴의 여자애가 바로 자신의 하나뿐인 혈육인 여동생이라고 말한 뒤에 이어 하는 예인후의 얘기였다. 철민이 영문을 알 수 없으니 그저 바라만 보고 있는 데, 예인후가 싱긋 웃으며 덧붙였다.

"제 동생 말입니다. 사람 사귀는 게 많이 까다로운 편인데, 철 형을 보고는 웃고 나가더군요. 하하하! 아마도 철 형의 인 상이 나쁘지는 않았던 모양인데, 만약에 말입니다, 철 형이 그 아이에게 치료를 받을 수 있다면 철 형에게는 참 다행한 일이 될 겁니다.”

“예?”

“하하하! 제 동생 자랑 같아서 좀 그렇습니다만, 사실 그 아이는 본 천 약원의 의원들에 비해 오히려 뛰어나다는 평을 받는 의술을 지니고 있습니다. 약원의 원주께서도 인정한 사실이지요. 그리고 그 아이가 좀 까다롭기는 해도, 일단 자신과 좀 통한다 싶으면 의외로 격의없게 대하는 성격이어서 아마 철 형도 금방 친해질 수 있을 것입니다. 하하하!”

예인후는 얘기 끝에 문득 흔쾌한 기분이 되었는지 소리 내어 웃으며 가볍게 철민의 어깨를 치기까지 했는데,

“윽!”

철민이 화들짝 고통을 호소하는 바람에 예인후가 덩달아서 흠칫 놀라며 진정으로 미안해서 어쩔 줄을 모르겠다는 얼굴이 되고 말았다.

“아아! 이거… 정말 미안합니다. 철 형이 환자라는 걸 제가 그만 깜빡하고 말았습니다.”

그러는 데야 어쩔 것인가? 철민은 그저 쓴웃음을 지을 수밖에 없었다.

예인후는 자신의 여동생에 관해 몇 가지 얘기를 더했다.

예인화(芮仁花)! 올해 열일곱 살인 그녀는 언어 장애를 가지고 있다고 했다. 청각에는 이상이 없는데도 어릴 때부터 말을 하지 못하였다는 것이다. 아마도 타고난 허약 체질에서 기인한 장애일 것이라고 했다.

예인후가 동생의 장애를 더욱 안타깝게 여기는 것은 그녀가 참으로 과인하다 할 만큼의 총명함을 타고났기 때문이다.

그녀는 어릴 때부터의 숱한 병치레를 겪었는데, 철들 무렵부터는 자신의 몸은 자신이 돌보겠다는 의지로 의술에 심취하였다. 그리하여 그녀가 열대여섯 살쯤 되면서부터는 실제의 치료 행위는 하지 않을지라도 의약(醫藥) 분야의 박식(博識)함에 있어서는 수호천 내의 명망 높은 의원들과 필담 토론을 벌여 밀리지 않을뿐더러, 이윽고는 그들을 탄복시킬 정도가 되었다.

예인화의 박식함은 의약 분야에만 제한된 것이 아니어서, 그녀의 작은 머릿속에는 아마도 수천, 수만 권에 달하는 온갖 서책의 내용이 고스란히 쌓여 있을 것이라고 했다. 예인후의 가문이 대를 이어 수호천에 헌신한 바가 있는 덕에 예인화가 어려서부터 수호천의 방대한 서고를 무시로 드나들었던 데다가, 보는 서책들마다 어렵지 않게 머릿속으로 옮겨 담아버리는 능력을 지닌 덕이라는데, 그런 까닭으로 그녀는 한때 수호천의 걸어다니는 서고라 불릴 때도 있었다고 한다.

'좀 과하다!'

예인후의 '동생 자랑'에 대해 철민의 느낌은 그랬다. 물론 오누이 간에 그 정도의 '과함'쯤 훈훈하다 할 것이었다.

第二十五章
전훈(轉訓)

1

　이 주일여 동안 D 불스 구단에는 많은 일이 벌어졌다.

　우선은 연봉 계약 시한을 앞두고 계약이 마무리되지 않는 선수들에 대한 구단의 몰아치기가 거셌는데, 그런 움직임의 중심에는 당연히 이종성 과장이 있었다.

　만약 이종성 과장이 아니었으면 철민 자신이 맡았을 역할이다. 이종성 과장의 일 처리 모습을 보며, 그리고 이종성 과장을 대하는 구단 직원들과 선수단의 반응들을 보며 철민은 그동안 그들에게 비쳐졌을 자신의 모습을 거울처럼 보는 기분이었다. 그것은 결코 좋은 역할이 아니었다. 악역이었다.

2

이미 제시된 사항 외에는 연봉 계약과 관련한 어떠한 조정안도 없다. 만약 계약 시한을 넘겨서도 계약이 성사되지 않는 경우, 구단은 해당 선수에게 계약 의사가 없는 것으로 간주한다. 구단으로서도 그런 선수와 굳이 계약할 의지는 가지고 있지 않다.

구단을 통해 선수들 각자에게 전해진 통보였다. 가히 폭탄 선언이었다. 속된 말로 한번 막가보자는 얘기였다. 극단적으로, 구단에서 계약을 하지 않겠다는 것은 해당 선수로 하여금 이번 시즌에서 뛸 수 없도록 만들겠다는 의미였다.

다른 구단의 경우 같았으면 협상의 주도권을 잡기 위해 한번 강하게 채어보는 오버액션 정도로 생각해 볼 수도 있겠고, 혹은 선수 입장에서는 연봉 조정 신청으로까지 갈 것을 각오해 볼 수도 있는 문제일 것이다. 그러나 '문제'는 바로 D 불스 구단이라는 점이었다. 즉, D 불스가 어차피 구단을 정상적으로 운영하겠다는 의지가 없어 보이는 마당에, 연봉을 놓고 팅기는 선수와는 차라리 계약을 하지 않음으로써 예산 소요를 줄이려는 극단의 방안도 기꺼이 택할 수 있을 것이라는 예상도 충분히 가능한 것이다.

선수들이 동요하지 않을 수 없었다. KBO를 위시한 야구계에서 목소리를 높이고는 있지만, 막상 그들이 마지막까지 책임을 져줄 일은 또 아닌 것이다.

초조해진 선수들은 이윽고 하나둘 계약에 합의했다. 울며 겨자 먹기 격이었다. 그러나 어쨌든 일단 계약은 해놓아야만 했다. 그리고 나서 나중에 상황을 보아 트레이드를 요구한다든지 하는 다른 수를 강구해 볼 수밖에 없는 일이었다.

3

1월 말.
D 불스가 등록 제한 인원을 다 채우지도 못한 숫자로 금년 시즌 출전 선수를 KBO에 등록하자마자 다시 하나의 사건이 터졌다.

D 불스 vs K 드래건스 전격 트레이드 진행(작년 12승의 우완 특급 vs 좌완 유망주 1명+현금 20억). D 불스의 현금 장사 현실화

스포츠뉴스 매체의 특보로 터져 나온 소식에 야구계는 아연 실색했다.
트레이드의 주인공은 작년 D 불스의 제3 선발 투수였다. 이미 FA와 용병 재계약 포기를 통해 작년의 원투펀치를 모두 잃은 마당이니, 이렇게 되면 D 불스는 금년에 사실상 마운드를 포기하겠다는 것이나 마찬가지였다.

　시간은 훌쩍 2월로 접어들었고, D 불스 구단은 전훈을 떠났다.

　총 46명의 인원이었다. 선수 41명에 감독과 코치 두 명―전임 감독이 수석 코치 등 직속 코치들과 함께 나가고 난 뒤 구단은 코치진을 보강하지 않고 남은 두 명의 코치에게 타격 코치와 수비 코치라는 포괄적 임무를 부여했다―그리고 현장지원팀이 두 명이었다.

　보통 프로 구단의 전지훈련의 경우, 선수만 50여 명에 코치진과 프런트를 합치면 대략 70여 명이 되는 것에 비하면 상당히 작은 규모였다. 그나마도 몇몇 핵심 선수들이 출발을 하루 이틀 앞둔 시점까지도 부상을 핑계 삼고, 혹은 노골적인 불만을 표출하여 관계자들의 속을 끓이기도 했다. 사실 속이 끓을 관계자라고 해봐야 기껏 손강호 혼자뿐이었지만.

　선수단이 탄 버스가 N시에 들어선 것은 무려 여섯 시간에 가까운 긴 여행 끝에 저녁 무렵이 다 되어서였다.

　차창 밖으로 비치는 N시의 전혀 도시답지 않은, 차라리 시골스러운 풍경은 낯설고 삭막하기만 했다. 그래도 두 번째인 철민이 그러할진대, 마지막까지 그래도 한 가닥 기대를 가지고 있었을 선수들이야 오죽할까? 다들 어이없다는 표정들이었다. 피식 실소를 뱉는 친구들도 있었다.

리조트에 도착했을 때는 이미 사방이 어둑어둑해진 뒤였다. 버스에서 내리자 확 와 닿는 매서운 추위가 그들을 맞았다.

'이곳이 전지훈련지라고?'

누구라고 할 것 없이 한결같이 그런 표정들이었다.

감독이 1인실을 쓰는 것을 제외하고는 2인 1조로 숙소가 배정되었다. 여기저기서 웅성거림이 흘러나왔다. 감독이 일방적으로 정해준 방 파트너가 마음에 들었거나, 혹은 마음에 들지 않는다는 반응들이었다.

숙소에다 짐을 풀고 식당으로 내려와 삼삼오오 끼리끼리 모여 앉은 선수들의 분위기가 꼭 그랬다.

팀의 왕 고참인 올해 마흔의 이종찬과 서른여덟의 이대헌은 둘만 따로 떨어져 앉아 있었다. 그들이 일부러 떨어져서 앉았다기보다는 이미 현역 전설로 불리고 있는 그들의 카리스마에 후배들이 감히 가까이 다가서지를 못하는 것이리라.

조금 떨어진 곳에는 삼십대 초, 중반의 중, 고참 급 넷이 다시 한 그룹을 이루고 있었다.

그런데 그들 두 그룹이 나이로 공통점을 이루었다면, 다른 그룹들은 비슷한 처지라는 데서 공통점을 찾을 수 있었다.

우선은 전년 시즌 내내 주전 야수로 뛰었던 일곱 명.

1군에 소속되었으나 상대적으로 경기 출전 기회는 많이 잡지 못한 백업 야수 다섯 명.

전지훈련에 참가했다는 것만으로도 긴장하고 설레는 기색

이 역력한 2군에서 차출된 중고 신인 다섯 명이 한 그룹.

최근 이삼 년간 구단의 지명을 받았던 고졸 신인 급 여섯 명.

그리고 주전, 비주전을 가리지 않고 한데 모여 있는 투수 열두 명.

도무지 한데 어울리기 어려울 듯한 각각의 색깔들을 지닌 그룹들이 만들어내는 분위기란 한마디로 우중충한 것이었다.

뭐랄까? 패배의식, 갈등, 울분, 피해의식, 날카로움, 자포자기 등등의 부정적이고도 위축된 분위기가 있는가 하면, 경계, 기대, 열의, 각오 등등의 도전적이고 저항적인 분위기도 있어서, 그러한 사뭇 다르고도 상충적이기까지 한 분위기가 마구 혼재되어 다시 우울한 회색 빛깔의 우중충함을 만들어내고 있었다.

"내일 아침 아홉시 정각에 전원 실내훈련장으로 집합한다!"

도착 첫날 감독의 지시 사항은 그것뿐이었다. 으레 있으려니 했던 훈시는 일절 없었다. '다 같이 최선을 다해보자!' 는 따위라든지, 하다못해 음주 금지, 도박 금지 따위와 같은 주의 경고조차도.

그것이 선수들에게는 '각자 알아서 해도 좋다!' 라는 정도로 비친 것일까? 밤 열시쯤이 넘어가자 어떻게들 구한 것인지 방마다 술판이 벌어졌다.

처음에는 그래도 자발적으로 절제하는 분위기가 있더니, 열

한시쯤이 되자 방문 밖으로 새어 나오는 목소리들이 커졌고, 자정이 넘어서는 급기야 취한 걸음들이 이 방 저 방을 어지럽게 돌아다녔다.

그러나 장 감독은 깊게 잠이 들었는지, 아니면 모르는 체하는 건지 그의 방에서는 내내 기척이 없었다.

"완전 개판이구만!"

얼큰하게 취한 코치들―타격 코치 박태성과 수비 코치 유승곤―이 방으로 와서 같이 한잔하자고 권하는 것을, 코치님들까지 이러시면 어떻게 하느냐고 아주 정색을 하여 돌려보낸 다음 손강호는 사뭇 분개하는 모습이었다.

그러나 철민은 별생각이 없었다. 사실은 현장지원팀장이라는 맘에 들지도 않는 계급장만 아니라면 그도 함께 어울려 쉽게 잠들지 못할 이 낯설고도 긴 밤을 아무 생각 없이 소비해 버리고 싶은 마음이었다.

그 밤, 곳곳의 방들에서는 쉽게 잠들지 못할 나름의 사연들을 지닌 취한들의 술판이 새벽녘이 될 때까지 이어졌다.

5

전훈 1일차.

장 감독은 아홉시 십분 전에 실내훈련장에 들어섰다. 그러나 훈련장은 텅 비어 있었다.

아홉시 오분 전. 철민과 손강호가 내려왔고, 상황을 파악하고 당장에 숙소로 뛰어올라 가려는 손강호를 장 감독은 엄격한 눈짓으로 붙들어 두었다.

아홉시 정각. '고졸 신인' 그룹과 '2군 중고 신인' 그룹들이 나타났다. 장 감독은 쭈뼛거리는 그들을 훈련장의 가운데에 열 지어 서게 했다.

아홉시 오분. 두 코치가 푸석푸석한 얼굴로 나타났다. 그리고 차가운 분위기를 감지하는 순간 그들은 급히 숙소로 되돌아갔다.

아홉시 삼십분. 하나둘씩 들어오기 시작하여, '백업 야수' 그룹과 '투수' 그룹, 그리고 '주전 야수' 그룹이 모두 모였다.

아직 '중 고참' 그룹과 '왕 고참' 그룹의 여섯 명이 내려오지 않았지만, 장 감독은 더는 기다리지 않고 아침 조회를 시작했다.

"내일 아침부터는 기다리는 일이 없을 것이다! 우리 팀 훈련의 기본 방침은 자율이다! 훈련을 하고 안 하고는 당연히 각자의 선택이다! 다만 그 결과에 대해서도 각자가 책임을 지면 되는 일이다! 우리는 프로다! 스스로 프로가 아니라고 생각하는 사람은 빠져라! 나가는 문은 항상 열려 있다! 언제든지 가도 좋다!"

장 감독 목소리가 짜랑하게 실내를 울렸다. 그러나 선수들 누구도 그의 말에 크게 공감하지 않는 듯했기에, 그것은 다만 공허한 선언일 뿐이었다.

그때 여섯 명의 고참 급이 어슬렁거리며 훈련장으로 들어왔
다. 그러나 장 감독은 가볍게 인상을 찡그렸을 뿐 그들에게 시
선을 주지 않았다. 아마도 훈련 첫날부터 사단을 만들지 않으
려는 고심이리라.

그러나 장 감독이 다시 말을 이으려 할 때였다.

"정말 자율적으로 훈련하는 겁니까?"

도전하듯이 묻는 목소리는 고참 서열 6위의 서진웅이었다.
금년 서른넷으로 투수로서의 전성기를 지났으나, 해외파 출신
으로서의 관록과 경험이 있어 부상만 없다면 아직도 선발 한
자리는 능히 감당할 수 있는 실력파였다. 더욱이 자기주장이
강하고 바른 소리를 잘해서 나름 의리파로 팀 내 선수들의 지
지를 받고 있는 인물이었다.

"그렇다."

장 감독의 대답이 너무 간단하였기 때문인지 서진웅이 잠시
멈칫거린 후에 다시 물었다.

"정말로 각자가 알아서 훈련하면 되는 겁니까? 타격 훈련이
나 수비 훈련, 그리고 기본 전술 훈련 같은 걸 하지 않아도 된
다는 겁니까?"

"그렇다."

이번에도 장 감독의 대답이 간단하고도 명확하였기에, 선수
들이 그제야 뭔가 심상치 않다는 걸 실감했는지 약간의 웅성
거림이 일었다. 장 감독이 덧붙여 말했다.

"여러분은 프로다. 프로라면 이미 그에 걸맞은 실력을 갖추

었다는 의미여야 한다. 기본 전술이나 투타에 필요한 기본 능력은 여러분이 이미 다 갖추고 있을 것이고, 또한 당연히 갖추고 있어야만 하는 것이다. 만약 부족한 사람이 있다면, 당연히 개인 훈련을 통해 보완하는 것이 맞지 않겠나?"

그때 이번에는 고참 서열 3위의 투수 최성남이 묻고 나섰다.

"이번 시즌에 우리 팀의 목표가 4강 진입이라고 알고 있습니다. 뭐, 목표가 커서 좋기는 한데… 그러나 다른 팀들은 지금 따뜻하고 시설 좋은 해외 전훈지에서 구슬땀을 흘리고 있는 마당에, 우리는 기껏 이런 촌구석에나 와서, 더구나 감독님 말씀대로 자율 훈련만 해서야 어디 그런 목표, 꿈이라도 꿀 수 있겠습니까?"

선수들 속에서 두어 가닥의 나직한 웃음소리가 들렸다. 그러나 장 감독은 곧바로 대답했다.

"틀렸다! 우리의 목표는 기껏 4강 진입이 아니다! 우리의 목표는 우승이다!"

일순 선수들이 조용해졌다.

"어떠한 경우에도 우승을 꿈꾸지 않는다면, 그것은 이미 프로가 아니다! 프로의 자격이 없다. 여러분이 진정한 프로라면, 여러분이 꿈꿔야 할 목표는 당연히 우승이다!"

선수들을 둘러보는 장 감독의 눈빛은 어느 틈에 뜨거워져 있었다. 그 눈빛을 마주하고 괜히 움찔 어깨를 추스르는 사람은 있었지만, 딱히 반발을 보이는 반응은 없었다. 혹은 모두가 어이없어하는 때문인지도 몰랐다.

"물론 아무리 자율 훈련이 원칙이라고 해도 팀 훈련을 아주 안 할 수는 없다. 그러나 짧고 굵게 한다. 단시간에 집중적으로 한다는 의미이다."

"그 팀 훈련이란 건 어떤 겁니까?"

차분하게 질문을 던진 사람은 지금까지 별 관심도 없다는 듯이 짐짓 딴청을 부리고 있던 고참 서열 2위의 투수 이대헌이었다.

"우리가 훈련해야 할 것은 우리 각자의 능력을 가장 효율적으로 조화시키는 훈련이다. 나는 연습이 아닌 실전을 통해 단기간에 우리 팀의 조직력을 극대화시키려고 한다."

"실전이라면 어떤 실전인지 좀 더 자세하게 말씀해 주십시오."

"오늘부터 매일 오후 한시에 자체 경기를 치른다. 오늘은 임의로 팀을 가르겠지만, 내일부터는 전날의 경기 내용 평가에 따라 포지션 별로 매일 매일의 우열(優劣) 팀을 결정할 것이다."

선수들 사이에 웅성거림이 일었다. 그러나 이대헌이 한번 휙 둘러보는 것으로 웅성거림은 곧바로 잦아들었다.

"청백전도 있고 홍백전도 있는데, 하필 우열팀이라고 하시는 것도 사실 기분이 좀 그렇습니다만, 그런 것이야 또 그렇다 치더라도, 그렇게 해서 결국 어떻게 하겠다는 겁니까?"

"난 확실한 걸 선호한다. 청백으로 하든 홍백으로 하든 결국은 포지션 별로 우열을 평가하여 팀을 가를 것이기에 분명하게 우열팀이라고 부를 것이다. 그리고 감독으로서 지금 분명히 말해두지만, 전지훈련이 끝난 후 포지션 별로 우(優) 팀에 선발된 횟수가 더 많은 사람이 당연히 주전으로서 금년 시즌을 시작하게 될 것이다!"

이윽고 선수들 사이에서 짧은 탄성과 탄식이 터져 나왔다. 그리고 바로 이어 몇 마디의 볼멘소리가 나왔다.

"세상에 그런 법이 어디에 있습니까?"

"무슨 카드 포인트 적립하는 것도 아니고 그런 식으로 주전을 선발한다는 게 말이 됩니까?"

주전 급에서 나온 소리들이다. 그러나 장 감독은 보다 명확하게 의지를 보였다.

"경기는 전원 참여를 원칙으로 한다. 우열팀의 명단은 매일의 경기 직후에 나와 여러분 모두가 참여하는 전체 미팅을 통해 결정된다. 미팅에서는 나와 두 코치가 경기 중 포지션 별로 체크한 각종 항목의 평가 결과를 공개한다. 당연히 누구라도 자신의 의견을 말할 수 있고, 얼마든지 이의를 제기할 수 있다. 그럼으로써 최대한 객관성과 공정성을 확보할 것이다."

선수들 사이에서 다시 웅성거림이 이는 것을 장 감독이,

"다른 질문 또 없나?"

하고 외쳐 묻는 것으로써 잠재웠다. 잠시 기다렸다가 장 감독이 다시 외쳤다.

"자! 질문없으면 해산! 각자 개인 훈련과 점심 식사를 하고,

오후 한시 정각에 야외운동장으로 집합한다!"

오후 한시.

손강호가 내내 우려했던 것과는 달리 빠진 사람 없이 선수 전원이 야외운동장에 집결했고, 장 감독은 임의로 짠 우열팀의 명단을 발표했다. 그리고 야수들은 포지션 별로 3회, 투수들은 보직에 상관없이 1회를 기준으로 뛰는 것으로 했다.

손강호가 이곳 리조트를 선정할 때 가장 중요한 기준으로 삼았다고 했듯이, 야외운동장은 타석 뒤로 제법 큰 그물망이 세워져 그런 대로는 백네트처럼 보였고, 또 홈 플레이트와 투수 마운드에는 부드러운 흙을 뿌리고 또 돋우어서 역시 제법 그럴싸해 보였다.

그러나 내야와 외야는 황량했다. 여기저기 파이고 울퉁불퉁한 채로 꽁꽁 얼어붙은 땅바닥에다 횟가루로 라인을 긋고 세 개의 베이스만 덩그러니 놓은 내야는 내야수들이 절로 한숨을 내쉴 정도로 황량하기만 했다.

외야는 차라리 황당했다. 더욱 엉망인 바닥 상태는 또 그렇다고 쳐도, 외야 펜스는커녕 홈으로부터의 거리 표시조차 없으니 외야수들은 각자가 알아서 그냥 적당히 위치를 가늠해서 수비를 서야 할 형편이었다.

"이건 뭐, 동네 야구 하자는 것도 아니고⋯⋯."

1회 수비를 나가면서 누군가 투덜거렸다.

덕 아웃이 따로 있을 리도 없었다. 그물망 뒤 운동장 스탠드가 그냥 네 편 내 편 없는 공동 덕 아웃이다. 그나마 등 뒤로부터의 바람은 막을 수 있고 햇볕이 잘 들어 가장 따뜻한 곳이다. 철민과 손강호도 '덕 아웃' 한쪽에 웅크리고 앉아 경기를 관람할 차비를 차렸다.

경기가 시작되었으나 대부분의 선수들, 특히 고참들과 주전급 선수들은 몸을 사리는 모양들이 확연했다.

사실 어느덧 2월에 접어들었으니 본격적으로 실전 감각을 끌어올리기 시작해야 할 시기인 것은 맞다. 그러나 그건 어디까지나 따뜻한 해외전훈지에서나 할 수 있는 일이고, 이곳 N시에서 가능한 얘기는 결코 아니었다.

아무리 남쪽 지방이고 하루 중 그나마 가장 따뜻한 시간대라고는 하나, 대한민국의 2월이다. 아직은 한겨울인 것이다. 추위에 잔뜩 굳은 몸으로 무리하게 플레이를 하다가 자칫 부상이라도 당한다면 자칫 시즌 오픈도 못해보고 그대로 아웃될 수도 있는 일이었다.

그러나 어쨌든 감독이 저처럼 강력하게 밀어붙이고 있으니, 그것도 신임 감독으로서의 첫 지시이니 일단은 따라 하는 시늉이라도 해보고 난 다음에 토를 달아도 달 일이었다. 또한 어쨌든 경기 결과에 대한 평가에 따라서 우열팀을 가른다고 하니 선수로서의 본능적인 경쟁 심리가 약간이라도 없을 수는 없는 일이었다.

선수들이 슬슬 감독의 눈치를 보며 대충대충, 미적미적 무성의하게 경기를 하고 있는 중에, 다시 선배들의 눈치를 보아야 하는 신인 급들은 그나마 성의를 좀 보이고 있었다. 그러나그들도 몸을 사리긴 마찬가지였다. 아무리 신인다운 각오를보이려 한다지만, 꽁꽁 얼어붙은 땅바닥에다 몸을 내던질 엄두까지 나기야 하겠는가?

회가 거듭되는 중에 수비 시간이 길어지기라도 하면, 그래서 차가운 바람이 코끝과 귀끝을 에는 운동장 한가운데에 대책없이 마냥 서 있어야 할 때에는, 고참 중에서는 화 돋친 짜증이 터져 나오기도 했다.

"대충 좀 해라!"

타자들이 타격 준비 시간을 조금만 길게 가져가도 아군, 적군을 가리지 않고 가시 돋친 야유가 터져 나왔다. 투수들의 경우도 마찬가지였다. 타이밍을 조그만 길게 가져가거나 볼이스트라이크 존에서 좀 많이 빠졌다 싶으면 여지없이 야유세례를 받아야만 했다.

"혼자 다 해무라!"

"공을 발로 던지냐?"

그런 형편이니 각기 우팀과 열팀의 지휘를 맡은 박, 유 두코치가 나름의 작전을 펴볼 기회란 단 한 번도 없었다.

어쨌거나 그런저런 이유 덕분에 경기는 빨리 끝이 났다. 실제 경기가 보통은 세 시간 가까이 소요되는 것에 비해, 두 시간이 채 걸리지 않았으니 말이다. 하긴 시간이 세시 가까이 되자날씨는 확연히 추워졌고, 더욱이 해가 바로 뒤쪽의 리조트 건

물에 걸리면서 운동장 일부에는 그늘까지 졌으니, 선수들에게
까짓 승패가 중요할 리는 없었다.

경기 결과에 대한 평가 미팅이 세미나실에서 열렸다.
박 코치와 유 코치가 우선 각 팀의 지휘봉을 잡았던 입장에
서 오늘의 경기에 대한 간단한 강평을 하였고, 이어서 두 사람
이 미리 합의를 본 포지션 별 우열팀의 명단을 발표했다.
그런데 우팀의 명단에 '백업 야수' 그룹과 '고졸 신인' 그
룹, 그리고 '2군 중고 신인' 그룹이 대거 포함되고, 상대적으
로 고참 급과 주전 급이 대거 제외된 된 것은 어쩌면 당연한 결
과였다. 결국 객관적인 실력의 비교보다는 누가 얼마나 더 몸
을 사렸는지 덜 사렸는지 하는 것이 평가와 직결되었을 것이
니 말이다.
장 감독은 선수들에게 이의가 있는지를 물었다. 그러나 이
의 제기는 없었다. 졸지에 열팀으로 분류된 고참 급과 주전 급
은 그 익숙하지 않은 느낌에 대해 차라리 냉소적이었다. 그나
마 그들이 대놓고 비웃음을 날리지 못한 것은, 우팀의 명단에
왕 고참인 이종찬이 포함되었기 때문이다. 더욱이 내심이야
알 수 없는 일이지만, 어쨌든 그는 지금 묵묵히 침묵을 지키고
있는 중이었다.

장 감독의 총평이 있었다. 언제 준비했는지 그는 슬라이더
를 비춰가며, 또 화이트보드에 열심히 쓰고 그려가며 삼십 분

여에 걸쳐 열변을 토했다.

　그러나 선수들은 마지못해 듣는 시늉들이었고, 일부는 졸거나 아예 딴짓을 하기도 하였다. 그러니 장 감독이 미팅을 시작하면서 활발한 토의를 기대한다고 했던 것은 결국 실없는 말이 되고 말았다.

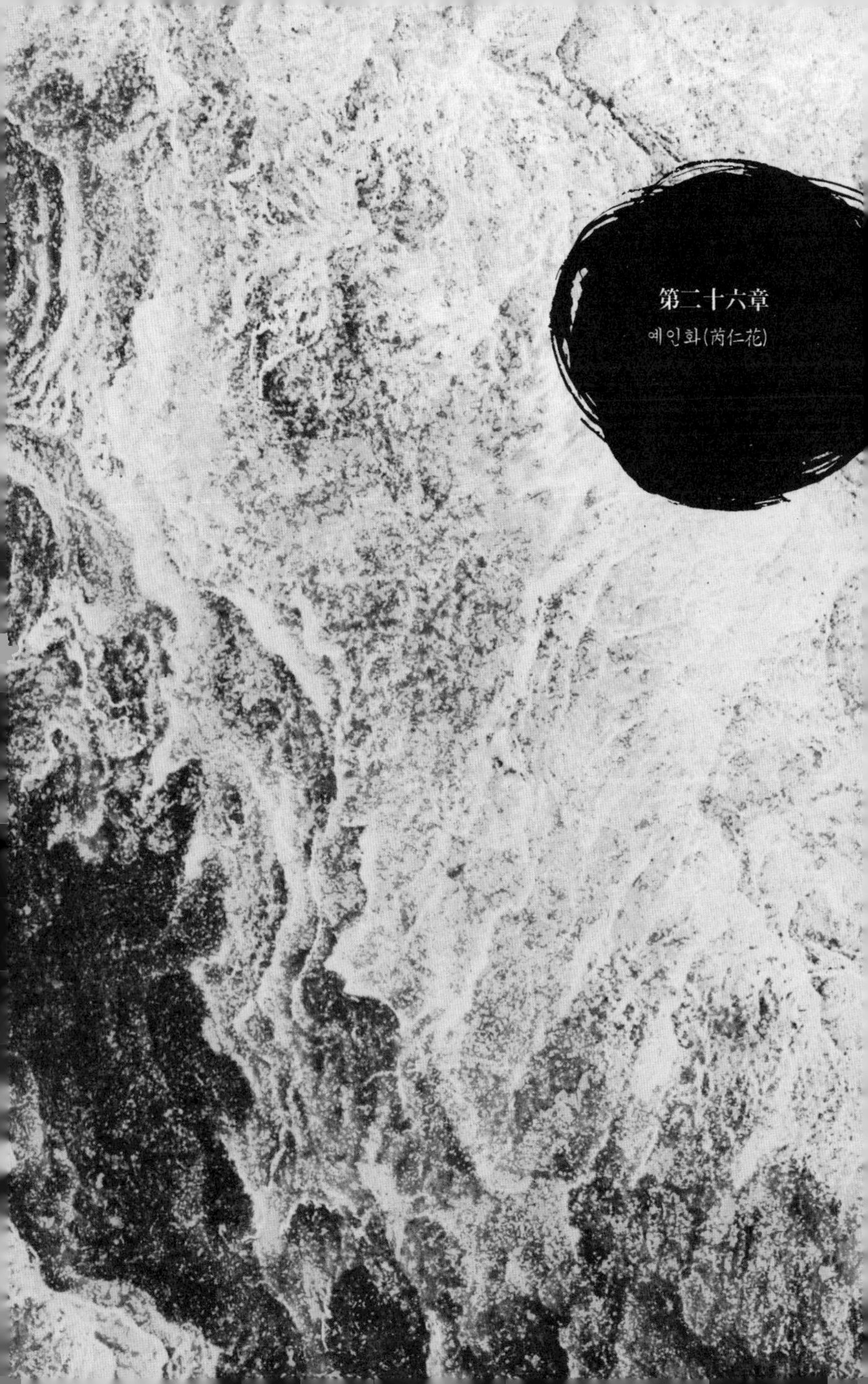

第二十六章
예인화(芮仁花)

第二十六章

1

철민은 막 잠에서 깨어나고 있는 중이었다. 겹친 긴장과 피로에 언제 잠들었는지도 모르게 깊은 잠에 빠져들었던 모양이다.

잠에서 막 깨어나는 순간에 철민은 언제나 그렇듯이 절로 조바심을 내게 된다.

'이번에는 어디일까? 어느 쪽일까?

설렘 따위가 있을 까닭은 없었다. 그 어느 쪽도 즐겁거나 행복하기보다는 암담하고 답답한 처지였으니까.

천천히 두 눈을 뜨자 머리 위에서 얼굴 하나가 내려다보고 있었다. '예쁘고 맹랑하고 당돌한 얼굴', 예인화였다.

그다지 어색하지는 않았다. 차라리 반가운 마음까지 들었다, 어쨌든 혼자가 아니란 것에 대해.

내려다보고 있는 얼굴에 희미한 웃음기가 그려졌다. 그런데 웃음이 달라졌다. 아니, 웃음 안에 담긴 느낌이 달라졌다. 뭐랄까? 보다 가까이 다가선 느낌이다. 그럼으로써 그녀에 '예쁨'도 조금은 다채로워졌다. 청순하다. 참 맑다. 끌리는 데가 있다. 그렇더라도 역시 예쁘다.

그녀의 눈동자가 움직였다. 이렇듯이 아래위에서 마주 보고 있지 않았다면 아마도 알아차리지 못했을 것 같은 아주 미미한 움직임이었다. 철민은 문득 묘한 느낌을 가졌다. 그녀가 문득 무엇을 묻고 있다는 느낌? 그 '무엇'이 무엇인지 알 도리는 없었다. 그러나 호의의 느낌임에는 분명했으므로 철민은 별생각도 없이 고개를 끄덕였다.

예인화의 예쁜 얼굴이 참 예쁘게도 웃더니 이내 철민의 시야에서 사라졌다. 그리고는 밖으로 나가는 기척이 있었다.

잠시 후 그녀가 다시 나타났고, 가지고 온 무엇인가를 철민이 볼 수 있도록 들어 보였다.

여러 개의 작은 나무막대와 조각들을 묶은 다발이었다. 다발 중에는 길고 짧고, 굵고 가는 형태의 막대들이 있었고, 넓고 좁은 형태의 판(板)들도 있었다.

예인화의 얼굴이 생긋 웃었다. 그러나 철민은 볼 수 있었다. 아니, 느낄 수 있었다. 그녀가 조금 힘에 겨워하고 있다는 것을. 그다지 무거워 보이지는 않는 다발이었지만, 그녀에게는 무거웠을까? 그녀가 허약체질을 타고났다던 예인후의 말이 새삼 떠올랐다.

그녀의 얼굴이 잠깐 시야에서 사라졌다. 그리고 왼쪽 발목 부근에서 느닷없이 생긴 지독한 고통에 철민은 소스라치며 비명을 토해냈다.

"악!"

다시 돌아온 그녀의 얼굴이 빤히 내려다보고 있었다. 걱정스럽다는 표정은 아니었고, 더욱이 그 입매의 끝이 잠깐 샐쭉거렸기에 철민은 언뜻 부끄러운 느낌이 되고 말았다. 그 잠깐의 '샐쭉거림'이 방금 그의 흥감스러움을 타박하는 듯했기 때문이다. 그렇더라도 그녀는 예뻤다. 그 '샐쭉거림' 마저도.

고통이 금세 잦아든 왼 발목 부근이 이전보다 한결 편안한 느낌이었기에 철민은 짐작해 볼 수 있었다, 방금의 그 고통이 뼈를 맞춘 것임을. 예인후가 일차적으로 바로잡아 놓은 그의 부러지고 뒤틀린 뼈들에 대해 그녀는 방금 다시 한 번 정교한 처치를 한 모양이었다, 의원으로서.

시야에서 그녀의 얼굴이 다시 사라졌다. 그리고 이번에 철민은 왼쪽 발목과 무릎 사이에서 잇따라 피어오르는 고통에 다시금 소스라치고 말았다.

"윽!"

"으윽!"

비명을 참을 수가 없었다. 억지로 비명을 삼키고 억누를 수 있는 정도를 넘어선 지독한 고통이었다.

예인화는 예의 그 다발에서 손바닥 크기의 나무판 하나를 꺼내 철민에게 보여주었다. 그리고 곧 철민은 왼쪽 종아리 어림에서 나무의 질감과 함께 조심스럽게 움직이는 섬세한 손길을 느낄 수 있었다.

'부목(副木)을 대는 건가?'

그녀의 얼굴이 다시 내려다보고 있었다, 환자의 상태를 살피듯이. 그녀의 하얀 이마에 진득하니 땀이 배어 있었다. 화사하던 양 뺨도 어쩐지 창백해진 것만 같았다. 순간 철민은 절로 미안하다는 생각을 떠올렸다.

그녀의 얼굴이 다시 사라지고, 작업이 이어졌다. 온몸의 뼈 마디마디로 옮겨가며 아주 조심스럽게 누르고, 밀고, 잡아당기고, 비트는 작업들이었다. 부위마다의 고통은 각각 달랐다. 그러나 어느 하나 예외없이 비명을 내지르지 않을 수 없을 정도로 지독했다. 그러나 철민은 더 이상 비명을 지르지 않았다. 아니, 차마 지르지 못했다. 이를 악다물고 억지로 되삼켰다.

사그락! 사그락!

그녀의 옷자락 스치는 소리 외에 실내는 조용하기만 했다. 지독스럽게 조용하기만 했다.

2

열흘여 만에 철민의 몸 상태는 많이 좋아졌다. 산송장이나 마찬가지이다가 이제는 힘겹게나마 누운 자리에서 혼자 힘으로 일어나 앉을 정도가 되었다.

"가히 기적 같은 회복 속돕니다!"

예인후는 감탄을 감추지 않았고, 예인화도 은근히 놀랍다는 반응이었다.

와중에 예인후는 자신의 여동생을 한껏 추켜올리는 것도 잊지 않았다. 철민이 예인후에 대해 가지고 있는 인상은,

'젊은 사람치곤 너무 진중하다!'

하는 것인데, 예외적으로 예인후는 자신의 동생에 대한 얘기를 할 때만큼은 쉽게 흥분하고 가벼워졌다. 물론, 오누이 간에 그 정도의 '예외'쯤 훈훈하다 할 것이지만.

자주 보면 정든다고 하더니, 철민이 요즘 그 말을 실감하고 있는 중이었다.

꼼짝달싹 못하는 처지이니 하루나 이틀에 한 번 꼴로 잠시 들르는 예인후를 빼고 나면 철민이 접할 수 있는 사람이라곤 의원인 예인화뿐이었다.

비록 주고받는 말 한마디 없이 치료하고 치료받는 입장일 뿐이라고는 하나, 그래도 매일 아침저녁으로 함께하다 보니 정까지는 몰라도 점점 서로에게 익숙해지지 않을 수는 없는 일이었다.

예인후는 철민에게 예인화를 동생으로 대하라고 권했고, 예인화에게도,

"내 아직 사람 보는 안목을 자신할 연륜은 아니라고 할 것이나, 철 형이 좋은 사람이라는 것만큼은 자신있게 말할 수

있다."

하고 괜한 말을 해서 철민을 계면쩍게 만들기도 했다. 그야
말로 가만있는 사람을 괜히 줄 위에 태워놓고 실없이 흔드는
격이다. 아니나 다를까, 예인화는 사뭇 시큰둥한 반응이었다.
물론 아주 작은 표정의 변화에 불과했지만, 철민은 이제 그녀
의 그런 작은 표정 변화에도 제법 민감해져 있었다.

예인후가 그쯤에서 그만하였으면 그나마 좋았을 것을,

"철 형으로 말하자면, 순전히 자력으로 백강의 십일위에 올
랐을 만큼 대단한 무공을 지녔고, 무엇보다도 강호의 용봉지
재(龍鳳之材)들인 공손 형과 백리 소저 같은 이들이, 단지 잠깐
의 만남이었을 뿐인데도 철 형을 위해 성의를 다한 것만 보아
도 철 형이 좋은 사람이란 걸 알기에 충분하다!"

하고 더욱 높은 줄 위에다 올려 태우는 바람에 철민으로 하
여금 다시 힐끔 예인화의 눈치를 살피게끔 만들었다.

그런저런 일들이 있었지만 어쨌거나 철민은 예인화를 대하
는 것이 점차로 편해지고 있었다. 무엇보다도 그와의 나이 차
가 자그마치 열세 살이니, '여자' 이거나 '의원' 이거나 '동생'
이기보다는 그냥 '어린애' 가 아닌가?

3

수호천에 온 지 한 달여가 지나서야 철민은 온몸에 대어져
있던 부목들을 다 떼어낼 수 있었다.

바로 뒤이어 행해진 예인화의 처방은 침과 뜸이었다.

침을 맞을 때 철민의 온몸은 가늘고 굵고 길고 짧은 갖가지 침으로 빽빽하여 마치 고슴도치로 변신을 한 것처럼 보일 정도였다. 그래도 침을 맞는 것이야 부위에 따라 약간 따끔거릴 뿐이지만, 정작으로 괴로운 것은 뜸이었다.

차라리 잠깐 한 번 아프고 마는 게 낫지, 천천히 타들어가며 점점 뜨거워지는 고통은 안 겪어본 사람은 알지 못한다. 그것도 온몸 여기저기에서 제각기 타들어가는 뜸의 고통이라니.

물론 철민이 비명을 지르지는 않았다. 그러나 제멋대로 일그러지고 비틀어지는 표정까지 관리할 수는 없었다.

그럴 때 예인화의 표정은 좀 미묘했다, 웃는 듯이 마는 듯이. 혹시 그녀에게는 좀 이상한 취미가 있는 건 아닐까? 남의 고통을 지켜보며 즐기는. 사디즘이라던가, 사디스트라던가?

'아아! 이런 상황에서조차 불쑥 떠오르는 쓸모도 없는 영어 찌꺼기의 아이러니라니……'

어느 날, 밤이 이슥하여 예인후가 찾아왔다. 그의 손에는 술 한 병이 들려 있었다. 예인후가 말하기를, 그동안 얼마나 답답했느냐며, 진작에 위로하고 싶었지만 환자에게 달리 위로할 방법이 없었다고 했다.

그렇다면 철민이 이제 다 낫기라도 했다는 것인가? 부목을 떼어냈다고는 해도 여전히 혼자 힘으로는 누운 자리에서 일어나지도 못하는 중환자인데?

그러나 막상 철민조차도 자신에 대한 그런 '취급'에 대해 크게 이상하다는 생각은 하지 못하였다. '아프다'는 것보다는 '뭔가 좀 통한다'는 게 우선이었다. 예인후라는 사내와 말이다. 사실 남자들이 대개는 그렇지 않은가? 좀 통한다 싶으면 일단 술 한잔하면서 그다음의 진도를 나가야 하는 것 말이다. 그럼으로써 그와 예인후가 지금 한잔을 해야만 하는 타당성은 충분하다고 할 수 있었다.

"인화 말입니다. 그 애가 원래 누구와도 어울리기를 싫어해서 조용히 혼자 있기를 좋아하는데, 요즘에 하는 모양을 보니 아마도 철 형이 마음에 든 모양입니다."

작은 술잔에 한 잔씩을 따르고 난 다음에 예인후가 불쑥 꺼낸 말에 대해 철민이 당황스럽기보다는 차라리 그 스스로도 수긍이 된다는 심정이 되고 말았다. 사실 지난 한 달여 동안 그는 예인화가 마음대로 다룰 수 있는 장난감이나 마찬가지가 아니었던가? 마음대로 주무르고, 침을 찌르고, 뜸을 뜨고, 그야말로 그녀의 기분이 내키는 대로 다룰 수 있었던 것이다.

그렇다고 철민이 딱히 무슨 불만 같은 걸 가진 건 또 아니었다. 그런 말도 있지 않은가?

'예쁘면 다 용서가 된다!'

어쩔 것인가? 용서해야지! 꼭 그렇다는 건 아니고, 그냥 그렇다는 거다.

술병에 든 술은 정말로 딱 한 잔씩이었다. 맛은 왜 또 그렇게 쓴지, 술인지 약인지 분간이 안 될 정도였다. 진짜 약주(藥

酒)라서 그런가?

"크으!"

마시기를 내내 미루는 듯하다가 단숨에 '한잔'을 털어 넣은 예인후가 잔뜩 인상을 찡그린 채 괴로워하며 탄성을 토해냈다.

4

절박하다면 절박하달 수 있는 환자의 입장이지만, 그렇다고 철민이 의원인 예인화와 소통할 필요성을 크게, 혹은 다양하게 느끼고 있는 건 또 아니었다.

처음에 예인화는 철민에게 필담을 시도하기도 했다. 아마도 의원으로서 환자의 상태를 보다 상세하게 알고자 했던 것이리라. 그러나 그·같은 시도에서 그녀는 철민이 문맹이라는 사실을 확인했을 뿐이다. 철민 스스로도 자신이 글을 읽지 못한다는 사실을 분명하게 확인할 수 있었다. 예인화의 글이 한글은 물론 아니었다. 한자를 마구 흘려쓴 것 같기도 했는데, 그렇다고 한자라고 단정할 수는 없는, 아무튼 단 한 자도 알아볼 수 낯선 문자였다.

필담의 시도가 실패한 후로 예인화는 이렇다 할 시도를 다시 하지는 않았다. 수화 같은 것을 쓰지도 않았고—물론 철민이 언제 수화를 배웠던 것도 아니고, 설령 배웠다고 하더라도 그가 배운 수화가 예인화의 수화와 통한다는 보장이 어디에 있을 것인가마는―여타의 '보디랭귀지'로 소통을 하려고 하지도 않았다.

그녀는 아예 소통을 포기한 듯했고, 그저 간단한 표정과 눈짓 정도로 그녀 자신에게만 충실한 일방적인 의사를 표현할 뿐이었다.

그런 것에 대해 철민도 그다지 불편할 것은 없었다. 그가 환자로서 자신의 몸 상태에 대해 의원에게 알려줄 필요가 있을 때는 역시 간단한 표정과 눈짓, 그리고 굳이 더한다면 정히 참기 어려울 만큼 아프거나 뜨거울 때 내는 소리―이를테면 '앗!' 이라거나 '헛!' 이라거나, 좀 더 정도가 심하면 '악!' 이라거나 하는―정도면 충분했다.

어쨌거나 웬만한 상황에 대해서는 그녀가 무엇을 말하려고 하는지를 그냥 대충 알 것 같았고, 그녀 또한 그가 무엇을 원하는지 대충 짐작을 하는 것 같았다. 서로 간에 의외로 쉽게 통하는 데가 있다고나 할까?

뭐랄까? 철민은 그녀가 그냥 부담없고 편했다. 그냥 한참 어린 막내여동생 같았다. 이제 열일곱 살 된 여동생. 친구의 여동생.

'친구? 막상 그를 친구라고 말할 수 있을까?'

철민이 예인후에 대해 호감과 친근감을 가지게 된 것은 사실이지만, 아직까지는 몇 가지 피상적인 사항들 외에는 그가 어떤 사람인지, 심지어는 몇 살인지조차 모르고 있었다.

5

철민이 궁금한 게 있을 때는 '스무고개' 형식을 빌기도 했다. 그리고 철민이 편하게 풀어내는 '스무고개'에 대해 예인화도 그다지 성가셔 하는 눈치는 아니었다.

"네 오빠 말이야, 올해 몇 살이지?"

하고 철민이 물으니 예인화는 엷게 웃기만 했다. 그래서 철민이,

"서른보다 많아?"

하고 다시 물으니 예인화는 가만히 고개를 가로저었다.

"스물아홉?"

예인화가 다시 고개를 가로저었고,

"스물여덟?"

을 거쳐,

"스물일곱?"

에서 그녀는 마지못한 듯이 고개를 끄덕였다. 그렇게 해서 철민은 예인후의 나이가 스물일곱 살이라는 걸 알아냈다.

'세 살이나 아래였다니!'

세 살 차이면, 남자들의 사회생활에서 아무리 아래위 세 살 차이까지는 친구를 먹을 수도 있다는 말이 있기는 하지만, 그래도 맞먹기는 영 부담스러운 나이 차이다.

그러나 철민은 예인후가 자신보다 어리다는 생각이 별로 들지 않았다.

나이를 제외한다면 예인후는 철민 자신보다 한층 완숙하고,

신중하고, 진중하고, 하여튼 오히려 한참 위로 보이는 데가 있었다.

　경쟁심 같은 것이 느껴지지도 않았다. 그냥 인정이 되는 것이었다. 예인후가 확실하게 뛰어나다는 점에 대해, 별다른 거부감도 없이.

第二十七章
알력(軋轢)

1

전훈이 시작된 후 며칠여가 후딱 흘러가고 있었다.

그동안 매일 벌어진 우열팀 경기에 대해 고참 급과 주전 급들은 여전히 소극적이었다. 적어도 겉으로 보기에 그들은 이미 우열팀의 경쟁에 대해 아주 관심을 잃어버린 듯했고, 다만 개인 훈련의 연장쯤으로 치부하는 듯한 태도들이었다.

즉, 타석에 서서는 안타를 치겠다는 의욕보다는 경기 상황에 관계없이 스스로의 타격 감각을 익히는 데만 주력하다 보니, 2사 만루 상황에서 공 세 개를 잇달아 헛스윙하여 삼진을 당하는, 정규 시즌에서라면 도저히 있을 수 없는 타격 행태를 보이기도 했다. 투수의 경우에도 비슷하여 경기 상황과는 전혀 무관하게 자신의 구질을 점검하고 다듬는 데만 관심이 있다는 듯한 태도를 보이곤 하였다.

그렇게 소속 팀에 기여하는 바가 전혀 없이 오히려 승기에 찬물이나 끼얹곤 했으니, 그들 고참 급과 주전 급들의 이름이 우팀의 명단에 들기 어려운 것은 당연하였다. 그리고 장 감독이 공언한 바 있는— 전훈 기간 중에 우팀에 선발되는 횟수를 시즌의 주전을 가리는 기준으로 삼겠다는— 말에 대해서도 그들은 처음부터 조금도 신경쓰지 않는 기색들이었다.

감독이 제아무리 개성이 강하고 주관이 뚜렷하다고 해도 막상 정규 시즌에 들어가면 눈앞의 성적에 모든 것을 /걸지 않을 수 없는 입장이 되고 말리라는 걸 경험으로 알고 있는 때문일까? 이를테면,

'감독의 목숨이란 게 때로 파리 목숨에 불과해서 성적이 안 나오면 시즌 중이라도 해임될 수 있는 자리인데, 설마 정말로 이따위 장난 같은 우열팀으로 정규 시즌 주전을 정할까? 한 5, 6연패쯤 하고 나면 싫어도 오리지널들에게 아쉬운 손길을 내밀지 않고는 못 견딜걸?'

하는 '통밥'이 서 있던가, 혹은 더 나아가서,

'그래? 어디 한번 맘대로 해봐라! 나야 맘 편히 2군에 가 있다가 당신 목 잘리고 새 감독이 부임하면 그때 당당하게 1군으로 복귀하면 그만이지!'

하는 배짱일까?

장 감독은 경기 후 미팅 시간 말고는 선수들에게 일절 간섭

을 하지 않았다. 경기와 미팅 외의 시간에 그는 주로 실내훈련장 한구석에 마련해 놓은 작은 책상에 앉아 자료들을 보는 것으로 대부분의 시간을 보냈다. 철민과도 거의 말을 나누는 경우가 없었다. 하긴 그가 현장지원팀장으로서의 철민에게 당장에 도움받을 일이 없기도 했다.

그런저런 까닭 덕분에 철민은 대부분의 시간을 빈둥거리며 보내고 있었다. 아니, 그냥 시간을 소비하고 있었다.

가끔씩 철민은 '왕따'를 당하고 있다는 느낌을 가지기도 했다. 자타 공인의 주류(主流)로 있던 곳에서 졸지에 '팽'을 당한 처지에, 이제 이런 촌구석까지 밀려와서 다시 왕따를 당한다고 생각하니 스스로의 신세가 참으로 처량하다는 생각이 싸하게 밀려드는 것이었다. 그러나 그는 이미 인정해 가고 있는 중이었다. 그가 주류에서 튕겨나 명백히 비주류로 자리매김하고 있다는 데 대해서.

또한 그런저런 까닭과 덕분인지, 철민은 스스로가 생각하기에도 의외다 싶을 때가 종종 있을 만큼 크게 스트레스를 받지는 않고 있었다. 물론 스트레스가 없을 수는 없지만, 감당할 수 있다고 자위할 만큼이었다.

왕고참인 이종찬이 꾸준히 우팀의 명단에 이름을 올리고 있었다. 그것은 다른 선수들에게 부담이 되거나, 최소한 상당히 특이하게 여겨질 일이었다.

이종찬은 표정이 다양한 인물은 아니었다. 대부분의 경우 그는 무표정이었다. 그런 까닭에 그가 무슨 생각을 하고 있는지 짐작하기란 쉬운 일이 아니었다.

그의 '무표정'은 경기에 임했을 때도 마찬가지였다. 표 나게 열심히 하는 것은 아니고 그렇다고 대충하는 것도 아닌, 다만 평균적으로, 그리고 묵묵히 자신의 역할을 수행해 내고 있었다.

그렇다 하더라도 이종찬이 장 감독의 방식에 대해 마음에 들어하거나 수긍하거나 하지는 않는다는 것은 거의 분명해 보였다. 그의 태도를 좋은 쪽으로 생각한다고 해도, 어쨌거나 주어진 여건에 대해 일단은 순응해 보겠다는 정도? 그리고 일단 그리하기로 했으니 무리하지 않는 범위 내에서 충실을 기한다는, 오랜 선수 생활의 연륜에서 나오는 엄격한 자기관리의 자세 같은 것이 엿보인달까?

그럼으로써 이종찬의 '순응'과 '엄격한 자기관리'는 다만 그의 개인적인 기준 내지는 의지일 뿐이지, 팀의 왕고참으로서 후배들에게 어떤 지침이 되려는, 그래서 팀의 분위기에 어떤 변화를 일으켜 보려는 의지로까지 연결시켜 보기는 아무래도 무리가 있었다.

2

전훈 일주일째 되는 날.
고참 서열 2위인 이대헌이 이제까지와는 사뭇 달라진 모습을 보여주었다. 점심 식사를 마치고 우열팀의 경기 시작 십분 전에 미리 운동장에 나온 그는 자발적으로 간단한 러닝과 타격 연습으로 몸을 풀었고, 경기에 들어가서는 열심히는 아니라고 할지라도 지금까지와는 사뭇 다른 성의있는 태도를 보여주었다.

경기 결과 미팅에서 우팀의 명단에 이종찬과 이대헌의 이름이 나란히 올라갔다. 처음 있는 일이었다.

팀 내 최고 고참 두 사람의 우팀 합류는 지금까지 방관 내지는 조소적이었던 다른 고참 급과 주전 급에게 아무래도 약간이나마 압박으로 작용한 모양이어서, 다음날의 경기 분위기는 지금까지의 그 어느 때보다도 진지한 데가 있어 보였다. 물론 당장에 우팀에 이름을 올려야겠다는 경쟁이 촉발된 것까지는 아니었지만.

3

철민은 가능하면 선수들과의 접촉을 피하고 있었다. 현장지원팀장으로서 딱히 요구되는 역할이 없기도 하지만, 그것보다는 그를 향해 보이는 선수들의 은근한 적개심 때문이었다. 물론 그 개인에 대한 적개심일 리는 없었고, 구단에 대한 적개심이 그에게로 표출되는 것일 터였다.

손강호의 경우에는 달랐다. 그가 본래 적극적인 성격이었으니, 어떤 상황에서라도 피해 다니기보다는 차라리 정면으로</p>

맞닥뜨리는 방법을 택하는 스타일이었다. 더욱이 고교 때까지 선수로 뛰었던 그의 이력은 고참 서열 7, 8위대의 선수들과 같은 나이 또래로, 직접 안면은 없더라도 한두 발만 건너면 누구의 동기, 누구의 후배, 누구의 선배 하는 식으로 인맥이 연결되었다. 그리고 그런 인맥 관계란 것은 구단의 프런트 직원으로서의 그의 위치에 대한 선수들의 적개심을 상쇄시키고도 남는 데가 있었다. 더욱이 그가 철민처럼 무슨 '팀장'인 것도 아니고, 기껏 말단이란 것이 이럴 때는 오히려 다행이었다.

사실 철민이 그동안에 별것 아닌 일로 선수들과 미묘한 신경전을 벌인 적이 몇 번 있었는데, 그럴 때마다 손강호가 눈치 빠르게 나서서 적절히 완충 역할을 해준 덕분에 자칫 선수들과 직접 충돌로 빚는 상황을 모면할 수 있었다.

손강호는 특히 고참 서열 4위의 진용철과는 금방 좋은 관계를 맺을 수 있었는데, 진용철이 고참 급 중에서는 가장 성격이 좋다는 것도 있지만, 두 사람이 같은 포수 출신이라는 공통점을 가지고 있다는 게 크게 작용했다. 한마디로 서로 통하는 데가 있는 것이다.

최근 몇 년간의 저조한 투자로 전반적으로 선수층이 두텁지 못한 D 불스이지만, 그중에서도 포수 재원은 특히 열악하여 1, 2군을 통틀어 포수는 진용철과 백업 포수 하나가 더 있을 뿐이었다. 역설적으로 그것은 지난 몇 년간 진용철이 워낙 탁월한 활약을 보여온 탓일지도 몰랐다. 또한 그런 탓에 혹사를 당한 것이기도 하고.

어쨌거나 손강호가 안 그래도 선수로서 좋아하기도 했던 진용철인지라, 처음부터 특별히 깍듯하게 선배 대접을 하였다. 수시로 진용철의 짐을 대신 챙겨주는 것이 좋은 예였다. 원래 포수들이 장비가 많아서 경기 전후에 챙길 것이 많은데, 손강호가 그 사정을 잘 알기 때문이었다. 그러니 진용철 또한 손강호를 마음에 쏙 들어하는 것은 당연했다.

4

방귀가 잦으면 똥 싸게 마련이고, 번개가 잦으면 천둥이 친다고 하였던가? 어느 날 묵은 갈등의 불씨는 엉뚱한 데서 발화가 되고 말았다.

철민이 무료하기도 해서 시간이 날 때마다 잠깐씩 짬을 내어 헬스장에 들러 운동을 하곤 했는데, 꿈에서 그 난리를 치기 시작한 이래로 이전보다 체력이 많이 좋아진데다, 벗어놓고 보면 이제는 제법 가슴 근육이 도드라져 보이고 복근도 윤곽 정도는 생긴 것 같아서,

'이번 여름에는 어디 해수욕장이나 하다못해 수영장이라도 한번 가볼까?'

하는 은근히 욕심이 생기는 것도 사실이었다.

그러나 철민이 웬만하면 그 혼자서 선수들과 대면하는 상황은 피해 다니는 중인데다, 운동을 업으로 삼고 있는 선수들 앞에서 괜히 운동한답시고 어설프게 폼 잡다가 창피당할 일도

없으니, 선수들의 출입이 뜸한 시간대에 헬스장을 찾아 잠깐 잠깐 바벨도 들고 이런저런 기구들도 들어보는 정도였다.

그날도 헬스장이 한산한 것을 확인하고 철민이 기구 하나를 차지하고서 간단히 근력운동을 하는 중이었는데, 누군가 들어오는 기척이 들렸다. 그러나 몇 개만 더 해서 목표했던 개수를 채우려는 욕심에 철민은 운동을 계속했다.

잠시 입구 쪽에서 얼쩡거리던 사람이 이내 철민에게로 다가왔는데, 이대헌이었다. 그런데 무슨 일인지 그는 표정부터가 벌써 잔뜩 못마땅하다는 기색이었다. 혹은 같잖다는 기색이랄까?

"어이! 그렇게 하면 안 되지!"

대뜸 툭 던지는 말투가 우선 철민의 감정을 팍 건드렸다. 그러나 선수들 중 서열 2위의 고참인데다, 올해 서른여덟이니 나이로 봐서도 한참이나 위였다. 철민이 애써 눌러 참으며 웃는 낯으로 말을 받았다.

"아, 제가 좀 서툴러서요."

그런데 이대헌은 작정한 듯이 더욱 까탈을 부렸다.

"잘 모르면 물어보고 배워서 해야지! 비싼 기구를 그렇게 막 다루면 되겠어?"

"……"

"그리고, 당신 몸 다치는 거야 내가 상관할 바는 아니지만, 그 기구는 우리 선수들이 특히 많이 쓰는 건데, 괜히 고장이라도 내놓으면 당장 애들 훈련에 차질이 생기잖아?"

이런 걸 두고 점입가경이라고 하던가? '가만있으니 가마닌 줄 아나?' 싶기도 해서 철민이 정색을 했다.

"이보시오, 이대헌 선수! 무슨 말을 그렇게 합니까?"

그 말에 이대헌의 두 눈이 아예 확 뒤집어졌다.

"뭐? 이보시오? 이대헌 선수? 야, 이 새끼야! 내 이름이 너 같은 새끼가 함부로 부르라고 있는 줄 알아?"

그 당황스러운 '속도 위반'과 갑작스러운 '서슬'에 철민이 저도 모르게 움찔하고 말았으나, 이내 어이가 없기도 해서 차라리 실소하며 받았다.

"허허! 이 양반, 정말로 너무 막나가네?"

그러자 이대헌은 얼굴을 확 들이대 코끝을 맞대놓고는 사납게 으르렁거렸다.

"너, 그러다 맞는다?"

철민의 속에서 뜨거운 것이 확 치밀고 올라오는 바로 그때였다.

"지금 뭣들 하는 겁니까?"

마침 헬스장으로 들어서며 소리치는 사람은 진용철이었다. 그리고 바로 그 뒤를 따라 들어온 손강호가 재빨리 뛰어와서는 슬쩍 어깨로 이대헌을 밀어내면서 철민에게 물었다.

"팀장님! 무슨 일이십니까?"

손강호의 덩치에 밀려 얼떨결에 한 발을 물러서고 만 이대헌이 발작하려는 것을 뒤이어 다가온 진용철이 팔을 붙잡으며 만류했다.

"형! 왜 그래요?"

철민은 그제야 긴장을 풀고 가늘게 안도의 숨을 내뱉었다. 만약 손강호와 진용철이 아니었으면, 그와 이대헌은 결국 주먹다짐을 하고야 말았을 것이고, 그 결과가 어떻게 번졌을지를 잠깐 상상해 보는 것만으로도 철민은 가슴이 답답해졌다.

"너 이 새끼, 앞으로 조심해라! 되도록이면 내 눈에 안 띄는 게 좋을 거다!"

진용철에게 팔을 붙잡힌 채로 이대헌이 잔뜩 힘 실린 목소리를 뱉었다. 철민이 이미 울화를 추스른 상태라 단지 씁쓰름한 기분일 뿐인데, 정작으로는 손강호가 울컥하고 말았다.

"선배! 뭔 말이 그렇습니까? 무슨 일인지는 모르겠지만, 이분은 우리 구단의 현장지원팀 팀장님입니다. 그렇다면 선배가 지금처럼 함부로 대하면 안 되지요!"

이대헌이 다시금 확 불이 붙었다.

"뭐야, 이 새끼야? 너 지금 윗대가리라고 저 새끼한테 아부하는 거야? 그리고 나, 너 같은 새끼 후배로 둔 적 없으니까 함부로 선배 소리 갖다 붙이지 마, 새꺄!"

이대헌이 고래고래 소리치며 떨치고 나가려 버둥거리는데, 진용철이 더욱 완강하게 그를 붙잡으며 덩달아서 소리가 커졌다.

"아, 형! 정말 왜 이래?"

그런데 그때였다. 손강호가 천천히 이대헌에게로 다가서는데, 그 표정과 눈빛이 심상치 않았다. 딱딱하게 굳은 얼굴, 부릅뜬 두 눈의 그 기세가 마치 노한 곰 한 마리가 다가서는 듯하였기에, 이대헌이 흥분한 중에도 움찔 기세를 늦추고 말았다.

"강호야?"

진용철이 얼른 앞으로 나서며 손강호를 가로막았다. 그러나 손강호는 의외로 차분한 투였다.

"형님! 잠깐만요!"

손강호가 가볍게 진용철을 옆으로 밀었다. 그런데 가볍게 밀었다고는 하지만 그 힘이 제법 대단하여 진용철은,

"어어?"

하는 사이에 옆으로 밀려나고 말았다.

손강호가 이대헌과 마주 대면하며 여전히 차분한 투로 말했다.

"선배! 아니, 선배 소리 하지 말라니 안 하도록 하지요. 이대헌 선수! 당신, 방금 한 말에 대해 나와 김 팀장님에게 사과하시오! 만약 그렇지 않으면……?"

이대헌이 픽 웃으며 차갑게 반문했다.

"그렇지 않으면? 한 대 치기라도 할래?"

"그러지 않으면… 이제부터 당신은 나 손강호에게 아무것도 아닌 존재가 될 거요. 우선 그 말투부터 고치지 않으면, 내 입에서도 바로 험한 말 나갈 줄 아시오."

이대헌이 다시 픽 웃었다. 그러나 그의 눈빛에서는 적잖이 당황하는 기색이 비쳤고, 더는 뭐라고 말을 받지 않았다.

그때 진용철이 눈짓을 보내지 않았더라도 철민 또한 더 이

상 상황이 진전되도록 두어서는 안 되겠다는 조바심을 가지고 있는 중이었다.

"손 대리! 그만합시다. 어쩌다 보니 일이 이렇게 되어버렸는데, 어쨌든 간에 이대헌 선수하고 저 사이의 문제로만 두고, 더 이상 확대는 안 되도록 합시다."

철민이 다시 이대헌을 보며 말했다.

"그리고 이대헌 선수, 물론 내 잘못도 있겠지만, 그쪽에서 내게 막말을 한 것은 그 자체로 크게 잘못됐다고 봅니다. 그러나 어쨌든 오늘 일은 서로 간에 우발적으로 일어난 것으로 하고, 남자답게 이 자리에서 털어버리는 걸로 합시다."

이대헌은 차갑게 노려보기만 했다. 그러나 막상 대꾸를 하지 않는 것으로 보아서는 그도 상황이 더 이상 확대되는 것을 바라지 않는다는 데는 생각이 같은 모양이었다. 그때 진용철이 재빠르게 분위기를 진전시켰다.

"팀장님 말씀이 옳습니다. 자자! 두 분은 나중에 따로 화해의 자리를 만들든지 하시고, 지금 이런 모습 괜히 다른 사람들 눈에 띄어서 좋을 건 없을 테니 일단은 숙소로 돌아들 갑시다! 자자!"

진용철이 먼저 이대헌을 이끌고 헬스장을 나가는 걸 묵묵히 지켜보고 있다가 철민은 길게 한숨을 내쉬었다. 그러자 손강호가 역시 잔뜩 굳어 있던 표정을 풀고 문득 피식 웃음을 만들어내며 말했다.

"팀장님, 우리두 그만 가죠!"

그리고 손강호는 슬쩍 다가서며 짐짓 귓속말인 듯이 목소리를 낮췄다.
"소주 한 병 꼬불쳐 놓은 게 있는데, 한잔하실랍니까?"
철민이 저도 모르게 피식 따라 웃고 말았다.

5

철민과 손강호가 기껏 소주 한 병을 까놓고 시시덕거리다 보니 어느새 열시가 훌쩍 넘어 있었다. 딱히 할 일도 없고, '기껏' 소주 한 병에 괜히 얼큰한 것 같기도 해서 일찌감치 잠이나 자자 하고 이부자리를 펴려는데 방 전화가 울렸다.
장 감독이었다. 바쁘지 않으면 커피나 한잔 하자고 했다. 이대헌과 있었던 일이 벌써 귀에 들어갔나 괜히 뜨끔하기도 해서 철민은 두말없이 알겠다고 하고는 일층 로비로 내려갔다.

자판기에서 커피 한 잔씩을 빼 들었는데, 막상 장 감독은 별말이 없었다. 그리고 한참이나 뜸을 들인 후 기껏 한다는 말이,
"어때? 좀 할 만한가?"
하고 뜬금없는 물음을 던졌다.
할 만하냐고? 도대체 무엇이 말인가? 실없다 싶기도 하고 약간의 반발이 생기기도 해서 철민이 역시나 뜬금없는 대답으로 돌려주었다.
"뭐, 그냥 그럭저럭입니다."

"자네, 나한테 뭐 할 말 없나?"

다시 묻는 장 감독의 말에 철민이 안 그래도 기회가 되면 한 번쯤 해야 되겠다고 평소 생각하고 있는 것이 있었기에 선뜻 말을 꺼냈다.

"한 가지 드릴 말씀이 있긴 합니다."

"뭔가?"

"저는 구단의 현장지원팀장입니다. 그러니만큼 앞으로 저를 대하실 때는 제 직위에 합당한 대우를 해주셨으면 합니다."

"그래? 내가 그동안 팀장 대접을 제대로 안 해줬나? 그래서 섭섭했나?"

장 감독이 별 진중한 기색도 없이 짐짓 싱글거리며 말을 받는 데야 철민이 뭐라고 더 할 말도 없어서 그냥 인상만 구기고 있는데, 장 감독이 문득 흔쾌히 고개를 끄덕였다.

"좋아! 그런 거야 뭐 어려울 게 있겠나? 이제부터라도 내 신경을 쓰도록 하지!"

장 감독이 남은 커피를 한 번에 홀짝 비우고 나서 다시 말을 이었다.

"그런데 김 팀장, 뭐 좋은 아이디어 좀 없을까? 모래알 같은 우리 팀 조직력을 콘크리트처럼 단단하게 확 바꿀 획기적인 아이디어 같은 거 말이야."

장 감독의 얼굴이 어느새 사뭇 진지해져 있었다. 아마도 그게 철민을 보자고 한 진짜 이유인 듯했다.

철민이 언뜻 당황스럽기까지 한데, 막상 장 감독은 말은 그렇게 했으면서도 철민의 의견을 구하기보다는 오히려 자신이 말을 하고 싶은 생각이 강한 듯 보였다.

"신인 급이나 2군에서 올린 친구들은 그나마 열심히 하려는 모습이 보이는데 말이야, 아무래도 베테랑들이 문제야. 뭐니 뭐니 해도 결국 산전수전 다 겪어본 베테랑들이 앞에서 이끌어주지 않으면 안 되는 건데 말이야."

"그렇군요!"

철민이 특별히 개진할 의견이 있을 것도 없었으니, 그저 맞장구나 쳐주는 수밖에 없었다.

"뭐, 전반적인 분위기도 그렇고 하니까 아무래도 베테랑들이 움직이려면 시간이 좀 더 필요하겠지? 뜸도 좀 들여야 하고, 밀고 당기는 과정도 필요할 거고 말이야. 그러나 결국은 베테랑다운 역할들을 해줄 거라고 난 믿어. 후후! 괜히 베테랑이겠어? 야구를 하는 게 뭔지 아는 친구들이거든. 여기까지 따라왔다는 건 일단 야구를 하겠다는 거거든? 아마 안 할 생각이었으면 여기까지 오지도 않았겠지."

그러고 보면 장 감독이 늘 분명하고도 굳건하게만 보였어도, 막상 그 스스로는 힘겨웠던 구석이 있었던 걸까? 그렇더라도 감독으로서 코치나 선수들에게는 약한 모습을 보일 수는 없는 노릇이니, 아쉬운 대로 철민에게 슬쩍 고충을 털어놓는 것일까?

물론 장 감독이 정말로 철민에게서 어떤 도움을 받게 될 것이라고 기대하는 바는 조금도 없을 것이다. 그러나 왜 그런 경우가 있지 않는가? 어떤 문제로 몹시도 답답할 때, 오히려 그 문제에서 한 발 비켜나 있는 사람에게 그저 주절주절 고충을 털어놓음으로써, 의외로 마음의 무거움이 제법 덜어지는 경우 말이다.

그때 장 감독은 빙그레 웃더니 문득 화제를 바꾸기라도 한 다는 듯 짐짓 은근한 투가 되었다.

"그리고 말이야, 여기까지 온 이상에는 나와 선수들, 그리고 김 팀장을 포함한 모두가 한 배를 탄 처지 아닌가? 이미 바다 한가운데로 나와 버렸으니 육지에 닿을 때까지는 좋든 싫든 함께할 수밖에 없다는 거지. 더구나 우리가 탄 배는 작고 낡은 데다 파도까지 거칠게 일고 있으니, 선장이니 선원이니 손님 이니 할 것 없이 다 같이 노도 젓고 물도 퍼내면서 일단은 배가 가라앉지 않도록 해야만 하지 않겠나? 요컨대 우리 모두는 소 속과 직무 따위를 가릴 것 없이 그야말로 일체가 되어야 한다 그런 말이지. 그래서 말인데, 이제부터 김 팀장과 강호도 그런 각오와 성의를 가져줬으면 하네."

철민이 거기까지 묵묵히 듣다가 문득,

'이건 그냥 듣기만 해서는 될 말이 아니다' 싶어졌기에 정 색으로 물었다.

"구체적으로 저와 손 대리더러 어떻게 하라는 말씀이신 지……?"

장 감독이 다시금 빙그레 웃음을 떠올렸다.

"간단히 말해서, 남은 전훈 기간 동안에 선수들과 모든 걸 함께한다는 각오로 임해졌으면 좋겠어."

"모든 걸 함께한다는 게……?"

"아침에 숙소를 나설 때부터 저녁에 다시 숙소로 돌아올 때까지의 하루 일과를 선수들과 똑같이 해보라는 거지. 식사도 같이하고, 샤워도 같이하고, 체력 훈련도 같이하고, 뭐, 경기도 같이 뛰어보고 말이야."

"예?"

"아, 물론 선수들과 아주 똑같이 할 수야 없는 일이겠지. 그렇지만 함께하는 시늉이라도 내서 최대한의 성의를 보여줬으면 좋겠다는 거지. 그럴 때에야 모두가 같이 호흡하고, 같이 땀 흘리는 한식구라는 분위기가 생기고, 그럼으로써 탄탄하고도 끈끈한 조직력이 만들어지지 않겠어?"

철민은 문득 장 감독이 역시 그와 이대헌 간의 사건을 이미 알고 있구나 하는 생각을 했다. 그리고 생각은 다시 장 감독이 이 사건을 그냥 넘길 수 없는 심각한 문제로 판단하였으나 자신으로서도 당장의 뾰족한 해법이 없으니, 문제를 만든 당사자인 철민에게 죽이 되든 밥이 되든 일단 선수들 속으로 들어가서 몸으로라도 때우든 뭘 하든 사건이 파생시킬 갈등들을 책임지고 봉합하라고 그의 등을 떼미는 것일 수도 있겠다는 쪽으로 연결이 되었다. 그렇다면? 그것은 장 감독이 감독으로서의 직무를 일부분 유기(遺棄)하는 게 되리라. 또한 조금은 비겁하고도 노회(老獪)한 수작을 부리는 게 되리라.

나 원 참, 별! 그러나 어쩌랴? 어쨌든 철민 자신으로 인해 생긴 문제가 아닌가? 그럼으로써 그는 장 감독의 '직무 유기'와 '비겁'과 '노회'를 따질 아무런 명분도 자격도 가지지 못하는 것이다.

철민이 방으로 돌아와 손강호에게 장 감독의 말을 전했더니, 손강호는 대번에 의욕 백배가 되는 모습이었다. 그런 손강호에 대해 철민은 차마 장 감독의 '직무 유기'와 '비겁'과 '노회'에 대한 말을 꺼낼 엄두조차 내지 못했다. 나 원 참, 별!

第二十八章
수호천(守護天)

몽상가

1

"저기 말이야, 혹시 위려려(威慮慮)라고 알아?"

철민의 물음에 예인화의 눈빛이 문득 이채로움을 머금었다.

"그녀를 좀 만나볼 수 있을까?"

예인화가 고개를 가로저었다.

"안 돼? 왜?"

예인화가 잔뜩 미간을 좁혔다, 마치 그 일이 쉽지 않을뿐더러 곤란하기까지 하다는 듯이.

철민은 예인화의 생각을 짐작해 볼 수조차도 없었다. 그것은 그가 그녀에게서 처음으로 느껴보는 벽이었다. 이제 그의 일방적인 말과 그녀의 눈빛과 간단한 표정만으로도 웬만한 의사의 소통은 문제없다고 여겼는데, 막상 조금만 깊이 들어가자 금방 소통의 벽에 가로막히고 마는 정도에 불과했던 것인가?

철민은 다시 묻기를 포기했다.

2

오후에 다시 철민을 찾은 예인화는 종이 한 장을 내밀었다.

철민이 받아 들고 보니, 일단은 전체적으로 누렇게 색이 바랜, 그야말로 고색창연한 골동품 수준의 종이였는데, 그 두터운 질감은 종이 종류가 아닌 듯도 했다. 어쨌든 무지하게 낡은 것은 분명해서, 조금만 세게 쥐면 그대로 부스러지고 말 듯한 느낌이었다.

종이의 상단부 반쪽에는 두 사람이 마주 서 있는 그림이 제법 실감나게 그려져 있었고, 하단부에는 무언가가 빽빽하게 쓰여 있었다. 그 빽빽한 것들이 무슨 기호인지 문자인지는 철민이 알 도리는 없었으되, 일견하기에 마치 수백 마리의 실지렁이가 제멋대로 기어다니는 듯이 어지러웠다. 그런 까닭에 그의 시선은 자연스럽게 그나마 단순해 보이는 상단부의 그림 쪽을 훑어보게 되었다.

그림 속에서 마주 바라보고 선 두 사람 사이에는 가느다란 선들이 복잡하게 연결되어 있었다.

철민이 잠시 들여다보고 있자니 복잡하기 짝이 없는 것들이 마치 엉망으로 꼬인 실타래를 보는 듯도 했고, 혹은 무슨 '인체의 신비' 전시관에서 보았던 미세한 혈관들이 잔뜩 뭉쳐져 있는 핏덩어리를 보는 듯도 했고, 또 혹은 애초부터 그려진 선들이 아니라 종이 자체가 오래되어 미세하게 갈라진 흔적이나 자국처럼 보이기도 했다.

'뭐야, 이게?'

철민이 별생각은 없이 그저 좀 더 자세히 살피고자 종이를 눈 가까이로 당겼더니, 순간 문득 시야가 혼란스러워졌다. 그 복잡한 선들이 돌연 살아 있는 듯이 제멋대로 움직이기 시작하는데, 마치 다차원의 입체 영상을 보듯이 한 가닥 한 가닥의 수많은 선들이 각기 다른 형태로 기묘한 파동을 그리며 두 눈 가득히 쏟아져 들어오는 듯했다. 너무 눈 가까이로 가져다 대었더니 착시가 오는 모양이었다.

"나보고 이걸 어쩌라고?"

철민이 그림에서 눈을 떼며 짐짓 시큰둥하게 하는 말에 예인화는 희미한 미소를 떠올렸다. 그리고 양손으로 자신의 가슴과 철민의 가슴을 잇대는 시늉을 했다, 그림처럼. 그러나 그것뿐, 그녀에게서 더 이상 설명을 보태려는 노력은 없었다. 빤히 들여다보듯이 철민의 두 눈에 자신의 시선을 고정시키고 있는 것 외에는.

철민은 퍼뜩 몇 가지의 짐작을 해보았다.

아침나절의 그 일 때문에 아마도 그녀 역시 철민 자신과의 소통에 있어서 어떤 벽을 느꼈으리라.

나름으로 고민하다가 원활하게 소통할 수 있겠다 싶은 어떤 방법 하나를 찾았으리라.

그런데 그 방법이란 것이 그녀 스스로도 확신할 만한 것이 못 되어서, 그와 함께 직접 한번 시도해 보고 나서야 그 유용성을 확인할 수 있는 것이리라.

짐작 끝에 철민은 가볍게 실소하고 말았다. 그는 그녀가 아닌데, 그녀의 마음속에 들어갔다고 나온 것도 아닌데, 어쩌면 이토록이나 구구절절한 짐작을 만들어낼 수 있는지, 그야말로 소설을 쓰고 있는 것이 아닌가?

피식!

철민은 다시금 실소하고 말았다. 그녀의 그림이 의미하는 바에 대해서 다시 한 가지의 짐작이 막 떠올랐기 때문이다. 텔레파시!

철민이 속으로 무슨 짐작을 하거나 잇달아 실소를 흘리거나, 예인화는 시종 진지한 눈빛을 흩트리지 않고 있었다. 아예 철민의 눈 속으로 파고들려는 듯이.

철민이 문득,

'무슨 짓을 하든 어디 네 마음대로 한번 해봐라!'

하는 마음으로 되었다. 하긴, 어차피 환자로서 의원인 그녀에게 모든 걸 다 맡겨온 그가 아닌가?

"좋아, 무얼 하려는 건지 모르겠지만, 어디 한번 해봐!"

철민이 고개를 끄덕여 주었을 때, 예인화의 맑은 눈빛이 문득 가볍게 일렁거렸다.

예인화의 눈빛이 끊임없이 일렁거렸다. 혹은 그런 느낌은 다만 착각인 듯했고, 처음부터 내내 잔잔하게 있는 것 같기도 했다. 그러나 철민은 그녀의 눈빛이 계속해서 어떤 의미들을 던지고 있는 것만 같았다.

깊은 눈빛이었다. 그녀의 눈빛이 그렇게나 깊었다는 것을 철민은 지금에야 알게 되었다. 깊디깊은 무저(無底)의 심연(深淵). 그 끝없는 깊이 안에 무수한 의미가 천천히 유영하고 있는 것만 같았다.

불쾌하다거나 위험하다는 따위의 느낌은 아니었다. 혼란스럽지도 않았다. 철민은 차라리 편안했다. 그 바닥 없는 심연에 그의 온몸을, 그의 모든 것을 송두리째 던져 놓고 느긋하게 유영하는 듯한 편안함이었다.

얼마나 지났을까? 시간이 제법 지났다는 느낌이 들었지만, 철민은 굳이 '편안함'에서 벗어나고 싶지는 않았다. 그리고 다시 얼마 후에는 그런 생각마저도 하지 않게 되었다. 그냥 모든 것을 놓아버렸다, 편안하게. 그렇더라도 이상하게 의식은 내내 명료하기만 하였다.

어느 순간 문득 마음속에서 생겨난 그 미세한 속살거림에 대해 철민은 조금의 의아함도 없이 그야말로 명료하게 지켜볼 수가 있었다.

그 미세한 속살거림은 조금 간지러운 느낌으로 변하더니, 다시 어느 순간에는 불쑥, 그러나 작고 깊고 부드러운 소리로 변했다.

[느껴지나요?]

철민이 저도 모르게,

"뭐?"

하고 소리 내어 반문하고 말았다. 느닷없는 그 물음에 예인화가 움찔 놀라는 모습을 보였기에, 철민은 괜히 어이없고 멋쩍은 마음이 되고 말았다.

그러나 바로 그때였다. 간지럽고 작고 깊고 부드러운 속살거림이 다시 울렸다.

[아아! 어쩌면, 어쩌면… 세상에는 특별한 인연이나 운명 같은 게 정말로 있는지도 모르겠네요.]

철민이 이번에야말로 흠칫 놀라고 말아서,

획!

예인화에게로 눈을 돌리는 순간, 그는 그만 가슴이 철렁 내려앉는 심정이 되고 말았다.

예인화는 멍하니 넋을 놓고 있는 모습이었다. 아니, 금방이라도 울고 말 듯이 촉촉이 젖은 눈망울로 그를 바라보고 있는 그 모습은 어떤 감당 못할 감동에 젖어 있는 것 같기도 했다.

순간 철민의 가슴이 괜히 덜컹하였다.

'이 꼬맹이가 지금… 설마……?

큰일 날 일이었다.

'누구 인생 망칠 일 있나?

그녀의 나이 이제 겨우 열일곱. 미성년자다. 물론 이곳에서의 법적 기준은 어떻게 되는지 모르겠지만, '그의 법' 은 이미 강력한 도덕적 잣대를 아우성으로 외쳐 대고 있는 중이었다.

그러나,

피식!

한 가닥 멋쩍은 실소와 함께 그 모든 것들은 아주 간단히, 그야말로 흔적도 없이 사라지고 말았다. 잠시 그를 혼란스럽게 만들었던 허황된 상상 내지는 착각들 말이다. 그 미세하고 간지러운 느낌을 지녔고, 어느 순간에는 마음속에서 불쑥 작고 깊고 부드러운 소리로 변했던 속살거림의 흔적 따위들 말이다.

배시시!

그의 실소를 따라서 예인화가 웃고 있었다. 환한 웃음이었다. 그녀가 그처럼 환하게 웃는 모습을 철민은 처음 보았다.

"그걸 태우게? 여기서?"

그 고색창연한 종이를 촛불에다 가져다 대는 예인화를 보고 철민이 못마땅하다는 투로 말했다. 그러나 예인화는 아랑곳하지 않고 불을 붙였다.

순식간에 타버리고 말 듯하던 종이는 생각보다 천천히 타들어갔다. 게다가 제법 짙은 연기를 뿜어낼 뿐 아니라, 무슨 오래된 가죽을 태우는 듯한 이상한 노린내까지 내뿜었다. 금세 방안이 연기와 고약한 냄새로 가득 차버렸기에 철민이 결국은 불만을 뱉고야 말았다.

"그냥 곱게 버리면 될 것을 뭐 대단한 거라고 태우기까지 해? 그리고 굳이 태우려면 밖에 나가서 태울 것이지 꼭 이렇게 환자를 괴롭혀야겠어?"

그러나 예인화는 끝까지 종이를 들고 있다가 마지막 부분까지 타서 더 이상 들고 있기 어렵게 되었을 때에야 방 한쪽의 탁자 위에다 내려놓았다. 종이는 그러고도 잠시간을 더 타고난 다음에야 완전히 재로 변했다.

3

"위려려 말이야, 내가 직접 만나는 것이 어렵다면 나 대신에 이걸 좀 전해줄 수는 없을까?"

철민이 다시 말했을 때 예인화는 의외다 싶게도 간단히 고개를 끄덕였다. 특별히 곤란하다거나 하는 느낌은 조금도 없이.

철민은 품속에서 옥패 하나를 꺼냈다. 손바닥 반만 한 크기의 그것은 철민이 그동안의 결코 순탄치 못했던 여정에서도 용하게 잃어버리지 않고 간직해 온 물건이었다.

바로 까마귀늙은이가 자신의 손녀만이 알아볼 수 있는 신물이라며 철민에게 남긴 옥패였다.

예인화는 순순히 옥패를 건네받으면서도 시선은 여전히 철민에게 고정시켜 놓고 있었다. 그 눈빛이 마치 무언가를 캐묻는 듯하다고 느껴졌기에 철민은 저도 모르게 주섬주섬 말을 꺼냈다.

"나하고 딱히 무슨 관계가 있는 건 아니고, 그냥 전에 알고 지냈던 늙은이가 하나 있었는데 그 늙은이가 말하기를, 수호천에 갈 일이 있으면 위려려라는 자신의 손녀를 찾아서 그 물건을 꼭 좀 전해달라고 신신당부를 하더라고. 그것뿐이야. 그것 외에는 위려려가 어떤 여자인지 난 알지도 못해. 그러니 그 물건만 그녀에게 전해진다면 내가 그녀를 굳이 만날 필요도 없는 거지. 아참! 이 일은 말이야, 너도 다른 사람에게는 말하지 말아줬으면 좋겠어. 네 오빠에게도 말이야. 그럴 일도 없겠지만, 만에 하나라도 귀찮은 일이 생기는 건 싫거든?"

철민이 말끝에 실없이 웃고 말았다. 해놓고 보니 괜히 혼자서 주절주절 댄 꼴이 아닌가? 누가 묻지도 않은 말을 말이다.

예인화가 엷게 미소를 머금으며 그제야 옥패를 살펴보았는데, 철민은 와중에도 그녀의 미소가 참 예쁘다는 생각을 했다, 실없게도.

4

철민은 간만에 늦잠을 즐기고 있는 중이었다. 사실은 진작부터 잠은 깨어 있었다. 다만 일어나기를 미루며 머리까지 이불을 뒤집어쓴 채 게으름을 부리고 있는 중이었다.

여느 날 같았으면 벌써 전에 와서 침을 놓는다, 뜸을 뜬다 해서 한바탕 부산을 떨었을 예인화인데, 오늘은 웬일인지 아직 나타나지를 않고 있었다.

예인화가 오는 것으로 하루를 시작하는 것이 어느 틈에 버

룻이 되었는지, 아직 혼자 힘으로 침대에서 내려서는 것까지
는 무리라고 해도 능히 일어나 앉을 수는 있음에도 불구하고
그녀가 아직 오지 않았다는 것을 핑계로 철민은 하루의 시작
을 자꾸만 늦추고 있는 중이었다.

　누군가 방으로 들어서는 익숙한 기척이 있었지만, 철민은
그래도 이불을 젖히지 않고 누워만 있었다. 예인화가 그 이불
을 젖히는 것으로써 하루를 시작하리라고 생각하면서. 어쨌든
오늘의 이 늦은 시작은 순전히 그녀 때문이라고 단단히 핑계
를 준비하면서.
　그런데 익숙한 기척 뒤에 다시 하나의 기척이 방으로 들어
서고 있었다.
　이불을 젖히고 팔과 허리에 잔뜩 힘을 주어 일어나 앉는 순
간, 철민은 문득 눈부심을 느꼈다. 그의 앞에 예인화가 서 있었
지만, 그리고 늘 인정하듯이 그녀는 참으로 예뻤지만, 그녀 때
문에 눈부신 것은 아니었다.
　사람의 모습 때문에 눈이 부실 수도 있다는 사실을 철민에
게 깨닫게 해준 여인은 예인화의 곁에 서 있었다, 마치 한 폭의
그림처럼.
　철민은 가볍게 머리를 흔들었다. 그의 현실 감각에 일시적
인 혼란이 생긴 게 아닌가 하는 생각까지 들었다. 그 정도로
여인은 아름다웠다, 어떻게 아름답다고 표현해야 좋을지 모를
정도로.

경국지색(傾國之色), 침어낙안(沈魚落雁), 폐월수화(閉月羞花), 절세가인(絶世佳人). 화용월태(花容月態), 그런 허황된 수사(修辭)들 따위는 다 필요없이 여인은 그냥 눈부셨다.

그런 중에도 철민이 지금 여인의 자태를 비교적 차분하게 바라볼 수 있는 것은, 역설적이게도 바로 그 눈부심 때문에 생겨난 조금의 불편함 덕분이었다.

혹은 여인의 눈부심이 만들어낸 그 조금의 불편함으로 인해 여인의 곁에 선 예인화의 편안함이 문득 도드라져 보인 덕분인지도 몰랐다.

"제가 위려려예요!"

또르르 구르는 듯한 맑은 목소리였다. 과연 그녀였다. 철민이 직감한 바로 그녀.

그녀가 열세 살에 이미 강호삼미(江湖三美)의 하나로 꼽혔고, 열여섯에 천하최고의 미인으로 인정받았으며, 이후 십여 년이 흘러 그녀의 나이가 이미 스물여섯에 이르렀으나 여전히 천하제일미(天下第一美)로 강호 뭇 청년 영웅들의 열렬한 추앙을 받고 있다는 등의 사실을 철민이 알게 된 것은 한참이나 나중의 일이었다.

철민이 애써 위려려에게서 시선을 비켰을 때, 언제 들어온 것인지 그녀의 뒤에는 예인후가 서 있었다. 조용하고도 신중하게. 그런 예인후의 모습은 마치 위려려를 호위하고 있는 듯했다.

"혹시 그분께서 따로 제게 남기신 말씀은 없나요?"

눈부심 속에서의 붉은 입술은 역설적이게도 차가워 보였다.

"특별한… 말씀은 없었습니다. 다만 소저만이 알아볼 수 있는 신물이라며 제게 옥패 하나를 주셨고, 수호천으로 가서 옥패를 전하면 그다음의 모든 일은 소저가 알아서 할 것이라고만 했습니다."

철민이 아주 잠깐의 생각 끝에 그렇게 대답했다. 그러나 다시 위려려가,

"그분의 마지막은 편안하셨나요?"

하고 물었을 때 철민은 이윽고 난감한 심정이 되지 않을 수 없었다.

까마귀늙은이의 참혹했던 마지막 모습과 절규를 어떻게 그대로 전할 수 있을까? 물론 철민이 까마귀늙은이에 대해서 자신은 어디까지나 철저한 피해자일 뿐, 조금이라도 잘못한 것이 없다는 생각은 여전하였다. 그러니 누구에게라도 솔직하지 못할 이유는 없었다.

위려려의 두 눈이, 별처럼 차갑게 빛나는 그 한 쌍의 눈이 조용히 철민을 응시하고 있었다. 딱히 어떤 뚜렷한 의지를 담은 눈빛은 아니었으나, 철민은 문득 그 눈빛 속에 잔잔히 가라앉은 비통이 담겨 있다는 느낌을 받았다. 나아가 그 눈빛은 마치 무언가를 짙게 호소하고 있는 듯했다.

그러나 철민은 애써 고개를 끄덕였다. 그리고 짧게,

"예!"

라고 대답했다.

순간 위려려는 두 손으로 얼굴을 가렸다.

섬섬옥수! 그 희고 가늘고 고운 손길 사이로 서러운 흐느낌이 새어 나오고 있었다.

그 서러움에 대해서까지도 애처로움보다는 아름답다는 생각을 먼저 떠올려야 했다는 데서, 그리고 누구도 감히 그 ‘아름다운 서러움’에 개입해서는 안 된다는 얼토당토않은 생각까지 뒤따랐다는 데서 철민은 순간적으로 묘한 자괴(自愧)를 느껴야만 했다.

다만 그때 예인후가 애처로움과 안타까움이 가득한 기색이면서도 막상 어떻게 하지는 못하고서 다만 그 ‘아름다운 서러움’을 지켜만 보고 있다는 데서, 철민은 자신의 ‘자괴’에 대해 조금이나마 위로를 받는 듯한 심정이 되었다.

막상 위려려를 진정시킨 것은 예인화였다. 가녀린 손으로 그 ‘아름다운 서러움’을 가만히 다독거리고 있는 예인화에 대해 철민은 문득 낯선 느낌을 받았다. 지금의 예인화는 마치 그가 아는 ‘열일곱 살짜리 여자애’가 아닌, 사뭇 다른 예인화라도 된 듯했다.

5

위려려는 철민에게 옥패를 보여주었다. 그런데 옥패의 둘레로는 전에 보지 못했던 구멍이 몇 개 뚫려 있었다.

위려려가 금세 옥패를 거두더니 다시 아주 작게 돌돌 말린

몇 개의 종이 뭉치를 손바닥에 올려놓았다. 바로 그 종이 뭉치들이 옥패의 구멍 속에 들어 있었다고 설명이라도 해주는 듯이.

그리고 그녀는 문득 주먹을 말아 쥐듯이 가볍게 종이 뭉치들을 움켜잡았는데, 순간 그 안에서 갑자기 하얀 연기가 피어올랐다. 그녀가 다시 주먹을 폈을 때, 그 안에는 약간의 하얀 재만 남아 있었다.

'마술?'

철민이 언뜻 그런 생각을 할 때, 손바닥의 재를 털어내며 위려려가 말했다.

"이것들에는 할아버님께서 제게 남기시는 말씀들이 있었어요. 알고 계시리라 믿지만, 그중에는 철 공자께도 절대적으로 필요한 내용들도 있었지요."

순간 철민은 문득 잊고 있었던, 아니, 의식적으로 무시하고 있었던 일련의 불유쾌한 기억들을 떠올리고야 말았다.

"흐흐흐!"

도저히 잊지 못할 특유의 음산한 웃음소리가 바로 귓가에서 울리는 듯했고, 악독한 저주를 담은 목소리가 머릿속에서 윙윙거리는 듯했다.

"이미 사벽에 진입한 만큼 이제부터 너는 드디어 기정을 흡수할 수 있게 되었다. 이제부터는 너의 의지와는 상관없이 어떤 계기가 생길 때마다 저절로 기정의 흡수가 이루어질 것이고, 그에 따라 신공의 진전이 또한 저절로 이루어질 것이고, 그럼으로써 다시 기정의 흡수 능력이 더욱 커지는 선순환의 과정이 계속될 것이다. 그러나 거기에는 치명적인 문제가 하나 있으니, 곧 언젠가 네가 육벽에 진입하게 되었을 때 너는 지극히 위험하면서도 도저히 통제할 수 없는 일단의 증상들을 겪게 될 것인데, 만약 네가 늦지 않게 칠벽의 단계로 진입하지 못한다면 너는 인간으로서는 도저히 견디지 못할 엄청난 고통에 시달리다가 결국은 내력의 폭주로 인해 온몸이 산산조각 나고 마는 처참한 죽음을 당하게 될 것이다. 그때에 너를 살릴 방도란 오로지 구벽외공의 요결과 그것이 품고 있는 심오한 이치뿐이다. 노부는 이제 곧 죽을 것이나, 노부를 대신하여 너를 칠벽의 단계로 이끌어줄 사람이 있다. 바로 노부의 손녀다. 이런 날을 대비하여 노부는 이미 오래전에 모종의 안배를 그 아이에게 남긴 바 있으니, 이제 노부가 죽고 나면 천하에서 오직 그 아이만이 구벽외공의 구결을 알고, 그 이치를 완벽히 이해할 수 있게 될 것이다. 그럼으로써 오직 그 아이만이 너를 살릴 수 있을 것이며, 나아가 칠벽 이후의 각 단계마다 필요한 조치들을 네게 일러줄 수 있을 것이니, 너는 반드시 그 아이의 도움을 받아야만 하는 것이다. 수호천으로 가서 그 아이에게 옥패를 전하거라! 그리만 하면 그다음의 모든 일은 그 아이가 알아서 할 것이다. 위려려(威慮慮)! 결코 잊지 마라! 그 아이의 이름이다! 하늘이시여! 노부가 지은 악업(惡業)이 참으로 크니 십팔 층 지옥으로 떨어진다 해도 결코 원망하지 않을 것이나, 다만 이 세상에 남기고 가는 마지막 비원(悲願)만큼은 반드시 이루어지도록 도와주소서!"

"그러나 지금은 때가 아니에요."

또르르 구르듯이 영롱한, 그러나 단호하고도 차가운 의지를 담은 위려려의 목소리에 철민은 흠칫 회상에서 깨어났다. 마침 그녀가 그를 보고 있는 중이었는데, 순간적으로 그 눈빛에서 기이한 호소 같은 것이 느껴지는 듯하여서 그는 움찔 시선을 피하고 말았다.

다시 예인후 남매와 차례로 시선을 마주친 다음에 위려려가 나직이 말했다.

"세 분이 제 편이란 걸 믿어요! 한 점의 의심도 없이!"

그것이 굳이 묻는 말이 아니었음에도 예인후는 망설이는 기색 없이 곧바로 고개를 끄덕여 보였다. 이어 예인화까지 가볍게 고개를 끄덕였으니, 철민 또한 하릴없이 고개를 까딱하고 말았다.

위려려의 얼굴에 미소가 번졌다. 잔잔히, 그리고 점차로 눈부시게.

"예 대주님과 화매(花妹)도 이미 짐작하고 있겠지만, 이십 년 전에 실종되신 제 할아버님이 최근까지 생존해 계셨다는 사실과 더욱이 그분과 마지막 인연을 맺은 철 공자님의 존재 사실은, 그 내막이 어떤 것인지를 따져 보기 전에 그러한 사실 자체만으로도 작게는 불필요한 오해들을 불러일으킬 것이고, 크게는 자칫 본 천에 심각한 내홍(內訌)을 불러일으킬 소지가 아주 다분해요. 그래서 저는 세 분에게 몇 가지의 당부를 드리고자 합니다. 우선 이 일에 대해서는 철저히 비밀을 지켜주세요.”

예인후 남매가 다시금 간단히 고개를 끄덕였고, 철민 또한 이번에는 ‘하릴없이’가 아닌 자발적으로 고개를 끄덕였다. 위려려의 ‘강요’가 아니더라도 그 스스로도 굳이 다른 사람에게 말하고 싶은 ‘비밀’은 결코 아닌 것이다.

“철 공자님은 몸을 회복하는 데 진력하도록 하세요. 그런 연후에 제가 다시 공자님을 찾도록 하겠어요.”

위려려의 말이 은근히 명령조로 되는데, 그런 투에 대해 그녀는 사뭇 익숙해 보이는 데가 있었다. 그리고 철민의 반응을 기다릴 것도 없다는 듯이 위려려는 예인후를 향해 역시 같은 ‘투’의 당부를 하고 있었다.

“예 대주님은 짬짬이 본 천의 전반적인 사정들에 대해서 철 공자님께 알려드리도록 하세요. 가능한 상세하게요.”

이번에도 예인후는 간단히 고개를 끄덕였고, 왜 그래야 하는지에 대한 의문은 없어 보였다.

위려려의 당부는 예인화에게까지 이어졌다.

“빠른 시일 내에 철 공자님이 회복될 수 있도록 화매가 특별히 애를 좀 써줘. 그리고 혹시 구하기 어려운 약재(藥材)가 있다거나 다른 필요한 사항이 생기면 그때그때 바로 알려주고.”

예인후는 틈날 때마다 철민을 찾아와서 수호천에 관한 얘기를 했다. 그것이 무슨 '공부'나 '강의'를 하는 것은 아니었기에, '참고 자료'나 더욱이 '커리큘럼' 같은 게 있을 리는 없었으니, 그저 형식없이 자유롭게 얘기를 나누는 방식이었다.

예인후는 매번 진지한 열의와 성의를 보였지만, 정작 철민은 흘려듣는 경우가 많았다. 예인후의 '열의'를 봐서는 열심히 들어주어야 하는 것인데, 듣다 보면 그의 식견과 상식으로는 이해하기 어려운 부분들이 많았고, 더 솔직히는 별로 관심이 가는 내용들이 아니었다.

그리하여 철민이 대개는 그저 '성의'를 보이는 정도로만 '열심히' 듣는 체를 하였으니, 많은 얘기를 들었으되 막상 그의 기억에 남는 것들이래야 직접적으로 그와 관련이 있거나, 혹은 잠깐씩이나마 흥미를 가졌던 몇몇 대목뿐이었다.

예인후의 직급은 철민이 예상했던 것보다 더 대단하여서 자그마치 일백 명의 무사를 거느리는 정의대(正義隊)의 대주(隊主)였다.

"젊은 나이에 정말 대단합니다!"

열 명도 거느려 보지 못한 처지에서 철민이 진심으로 엄지손가락을 세워 보이자, 예인후는 가볍게 웃어넘기며 분에 넘치는 자리를 차지하고 있다고 겸양을 하였다. 그러나 철민이 보기에 예인후에게 그 '자리'는 그리 분에 넘쳐 보이지 않았다.

수호천에는 네 명의 천주(天主)―이 호칭에 대해서는 아무래도 너무 거창하다는 느낌이었지만, 이후 반복적으로 듣게 되면서 이내 그저 수호천의 최고 수뇌부를 칭하는 하나의 호칭으로만 여기게 되었다―가 있다고 했다.

그중 제일천주(第一天主)는 전전대(前前代) 수호천의 총수(總首)인데, 이미 삼십 년 전쯤에 일선에서 물러나 은거 중이라고 했다. 그런데 이십여 년 전의 정마대전(正魔大戰)―수호천과 잠마련이 근 삼 년간에 걸쳐 치른 대전쟁이었다는데, 얼마나 치열하였던지 예인후의 부모와 위려려의 부모를 위시한 당시 수호천의 주력 정예들이 대거 희생을 당하였기에, 오늘날 수호천에서 중장년층의 비중이 다른 연령대에 비해 확연히 작은 것도 바로 그 전쟁 때문이라고 했다―으로 인해 수호천이 존망의 위기에 처했을 때조차도 모습을 나타내지 않았다고 하는 걸 보면, 예인후는 차마 그런 말까지는 하지 못했지만 국외자인 철민이 보기에도 제일천주의 실존(實存) 가능성은 거의 희박하다는 느낌이었다.

제이천주(第二天主)는 은거한 제일천주에 이어서 총수 직을 맡았던 전대(前代) 총수인데, 다름 아닌 위려려의 조부, 그러니까 까마귀늙은이였다. 이십 년 전, 정마전쟁은 막바지에 다다랐고, 그간 누적된 타격과 희생으로 인해 공히 한계 상황까지 몰리게 된 수호천과 잠마련은 전격적으로 휴전 협정을 성사시켰다고 한다. 그런데 바로 그 직후에 제이천주의 원인 모를 실종 사건이 터지는 바람에 양측은 다시금 촉발의 극한 상태로 치달았고, 그때 만약 제삼(第三)의 유력한 중개자가 나서지 않았다면, 그래서 양측의 적극적인 양보와 화해가 이루어지지 않았다면 그야말로 공멸을 피할 수 없었을 것이라고 했다.

나머지 두 천주 중 제삼천주(第三天主)가 현재 수호천의 총수 직을 수행하고 있으며, 마지막으로 제사천주(第四天主)는 명실공히 당금 수호천의 최강 무인이라고 했다.

'그런가 보다.'

지리하게 이어지는 수호천의 설립 목적과 역사 설명 따위에 대해서 철민이 역시 대개는 흘려듣다 보니, 남는 것이라곤 약간의 부정적인 느낌 정도일 뿐이었다.

뭐랄까? 일종의 독선이랄까? 자신들만이 정의(正義)라고 정의(定義)해 버리는 일방적인 정의(正義). 자신들과 다른 입장이나, 혹은 소수자의 정의는 간단히 무시해 버리거나, 혹은 곧바로 악(惡)으로 매도하여 제거하는 일이야말로 곧 정의라고 매몰차게 규정해 버리는 독선. 잘은 모르겠지만 수호천의 정의 내지는 목적에서는 그런 느낌이 들었다. 뭐, 그냥 그런 느낌이었다. 아마도 철위강에게서 받은 영향 때문인지도 모를 일이었다.

"백강 중 서열 일위에서 십위까지의 대부분이 수호천과 잠마련 소속이라고 하던데, 수호천에는 몇 명이나 있습니까?"

문득 철위강 생각이 났고, 그런 다음에야 다시 백강에 관한 것이 생각나지 않을 수는 없어서 철민이 물어보았다. 예인후는 잠깐 머뭇거리다가 대답했다.

"본 천에는 네 명이 있습니다."

"아! 누구누구인지 물어봐도 되겠습니까?"

예인후가 조금은 멋쩍은 듯이 웃으며 대답했다.

"우선은 제가 서열 구위입니다."

"아!"

철민이 자신도 모르게 감탄사를 뱉고 마는데, 예인후는 문득 빙그레 웃으며 덧붙였다.

"안 그래도 철 형의 몸이 회복되는 대로 한번 겨뤄보고 싶은 욕심을 내고 있는 중이었습니다."

비록 웃는 낯으로 하는 말이었지만 철민은 문득 예인후에게서 지금까지와는 사뭇 다른 느낌을 받았다. 진지했다. 그런 중에 숨길 수 없는 당찬 느낌이 돋보였다. 투지 같은 것이랄까? 감춰져 있던 무인으로서의 면모가 불쑥 도드라져 나오는 듯도 하였다. 예인후의 그런 면모에서 철민은 언뜻 자신과는 본질적으로 다른 어떤 이질감 같은 것을 느꼈다.

"혹시 본 천의 청룡단(靑龍團)에 대해 들어본 적이 있습니까?"

철민이 고개를 가로저었더니, 예인후가 외려 고개를 끄덕이며 말했다.

"그럼 나머지 세 사람에 대해서는 다음 기회에 다시 얘기하
는 게 좋겠습니다."

7

사실 철민이 예인후를 통해서만 수호천에 관한 얘기를 들은
것은 아니었다. 몸 상태가 좀 더 좋아지면서부터는 방 바깥에
의자를 두고 정의대 무사들의 부축을 받아 잠시간씩 햇볕을
쐬곤 하였는데, 그럴 때 자연스럽게 무사들과 이런저런 얘기
를 나누며 단편적이나마 주워들은 말들이 있었던 것이다.

주워들은 말이란 게 대강은 부정확하거나 왜곡된 것이기 쉽
지만, 한편으로는 훨씬 더 실질적인 속사정을 파고드는 얘기
일 수도 있다. 예인후에게서 간단히 언급되었던 정의대와 청
룡단에 대해서도 그런 대목이 있었다.

청룡단과 정의대는 일단일대(一團一隊)라고 해서 수호천 내
청년층들로 이루어진 조직이다.

정의대는 수호천이 창설될 당시부터 존재해 온 조직으로 오
랜 세월 수호천이 성쇠(盛衰)와 부침(浮沈)을 겪는 중에 언제나
희망과 미래가 되어왔다. 그렇기에 수호천 젊은이들에게 정의
대원이 된다는 것은 곧 강한 긍지와 자부심으로 통했다.

예인후는 정의대의 대원으로 시작하여 십 년이 채 안 되는

208 몽상가

단기간 내에 일약 대주의 직위까지 올라섰는데, 그런 경우는 역대를 통틀어서도 아주 드물었다. 수호천의 많은 젊은이들이 그를 표상으로 삼고 있는데, 예인후의 그런 놀라운 성취가 타고난 재능에 놀라운 열정과 노력이 더해진 결과라는 것을 알기 때문이다.

청룡단은 비교적 최근인 오 년여 전에 창설된 조직인데, 사실 처음에 조직 창설의 타당성을 놓고는 정의대와 중복되는 취지라 하여 반대하는 여론이 컸다. 그러나 수호천 수뇌부에서는 향후 수호천을 이끌어 나갈 핵심 역량을 지닌 젊은 인재들을 엄선하여 체계적이고도 집중적으로 육성을 하겠다는, 기존 정의대와 차별화되는 취지와 의미를 부각시켜 창설을 추진하였다. 그리고 정의대의 절반이 채 안 되는, 기껏 사십여 명의 규모임에도 '단(團)'이라고 정함으로써, 결국 청룡단이 정의대와는 차별화되며 그 상위 조직임을 은연중에 규정하였다.

일단일대를 간단히 대비시키자면, 우선 정의대는 수호천 내의 젊은이라면 누구나 지원하여 수습 대원으로서 체계적으로 무공을 익힐 기회를 제공받고, 그런 중에 자질과 능력을 인정받는다면 정식 대원으로 승격을 하게 되고, 이후 다시 공을 세운다면 수호천의 요직으로 진출할 기회를 가질 수도 있다. 그에 비해 청룡단은 처음부터 소위 '핵심 역량'을 지닌 것으로 인정되는 '인재'만이 입단할 수 있고, 그러니만큼 장차 출세 또한 당연히 보장되는 것이나 마찬가지다.

그런 까닭에 항간에는 청룡단에 입단할 수 있는 '인재'의 조건이 사실은 수호천 내의 소위 '잘나가는' 집안의 자제들이라는 얘기가 공공연하였다.

그런 말도 있었다. 청룡단주인 상군환(桑群煥)이 현재 수호천의 총수 역할을 수행하고 있는 삼천주(三天主)의 친손자인 만큼, 장차 후계 구도를 미리 굳히기 위한 포석이라는 것이다.

어쨌든 정의대와 청룡단은 태생부터가 대비 내지는 대립적인 요인이 다분하다고 할 수 있는데, 게다가 두 조직의 우두머리인 예인후와 상군환은 올해 스물일곱의 동갑내기로 후기지수(後起之秀)의 명예를 두고서 직접, 간접으로 비교되고, 또 자의, 타의로 치열한 경쟁을 하는 사이였으니, 두 조직 간의 관계가 원만하기를 바라는 것은 더욱 어려운 노릇이었다.

예인후와 상군환, 나아가 정의대와 청룡단 간에 갈등이 없을 수 없는 또 한 가지의 요인이 있었으니, 바로 위려려 때문이라고 했다.

'주워들은 얘기'인데다 제법 복잡한 사정이 얽힌 듯한 얘기라서 철민이 무슨 사정인지 자세히 이해하기는 어려웠지만, 어쨌든 천하제일미로서의 미색과 명성이 아니더라도 위려려는 수호천 내에서 상당히 중요하고도 한편으로 민감한 위치에 있는 것 같았다.

그리고 올해로 스물여섯인 위려려가 혼기를 한참이나 지나도록 아직까지 인연을 정하지 않고 있는 것은 바로 예인후와 상군환 두 사람 중에서 차마 어느 한 사람을 결정하지 못하고 있기 때문이라는 해석과 수호천을 대표하는 두 기재(奇才) 중 그녀와 인연을 맺는 사람이 결국 장차 수호천을 지배하게 되리라는 견해에 있어서는 철민이 '주워듣도록' 말을 '흘린' 화자(話者)들이 한결같았다.

그런 중에서도 다시 중론(衆論)은 예인후가 뛰어난 인물임에 분명하다고는 해도 현실적이고 냉정한 평가에서는 상군환에 비해 다소 열세라는 것이다.

다만 그런 '현실적이고 냉정한 평가' 의 유력한 근거가 되는 것이 두 사람의 신분과 내력이라는 점에서는 오히려 극적이고도 반사적으로 예인후의 존재를 돋보이게 만드는 데가 있었다. 그리고 아마도 그런 까닭이겠지만, 청룡단에 대해 상대적인 소외감과 불공평을 느낄 수밖에 없는 정의대의 대원들이 대주인 예인후에게 바치는 충성은 특별하고도 맹목적인 데가 있다는 것이다.

물론 '철민이 주워듣도록 말을 흘린 화자' 들이 전부 다 정의대의 무사들이니 아무래도 한쪽 편향일 수밖에는 없을 터였다. 또한 물론 이렇거나 저렇거나 철민으로서는 자신과는 좀 '먼 쪽 '의 얘기로 들릴 수밖에 없었다.

第二十九章
림(Team)

몽상가

1

'될 대로 돼라! 가는 데까지 가보자!'

철민이 그런 심정으로 우열팀 경기에 꼬박꼬박 동참(?)하고 있는 지도 벌써 며칠이 지나고 있었다. 참으로 애매하고 어정쩡하고 당혹스러운 며칠이었다.

며칠 사이 날씨는 유난히도 추웠다. 야외운동장은 더 추웠고. 치고 달리고 던지는 선수들은 그나마 나았다. 선수도 아닌 철민으로서는 할 일도 없고, 뭘 해야 좋을지도 모르겠고, 심지어는 어느 구석에 처박혀 있어야 하는지, 앉아 있어야 할지, 서 있어야 할지조차도 애매하였다.

누구도 그에게 아는 체를 하지 않았고 말을 걸지도 않았으니, 철민은 숫제 자신이 유령인가 하는 생각마저 들었다. 그리고 자신이 도대체 왜 이런 처지가 되어야 하는지, 왜 이 추운 운동장에 나와서 발발 떨고 있어야 하는지 반발심이 생기다 못해 서럽기까지 하였다.

선수들과 감독, 코치들이야 원래 할 일이 그렇다지만, 원래부터 그렇게 해서 돈을 버는 직업이라지만, 철민 자신은 뭐란 말인가? 왜 이렇게까지 해야 한단 말인가? 아무리 '성의'와 '각오'를 보여야 하는 처지가 되었다지만, 그렇더라도 이 정도는 너무 심하지 않은가?

풀 죽어 있는 모습이 안쓰러웠던지, 아니면 마냥 불용자원으로 방치해 두기가 아까웠던지 장 감독은 철민과 손강호에게 운동장에서의 보직(補職)을 주기도 했는데, 1루 코치와 3루 코치였다.

그러나 TV에서 보기는 했어도, 막상 정확히 무엇을 하는 자리인지 철민이 어떻게 알랴. 주자야 달리든 말든, 그가 무엇을 지시할 수 있을 것이며, 지시한다고 주자가 들을 리도 없지 않는가? 그냥 허수아비였다. 다만 하는 일이 있다면, 1루 진출 주자가 건네주는 배팅 장갑과 발목 보호대 등을 받아주는 일 정도였는데, 그럴 때 어떤 친구들은 노골적인 적대와 조롱을 내비치기도 하였다. 배팅 장갑 등을 건네줄 때 그냥 곱게 건네주면 될 것을, 일부러 던진다거나 마치 심부름꾼을 대하듯이 사뭇 건방지거나 무례한 태도를 보이는 것이었다.

물론 손강호는 '성의'와 '각오'를 보이는 데 있어서 그 모

양새가 철민과는 사뭇 달랐다. '어느 구석에 처박혀 있을 때'
도, '앉아 있을 때' 도, '서 있을 때' 도 늘 얼굴에 활기가 돌았
고 눈빛에는 열기가 떠돌았다. 장 감독이 보직을 주면서부터
는 어디 조금이라도 더 힘쓸 데가 없나 넘치는 의욕을 주체 못
하는 모습이더니, 어제와 오늘 '임시 땜빵' 으로 포수 마스크
를 쓰고부터는 정말로 행복해 죽겠다는 기색을 잠시도 감추지
못하고 있는 중이었다.

손강호가 행복해 죽기 직전이 된 것은, 안 그래도 고질적인
허리 통증에 시달리던 진용철이 타격을 하다가 삐끗하였는지
갑작스럽게 허리 통증을 호소한 때문이었다. 당장에 우열팀
중 한 곳의 포수 자리가 비게 되었는데, 다른 포지션과는 달리
포수 자리는 아무나 대충 세우기에는 좀 그런 자리였으니, 누
구에게 포수 마스크를 씌워보나 코치들과 애기를 하던 장 감
독이 문득 그랬다.

"어이, 손강호! 오랜만에 옛날 솜씨 한번 발휘해 보지!"

그때 손강호의 표정은 차라리 안타까울 정도였다. 진용철의
부상에 대한 걱정으로 잔뜩 어두운 표정이다가, 갑자기 상기
되며 안절부절못해하는 모습이라니…….

"그래, 한번 해봐라!"

진용철이 흔쾌히 말해주었을 때, 손강호는 구십 도로 허리
를 꺾어 감사를 표했다.

그런데 포수 마스크를 쓴 손강호는 몇 번 투수의 공을 받아
보는 것만으로도 금방 제법 그럴듯한 폼을 갖추었다. 지켜보

고 있던 진용철이 연신 소리를 지르며 격려했다.

"어이! 손강호! 괜찮은데? 녹이 조금밖에 안 슬었어! 기름칠 조금만 하면 제법 쓸 만하겠는데? 너 믿고 맘 편히 재활 좀 하자!"

그렇게 해서 손강호는 포수 자리를 차지하고 앉았다. 물론 어디까지나 '땜빵'이었다.

사실은 진용철 외에도 부상을 호소하는 선수들이 하나둘 늘고 있는 중이었다. 슬슬 한다고는 해도 아무래도 추위와 여러 악조건에서의 훈련이다 보니 이런저런 잔부상들이 없을 수는 없는 일이었다.

그러나 장 감독은 부상을 입지 않는 것도 프로에게 요구되는 능력이자 덕목이라는 주의였고, 부상자들을 그때그때 열외시키면서도 매일 경기를 강행하였다. 그러다 보니 개중에는 부상을 핑계 삼아 독자적인 스케줄을 짜서 나름의 개인 훈련을 하는 선수까지 생겨나고 있는 실정이었다.

어쨌거나 그런저런 이유로 열외의 선수들이 생기면서, 심지어는 포지션 별로 경기에 뛸 선수가 부족한 경우가 생기기도 하였는데, 그럴 때도 장 감독은 활용 가능한 모든 인적자원들을 '땜빵'으로 써가면서까지 기어코 그날의 경기를 치르고야 마는 고집을 부렸다.

2

전훈 3주차로 접어든 어느 날.

우열팀 경기 5회 초. 우팀의 우익수를 서던 이종찬이 가볍게 발목을 삐끗했고, 이종찬 스스로가 하루 정도 발목 상태를 지켜봐야겠다며 경기를 접어버렸다.

그런데 그날따라 '모든 인적자원' 이 그야말로 바닥이 나고만 터라, 장 감독이 전훈을 시작한 이후 처음이다시피 사뭇 곤란하다는 표정을 보였다. 그러나 잠시 고민하던 장 감독은 이내 '꿋꿋하게' 외쳤다.

"어이, 김 팀장! 머릿수 좀 채워줘!"

"예?"

철민이 미처 말뜻을 이해하지 못하여 대책없이 반문하자 장 감독은 다시 대수롭지 않게 받았다.

"우익수 자리니까 그냥 폼만 좀 잡고 가만히 서 있기만 하면 돼!"

그렇게 된 것이었다. 그리고 철민은 정말로 폼만 잡고 가만히 서 있었다. 이따금씩 타구가 그가 있는 쪽으로 날아오긴 했지만 웬만한 건 중견수가 커버했고, 아예 오른쪽으로 치우쳐 날아오는 타구는 그냥 날아가도록 내버려 두었다. 어차피 포지션 별로 평가를 할 테니, 그것으로 인해 경기에 졌다고 해서 철민을 탓할 사람은 아무도 없는 것이다.

5회 말.

철민은 타석에 들어서서 엉거주춤 섰다. 뒤에 앉은 열팀의 포수를 힐끗 쳐다봤다.

‘이렇게 서면 되는 거요?

포수 마스크 사이로 손강호의 눈이 씩 웃더니 고개를 끄덕였다. 대충 서 있다가 들어가라는 걸까?

“퉤!”

투수 채병두는 바닥에다 침을 뱉었다. 어디에 어떻게 발을 놓아야 하는지조차 모르겠다는 듯이 어정쩡하니 타석에 선 철민이 괜히 짜증스러웠다. 그는 전년 시즌에 팀의 4선발을 맡았었는데, 1, 2, 3선발이 FA와 용병, 트레이드 등의 이유로 한꺼번에 팀을 떠나 버린 데다 보강이 전혀 없었으니, 금년 시즌에는 어쨌거나 팀의 에이스일 수밖에 없었다.

4회부터 던졌으나 추운 날씨 탓에 채병두의 몸은 아직 채 풀리지도 않았다. 그러니 타자의 자세야 어정쩡하든 말든 아예 없는 것으로 무시하고 컨트롤부터 잡는 게 우선이었다.

쌩!

바람을 가르는 소리와 함께 흰빛 한 줄기가 휙 눈앞을 스쳐갔다. 철민이 놀라 움찔 뒤로 몸을 젖히는데 뒤쪽 포수미트에서 ‘빵!’ 하고 소리가 터졌다.

“스트라이크!”

그물망 뒤에서 열팀 감독이자 주심 역할을 병행하고 있는 박 코치가 외치는 소리를 들으며 철민은 절레절레 고개를 저었다.

엄청나게 빠른 속도였다. 철민이 서울의 오피스텔 근처 야구연습장에서 접해봤던 기계가 던지는 공과는 천지차이였다. 더욱이 기계가 던지는 공이야 잘못 던져질 염려나 없지, 이건 사람이 하는 일이니 느닷없이 얼굴을 향해 날아올 수도 있는 것이다. 뭐, 평상시에 좋은 사이가 아니라고 설마하니 일부러 사람을 맞추려고 하지야 않겠지만, 그래도 투수들이 자주 하는 말대로 이 추운 날씨에 손가락의 감이 제대로 올라오지 않아 삐끗 실밥을 잘못 채는 사고야 언제라도 생길 법하지 않은가?

철민이 타석에서 물러나 목도 돌리고 허리도 돌리고 하면서 놀란 가슴을 쓸어 내리고 있자 채병두가 빨리 돌아오라는 듯이 사뭇 짜증을 섞어서 손짓을 했다.

철민이 타석에 들어서며 민망하기도 하여 손강호에게 슬쩍 물었다.

"방금 그 공, 구속이 얼마나 됩니까?"

손강호가 천천히 자세를 바꿔 앉는 것으로 시간을 벌면서 작은 소리로 대답했다.

"글쎄요. 아직 투수의 몸 상태가 제대로 안 올라왔고, 전력 투구를 한 것도 아니니 한 120? 많아야 130은 안 넘을 겁니다."

'120, 130이라고? 이 정도만 해도 눈알이 팽팽 돌아가는 강속구인데, 시즌 중에 보통 140, 150, 심지어는 160까지 나오면 도대체 얼마나 빠르단 말인가?

철민이 잔뜩 겁을 집어먹는데, 아마도 주심이 플레이 신호를 주었던지,

쌩! 빵!

하고 다시 공이 날아와 포수미트에 꽂혔고, 철민은 저도 모르게 움찔 엉덩이를 뒤로 빼고 말았다.

"스트라이크! 투 나씽!"

힘차게 외친 박 코치가 피시시 웃으며 토를 달았다.

"김 팀장! 거 아무리 땜빵이라지만 타석에서 제대로 폼은 잡아줘야지, 그렇게 아예 엉덩이를 빼버리면 어디 투수가 던질 맛이나 나겠소?"

철민이 억지로 한 발을 홈 플레이트 쪽으로 끌어당겼다. 이어 투수가 와인드업 모션으로 들어가는 것을 이번에는 두 눈을 부릅뜨고 노려보았다. 그렇다고 뭘 어떻게 해보자는 것은 아니었고, 아마도 삼진으로 연결될 이번 공만큼은 겁먹지 말고 똑바로 보기라도 하자 하는 심정이었다. 그런데 이전과는 달리,

피싯!

하고 날아온 공이 그의 앞에서 갑자기 뚝 떨어졌다.

"볼! 투 원!"

'이건 또 뭐 하자는 거니? 제길! 한 번 더 서 있어야 하나?

철민이 '괜히' 안도하면서, 한편으로 '괜히' 투덜거렸다. 커브? 싱크? 잘은 모르겠지만, 뭐, 그쯤 되는 구질 같았다. 아마도 구질 연습이나 한번 하고 끝내겠다는 건가?

채병두는 다시 두 개의 공을 더 던졌다. 하나는 타석 바로 앞에서 안쪽으로 휘어졌고, 나머지 하나는 그 반대인 바깥쪽으로 휘어져 나갔다.

그런데 잇달아 느린 변화구가 들어온 덕분이겠지만, 철민은 한결 공에 대한 두려움이 줄어들었다. 그런 덕분인지 처음보다 한결 공이 잘 보이는 것 같기도 했다.

어쨌든 볼 카운트는 투 쓰리. 그냥 이대로 서 있다가 아웃되리라 하면서도 철민은 이번 공은 가운데 직구로 들어오겠다고 예상을 해 보았다. 그야말로 주제넘고도 쓸데없는 예상이었다. 그런데 그때 퍼뜩 그런 생각이 드는 것이었다.

'한번 쳐볼까?

그야말로 '주제넘고도' '쓸데없고도', 참 웃기기까지 한 생각이었다. 그러나 그러면서도 철민이 저도 모르게 슬그머니 타석 안쪽으로 몸을 기울였던 모양이다. 무엇에 끌리기라도 한 듯이 말이다.

"한번 쳐보시게요?"

힐끗 돌아보니 포수 마스크 사이로 손강호의 얼굴이 빙글거리고 있었다. 철민이 멋쩍은 마음에 얼른 투수 쪽으로 시선을 돌리는데, 손강호가 나직이 속삭였다.

"한가운데 직구!"

쌩!

바람을 가르며 공이 날아왔다.

순간 철민은 순간적으로 자신의 양팔을 타고 무언가 뿌듯한 느낌이 뻗쳐 나간다는 생각을 했다. 그런데 그것은 다만 느낌이나 생각만이 아니었다. 실제로 그는 힘차게 방망이를 휘두른 것이었다.

딱!

공이 저만치 공중을 날아가고 있었다. 뒤에서 벌떡 일어선 손강호가 하늘을 가리키며,

"어어?"

소리를 냈다.

공은 아래로 떨어질 생각을 않고 계속 쭉쭉 뻗어나갔다. 철민이 두 눈을 끔뻑거리며 지켜보고 있자니 새카만 점으로 날아간 공은 아예 운동장의 경계를 훌쩍 넘어가서 건너편의 도로 근처 어디쯤으로 떨어졌다.

"이야! 홈런! 장외 홈런!"

손강호가 탄성을 울리며 두 팔을 번쩍 들어 올렸다, 마치 제가 홈런을 치기라도 한 것처럼 들떠서.

넋이 나간 듯 공의 궤적을 쫓고 있던 채병두는 손강호의 소란에 문득 정신을 차린 듯이,

"퉤!"

거칠게 땅바닥에다 침을 뱉었다.

"팀장님, 뭐 합니까?"

손강호가 철민의 등을 떠밀었다.

"예?"

"홈런을 쳤으면 다이아몬드를 한 바퀴 돌아야 할 거 아닙니까?"

"아? 그래야 하는 겁니까?"

"그럼요! 경기 중이지 않습니까?"

"아, 예!"

철민이 뒤늦게 1루로 달려갔을 때 1루수 최준덕은 손강호보다도 더 크지 싶은 얼굴 가득 '애매한 표정이란 것이다!' 라고 보여주듯이 확실하게 애매한 표정을 지어 보였다.

애매하기는 철민도 마찬가지였다. 진짜 한 바퀴를 다 돌아야 하는 건지, 아니면 별로 환영받는 분위기도 아닌 것 같은데 대충 시늉만 하고 그만 돌아야 하는 건지…… 그런데 홈을 보니 손강호가 머리 위에서 연신 손을 돌려대고 있었다.

철민이 후다닥 한 바퀴를 돌고 홈으로 돌아오자 손강호가 하이파이브로 맞아주었다. 그런 손강호의 모습은 그가 지금 어느 팀의 포수인지 헷갈리게 만드는 데가 있었지만, 어쨌거나 다른 사람들은 시큰둥하니 두 사람만의 세레머니일 뿐이었다.

5회가 끝나자 철민은 곧바로 교체되었다. 그를 대신한 또 다른 '땜빵'은 유 코치였다. 우팀 감독 겸 '땜빵'인 셈이었다.

"이야! 팀장님한테 홈런 타자의 자질이 있는 줄은 정말로 몰랐습니다!"

'덕 아웃'에 앉아서도 손강호는 한동안이나 더 호들갑을 떨었다.

"얼떨결에 그렇게 된 걸 가지고 홈런 타자는 무슨 홈런 타잡니까?"

"어허, 무슨 말씀을? 얼떨결이든 제정신이든, 빗맞았든 바로 맞았든 아무나 홈런 타자가 되는 건 절대 아닙니다? 딱총

체질은 아무리 잘 맞춰도 펜스를 넘기기 어렵고, 더구나 장외 홈런을 때린다는 건 아예 차원이 다른 얘기라니까요?"

립 서비스겠거니 하면서도, 철민은 그리 싫은 기분이 아니었다. 무언지 모르게 뿌듯하기도 하고, 또 꽉 막혀 있던 무엇이 한 방에 뻥 뚫려 버린 듯이 통쾌하기도 했다. 한편으로 묘한 기분이 들기도 했다. 추락 일로(一路)를 걷고 있는 그의 인생에 홈런이라니? 그것도 장외 홈런이라니?

'간만에 로또나 한 장 사봐?'

3

한번 길을 들여놓아서인지 그 뒤로도 철민은 필요로 할 때마다 '땜빵' 역할을 해야만 했는데, '땜빵'으로서의 그의 우선순위가 언제부터 두 코치를 당연히 앞서게까지 되었는지는 철민 자신도 모르는 일이었다.

그렇다고 하더라도 '땜빵'은 그저 '땜빵'일 뿐이었지만, 장외 홈런의 추억 때문인지 철민이 가끔씩은 타석에서 욕심을 부려보기도 했다. 그때의 그 짜릿한 통쾌감을 한 번 더 맛보고 싶은 욕심이었다.

그러나 투수들도 자존심이 있지, '땜빵'에게 다시 당하랴? 철민이 타석에 서기만 하면 누구라도 변화구 승부였다. 바로 눈앞에서 떨어지고 휘고 솟고 하는 공의 조화에 철민은 그야말로 속수무책이었다. 스탠딩 삼진이기 일쑤였고, 어쩌다 잔뜩 별러 방망이를 휘둘러보았어도 속절없이 헛스윙이었다.

그런데 '가뭄에 콩 나듯이'라는 말이 있지만, 정말로 어쩌다가 한번 걸렸다 하면 그냥 빨랫줄 타구였다. 물론 대부분은 파울이기는 했지만.

그래도 철민의 힘이 대단하다는 것은 이제 누구라도 인정할 수밖에 없었다. 도대체 평범하기만 한 철민의 체구 어디에서 그처럼 놀라운 힘이 나오는지에 대해 타격 코치인 박 코치가 그럴듯한 분석을 내기도 했다.

"허리의 유연성과 타격 순간에 온몸의 힘을 집중하는 밸런스 감각을 타고났다!"

물론 그것이 다만 타격 좀 된다 하는 타자들에게 흔히 가져다 붙이는 소위 '뻔한 소리'라는 게 다른 사람들의 공통된 생각이었다.

박 코치의 의견보다는 손강호의 간단한 한마디 정의(定義)가 차라리 공감을 얻었다.

"공갈포!"

그러나, 철민의 '땜빵' 노릇은 어디까지나 '반쪽짜리'에 불과했다. '공갈포'이거나 말거나 철민이 타격에서는 어쨌든 '땜빵' 노릇을 그런 대로 해내건만, 상대적으로 수비 포지션을 맡을 때는 아주 '꽝'이기 때문이다.

물론 정히 뛸 선수가 없는 경우에는 어쩔 수가 없어서 '반쪽짜리'라도 '땜빵'으로 쓰긴 쓰는데, 포지션 간 협력 수비를 요하는 내야에다 '꽝'을 세울 수는 도저히 없는 노릇이라, 망해도 혼자 망하는 좌익수나 우익수 자리에다 그냥 세워놓기만 했다. 자기 앞으로 공이 날아와도 꿔다 놓은 보릿자루 내지는 그냥 기둥처럼 가만히 구경만 하고 있어도 아무도 뭐라고 하지 않았다.

다만 철민이 몇 번쯤 '꿔다 놓은 보릿자루 내지는 그냥 기둥' 노릇을 해보고 난 다음부터는 나름으로 제법 의욕이 생기기도 해서, 외야플라이가 뜨면 일단 공을 따라서 뛰어보기는 했다. 그러나 역시 의욕일 뿐이었다. 타구 방향을 감지하는 능력 '꽝'에다, 캐치 능력 '꽝'이니 다'꽝'이었다.

4

외야에서 던진 공이 그야말로 빨랫줄처럼 뻗어와서는 노 바운드로 포수 글러브에 꽂혔고, 그 바람에 2루에서 3루를 돌아 홈으로 쇄도하던 주자는 허탈한 표정으로 태그아웃을 당하고 말았다.

"야!"

"이야!"

덕 아웃에서 탄성들이 새어 나왔다. 철민이 부려낸 재주였기 때문이리라.

타자가 친 라인드라이브성 타구가 우익수 쪽으로 날아갔을 때 2루 주자는 포구 상황을 보지도 않고 무조건 스타트를 끊었다. 우익수가 철민이었기 때문이다. 주자의 판단은 역시나 틀리지 않아서, 공은 철민의 글러브에 맞고 땅으로 떨어졌다. 그런데 그다음에 벌어진 상황은 '역시나'가 아니어서 사람들을 놀라게 만들고 만 것이다.

철민이 그간 제법 보고 들은 건 있어서 재빨리 공을 주워서는 무조건 홈을 향해 힘껏 던졌는데, 그게 그냥 홈까지 단번에 날아가서 정확하게 포수의 글러브로 직행해 버린 것이다.

그날 마침 같은 열팀의 포수로 뛰었던 손강호가 경기 후 싱글거리며 철민에게 한마디 했다.

"팀장님! 오늘 쥐 한 마리 잡았습니다!"

철민이 짐짓 심드렁한 체 받아주었다.

"저 소띠 아닙니다."

'땜빵'으로서의 철민의 역할은 점점 더 다양하게 요구되고 있었다. 물론 철민의 능력이 '비약적인' 발전을 이루어서는 아니고, 어디까지나 팀의 사정과 필요성에 의해서였다.

처음에 장 감독이 철민에게 내야 평고를 치는 일을 시켜보라고 했을 때, 감독 스스로도 고개를 갸웃거리는 걸 보고서 박 코치는 그 심정을 짐작할 만하였다.

'달리 시킬 사람이 도저히 없으니 어떻게 하는지 일단 한번 시켜나 보라는 거구나.'

사실 평고를 친다는 게 그렇게 만만한 일이 아니라서, 우선 배팅에 어느 정도 익숙하지 않은 사람은 공을 맞추는 것부터가 쉽지만은 않다. 기본적으로 공에 대한 컨택 능력이 있어야만 하는 것이다.

그런데 철민은 의외다 싶게도 곧잘 때려냈다. 뿐만 아니라, 박 코치가 이쪽저쪽 지시하는 대로 방향까지 얼추 비슷하게 맞추어내는 것이었다.

"김 팀장, 하는 김에 외야 평고도 한번 쳐보지?"

지켜보고 있었던지 장 감독이 저쪽에서 외쳤다. 그러면서 그는 왠지 실실 웃는 얼굴이었다.

어쨌거나 철민이 이미 '공갈포'로 인정받은 마당에 공을 멀리 날리는 것이야 못할 것이 없었다. 박 코치가 외야 평고는 세게 쳐야 한다고 해서 시키는 대로 힘껏 쳤더니 공은 외야수들을 한참이나 넘어가 버렸다.

저쪽에서 장 감독이 또 실실거리고 있었다, 마치 뭔가 꿍꿍이가 있다는 듯이. 하여튼 철민으로서는 별로 마음에 들지 않는 웃음이었다.

5

자주 보면 정이 든다던가?

장 감독이 언젠가 말했던 것처럼 같이 일과의 대부분을 함께 호흡하고, 또 같이 땀 흘리다 보니 철민과 선수들 사이는 처음보다 많이 부드러워졌다.

물론 '한식구 같은 동지 의식' 따위를 들먹일 수준까지는 결코 못 되지만, 최소한 처음의 노골적인 적대와 경계는 많이 희석된 것 같았다.

특히 '고졸 신인' 그룹이나 '2군 중고 신인' 그룹과는 어느 정도 관계를 트기도 해서, 배팅 볼을 토스해 줄 때면 고맙다고 인사를 차리는 친구도 있었고, 내야 펑고를 쳐줄 때면 끝난 뒤 거친 숨과 땀범벅인 채로 와서는 죽는 줄 알았다며 다음번에는 살살 좀 쳐달라고 엄살을 떨고 가는 친구도 있었다.

다만 이대헌과는 여전히 불편한 사이가 계속되고 있었고, 역시 그런 영향 때문이겠지만 고참 그룹과는 아직까지도 데면데면하고 서먹한 사이였다.

6

전훈 17일째.

"내일은 우열팀 간 경기가 없다. 대신 다른 팀과 연습 경기가 있으니 오늘 우팀에 선발된 선수들은 준비하도록!"

경기 후 미팅에서 장 감독은 그렇게 갑작스러운 말을 했다. 선수들이 웅성거리는 가운데 질문들이 나왔다.

"어느 팀과 합니까? 혹시 이 근처에 고등학교 야구팀이라도 있는 겁니까?"

서진웅의 질문에 왁자하니 웃음들이 터져 나왔다. 장 감독이 또한 웃으며 대답했다.

"대산대 야구팀이다."

"대학 팀이라고요? 지금 우리더러 대학팀과 시합을 뛰라는 겁니까?"

"힘들게 마련한 경기다. 그러니 불만이 있다면 경기에서 만족할 만한 결과를 낸 다음에 말하도록! 이상!"

그리고 장 감독은 두 코치를 대동하고 세미나실을 나가 버렸다.

"뭐야, 이건? 아주 우리를 엿 먹이려고 작정을 한 거야?"

서진웅이 자못 씩씩거렸다. 그러나 이종찬이 아무 말 없이 일어서서 세미나실을 나가 버렸기에 나머지 선수들도 삼삼오오 웅성거리며 자리를 떴다.

7

전훈 18일차.

오전에 대산대 야구부가 버스로 도착했다. 대산대의 감독은 장 감독과는 인연이 깊은지 깍듯하게 인사를 차리는 모습이었는데, 두 감독은 식사 후 오후 한시부터 6회로 한정하여 경기를 치르기로 간단히 협의를 마쳤다.

경기 전 상호 인사를 위해 양 팀 선수들이 홈 플레이트 앞으로 마주 섰다.

그런데 대산대 선수들의 표정이 사뭇 묘했다. 마주 선 D 불스 선수들의 면면이 죄다 신인 급들이거나 2군 소속이었으니, 그들이 예상하거나 기대했던 소위 '프로선수'가 한 명도 보이지 않았기 때문이리라.

본래 오늘 출전 명단에는 이종찬과 이대헌, 그리고 세 명의 주전 급이 포함되어 있었다. 그들이 이런저런 핑계로 출전 명단에서 빼줄 것을 감독에게 요청했기 때문이다. 장 감독은 별 말없이 그들의 요청을 들어주었고, 아예 '고졸 신인' 그룹과 '2군 중고 신인' 그룹 위주로 선발을 꾸린 것이다.

어쨌거나 그러다 보니 대산대 선수들 중에서는 D 불스의 고졸 신인 선수에 비해 오히려 선배이거나 혹은 동기뻘이 되는 연차도 없지 않았으니, 고교 졸업 후 프로구단으로부터 지명을 받지 못하여 대학을 가야 했던 경우가 없지 않은 그들로서는 부러움과 질시, 혹은 경쟁심 등의 감정들이 복잡하게 교차할 법도 했다.

나이가 월등히(?) 많다는 이유 하나로 아이러니하게도 정식 선수도 아닌 '땜빵' 주제에 덜컥 주장을 맡게 된 손강호는 경기 내내 벌겋게 상기된 얼굴이었다.

"화이팅~!"

중간 중간 목이 터져라 외쳐 대는 손강호의 고함에, 원정팀의 관중이나 된 태도로 경기 관전을 하던 고참 급들은 '꼭 무슨 고등학교 야구 보는 것 같다!' 는 짜증스러운 핀잔을 '중간 중간' 늘어놓았다.

결과는 패배였다, 불스의.

그냥 패배도 아닌 게임 스코어 3:6의 더블스코어 대패였고,

경기 내용상으로는 더욱 실망스러웠다.

개개인의 투타 성적은 괜찮았다. 안타 수는 상대팀보다 배는 많았고, 홈런만도 세 방이나 됐다. 그러나 3점이라는 점수가 말해주듯이 솔로 홈런 세 방에 나머지 안타는 응집되지 못하고 다 산발인데다, 꼭 필요할 때 진루타를 때리기는커녕 병살을 당하기 일쑤였다.

투수 쪽도 마찬가지였다. 삼진을 잡은 수가 상대 팀에 비해 근 두 배다. 자그마치 여섯 개니 6회 중에서 2회는 그저 먹은 셈이다. 홈런은 한 방도 안 맞았고, 안타도 불스 타자들이 때린 것에 비해서는 반밖에 안 맞았다. 단순비교 상으로는 호투다. 그러나 문제는 그 반밖에 안 맞은 안타가 죄다 집중 안타라는 데 있다. 게다가 장단을 맞추기라도 하듯이 수비 에러까지 겹쳤으니 대량 실점으로 이어질 밖에.

한마디로 상대팀이 찰떡같은 응집력과 집중력을 보였다면, 불스는 모래알 같은 팀워크를 보였다고 비교할 만했다. 그렇게 해서 5회와 6회에 무더기로 점수를 내준 불스는 아무 할 말 없는 역전패를 당하고 말았다.

6회 말 마지막 타자로 나선 손강호가 시원한 헛스윙으로 삼진을 당하며 시합이 끝나는 순간, 이대헌은 만지작거리고 있던 글러브를 팽개쳐 버렸다. 그리고 축 처진 어깨로 돌아오는 선수들에게 고래고래 소리를 지르고 성질부터 부렸다. 상대팀 선수들이 지켜보고 있든 말든.

굳은 얼굴로 자리를 뜨는 이종찬을 보고 있다가 철민은 언뜻 운동장 저쪽에서 카메라를 들고 있는 남자 둘을 보았다.

카메라가 제법 커 보였기에 들고 다니며 폼 잡기는 좋겠구나 하는 생각을 떠올리며 철민이 스스로의 실없음에 피식 웃고 말았다. 그리고 이곳이 리조트이니 겨울이라고는 해도 다른 손님들이 묵고 있을 수 있고, 마침 TV로나 보던 낯익은 프로야구 선수들을 가까이에서 보았으니 호기심에 사진 몇 장쯤 찍을 수도 있겠거니 생각했다.

대산대학이 그리 멀지 않는 P시에 있었기에 대학 선수들은 곧바로 떠날 채비였다. 장 감독은 사례도 없이 기꺼이 연습 경기에 응해주었는데 그냥 보낼 수는 없다며, 시내 갈비집에서 한 끼 회식이라도 시켜주겠다고 두 코치를 대동하여 그들의 버스에 함께 올랐다.

굳이 그럴 필요는 없어 보였지만, 이종찬은 평소대로 미팅을 소집했다. 물론 경기 결과에 대한 평가와 토의를 하고자 함은 아닐 것이기에 철민은 알아서 빠져주었다. 다만 손강호는 굳이 고집을 피워서 미팅에 참여를 했다.

철민이 나중에 손강호로부터 듣기로, 이종찬은 처음으로 후배들에게 큰소리를 내고 화풀이를 했다고 했다. 경기에 임한 선수들에게 기본 실력도 없고 근성도 없는 아주 형편없는 놈들이라고 직설적이고도 신랄하게 질책을 했다는 것이다.

평소 말없는 카리스마만으로도 후배들을 압도해 온 이종찬이었으니, 독한 질책이 이어진 이십여 분간 패전의 멍에를 진

신참 급들은 내내 질린 얼굴들이었다고 했다.

뒤이어 나선 이대헌이 흥분하여 거친 욕설까지 튀어나오는 것을 이종찬이 제지하여 끌고 나간 뒤 진용철이 나서서,

"어쨌든 모두들 수고했다. 오늘 진 건 진 것이고, 내일이 또 있으니까 다들 돌아가서 씻고 쉬어라!"

하고 수습을 해준 덕분에 겨우 마무리가 되었다고 한다.

8

촉발 직전의 살얼음판 분위기라 신참 급들은 감히 방에서 나올 생각을 못하고 쥐 죽은 듯이 있는 가운데, 이종찬을 위시하여 예닐곱의 고참 급이 1층 로비에 모였다. 챙겨 입은 옷차림들로 보아 리조트를 벗어나 아예 시내로 나갈 작정인 모양이었다.

손강호가 뛰어나가 말리려는 걸 철민이 붙들었다.

"그냥 둡시다. 우리가 말린다고 들을 사람들도 아니고, 저들도 답답하니까 저러는 거 아니겠습니까?"

"답답한 건 모두가 마찬가지죠. 그러나 이럴 때일수록 선배들이 앞에 나서서 이끌어줘야 하는 건데……."

그러나 손강호 역시도 어쩔 수 없다는 듯이 이내 힘없이 어깨를 늘어뜨렸다. 그래도 감독에게 보고는 해둬야 할 것 같아서 철민이 손강호를 시켜 장 감독에게 전화를 걸도록 했으나, 오히려 많이 늦을 거라는 답변만 돌아왔다.

뭐, 감독도 신경을 안 쓰는데 나라고 신경 쓸 일이 있나 싶기도 해서 철민이 애써 TV 화면으로 시선을 돌렸지만 막상 눈에는 잘 들어오지가 않았다.

"어? 저거……?"

TV 화면을 가리키며 손강호가 갑자기 소리를 친 것은 그럭저럭 시간이 좀 지났나 싶을 즈음이었다. 그 소리에 철민이 퍼뜩 정신을 추슬러 화면을 보니 마침 스포츠뉴스를 하고 있는 중이었다.

왠지 낯익다 싶은 광경이 화면에 비치고 있었다. 바로 낮에 대산대와 펼친 연습 경기 광경이었다. 화면 속에서 두 명의 캐스터가 뭐라고 말을 주고받고 있었는데, 무슨 말인지 철민의 귀에는 하나도 들리지 않았다. 그리고 화면은 이내 다른 뉴스거리로 넘어갔다.

열시 반이나 됐을까? 철민과 손강호가 심란하기 그지없어 TV도 끈 채로 있는데 갑자기 방문이 거칠게 열렸다.

우선 술 냄새가 확 풍겨 들었다. 그리고 벌겋게 달아오른 얼굴의 이종찬이 씩씩거리며 들어섰다. 그 뒤로 이대헌과 서진웅, 그리고 진용철 등이 보이는데 이종찬이 돌아보며,

"다들 방으로 가 있어!"

하고 소리치고는 문을 쾅 닫았다.

"TV 뉴스 어떻게 된 거야?"

다짜고짜 거칠게 몰아세우는 말이었지만, 철민이나 손강호나 당장에 대답할 말이 없었다. 이종찬이 철민을 노려보며 폭발했다.

"넌 뭐 했어? TV에서 그런 뉴스가 나올 때까지 넌 도대체 뭘 하고 있었어? 뉴스에서 뭐라고 했는지 알아? 올해 불스가 참 걱정스럽단다. 불스 때문에 올해 프로야구 판도가 이상한 방향으로 왜곡될까 심히 염려스럽단다. 도대체 우리가, 아니, 내가 왜 한 묶음으로 이런 개망신을 당해야 하지? 대학팀하고 연습 경기 하는 자체만으로도 쪽팔리는 일인데, 새파란 애들 내보내서 개박살 나는 장면을 TV까지 나오도록 놔뒀어야 했어? 도대체 니가 하는 일이 뭐야? 방망이 잡고 글러브 끼고 어설프게 야구 흉내나 내는 게 니 일이야? 현장지원팀이라며? 팀장이라며? 그렇다면 기자들이 아무거나 함부로 취재하는 건 막았어야지! 최소한 미리 걸러는 줬어야 하는 거 아니냐고!"

철민은 멍한 상태가 되고 말았다. 이종찬의 한마디 한마디가 다 옳은 말 같고, 비수가 되어 가슴에 콱콱 틀어박히는 것만 같았다. 그때 이종찬에 대해 마주 쏘아붙이고 나선 것은 손강호였다.

"보소, 선배! 대학팀에 개박살 난 게 그렇게 부끄러웠다면, 부끄러운 일 그 자체를 다시 안 만들 궁리를 해야지. 그래, 부끄럽다는 사람이, 더구나 팀의 최고 선배가 되어가지고 이 시간까지 술이나 퍼마시고 옵니까? 선배면 먼저 선배다운 처신을 해야 하는 거 아닙니까? 그리고 선배는 잘못한 게 하나도

없어서 억울하기만 하다는 것처럼 들리는데, 일이 이렇게 된
걸 어떻게 다 남 탓으로, 또 후배들 탓으로만 돌립니까? 정말
로 선배의 잘못은 조금도 없다는 겁니까?”

이종찬의 눈이 확 뒤집혔다.

“뭐야? 이 새끼, 너 지금 뭐라고 지껄였냐?”

욕지거리에 손강호 또한 마침내 폭발하고 말았다.

“뭐? 이 새끼? 지금 한번 막나가 보자는 거요? 그래, 기왕에
막나가는 거, 계급장 떼고 한번 붙어볼까?”

손강호가 성질 돋친 불곰처럼 성큼 앞으로 치고 나오자 이
종찬은 순간적으로 흠칫하고 말았다. 그때 철민이 뒤에서 손
강호의 두꺼운 몸통과 양팔을 한꺼번에 감싸 안았다.

“놔요! 이거 놓으라니까?”

손강호는 철민의 손을 뿌리치려 거칠게 몸을 뒤틀었다. 그
러나 의외로 철민의 포박이 완강했기에 손강호는 설핏 당황하
고 마는 기색이었다.

“손 대리! 그만 진정해요!”

철민의 차분한 말에 손강호는 이내 몸에서 힘을 뺐다. 이어
철민이 손강호를 놓아준 뒤 앞으로 한 걸음 나서 이종찬을 향
해 차분하게 말했다.

“이종찬 선수도 일단 방으로 돌아가십시오!”

이종찬은 잠시 말없이 철민을 노려보더니 이내 획 몸을 돌
려서는 방문을 열고 밖으로 나갔다.

쾅!

방문이 거칠게 닫혔다.

9

아침 식사 때부터 선수들 사이의 분위기는 더할 수 없이 처져 있었고, 오전 내내 헬스장이나 실내 미니 연습장에는 선수들의 모습이 보이지 않았다. 보이콧이었다. 이종찬과 고참들의 주도하에 모든 선수들이 훈련을 보이콧하기로 한 모양이었다.

코치들은 안절부절못하였지만, 장 감독은 오히려 무덤덤한 기색이었다. 오전 훈련이야 원래 자율적으로 하기로 된 것이니 그대로 두라고 했다.

오후 한시. 장 감독이 코치들을 대동하고 대운동장으로 나갔지만, 운동장에 나와 있는 사람은 철민과 손강호 둘뿐이었다. 곧바로 숙소 건물로 돌아온 장 감독은 코치들에게 선수들 전원을 세미나실로 집합시키라고 했다.

그러나 두 코치가 아무리 방마다 찾아가서 신입 급들에게는 호통을 치고 고참 급들에게는 설득을 해도 선수들을 움직이게 하지는 못했다. 역시 이종찬의 의지가 개입된 게 분명했다.

코치들의 보고를 받은 장 감독은 곧장 이종찬의 방으로 갔다.

"자네도 어릴 때부터 야구를 했으니 한 30년 가까이 되나? 그러나 얼마나 더 현역으로 뛸 수 있다고 생각하나? 앞으로 2년? 3년? 어쩌면 그것도 욕심일 수 있겠지. 내가 지금 무얼 말하고자 하는지 알겠나? 자네에게 지금의 하루하루는 자네 일생의 그 어느 때보다 더 소중할 거란 말일세. 그라운드에서 뛸 수 있다는 그 자체로 말이야. 그런데 그처럼 소중한 오늘 하루를 이렇게 무가치하게 버릴 건가? 더구나 자네 후배들의 소중한 하루들까지 볼모로 삼아서? 자네가 프로야구 선수라면, 자네가 프로야구 선수 이종찬이라면, 지금 바로 모두를 세미나실로 모아주게. 문제가 무엇이든 이렇게 헛되이 시간을 낭비하지 말고, 모두가 모인 자리에서 공개적으로 결판을 내도록 하세. 계속 가든 아니면 멈추든 말일세. 그럼 먼저 가서 기다리고 있겠네."

장 감독이 단숨에 뱉듯이 말을 쏟아놓고는 방을 나가 버리자 이종찬은 묵묵히 생각에 잠겼다.

한참 뒤, 이종찬은 곁에서 그를 바라보고 있던 이대헌에게 짧게 말했다.

"다들 모이라고 해."

선수들은 그동안 참고 또 참아왔던 것처럼 불만들을 쏟아냈다. 훈련 방식, 감독의 지도 형태, 구단의 태도와 처우 문제 등등.

특히 어제 대산대와의 연습 경기에 대한 불만들이 많았다. 아무리 연습 경기라도 격이 있는 것이지, 어떻게 대학팀과 경기를 치르게 할 수가 있느냐? 대학팀과 연습 경기를 한다는 자체가 창피한 노릇인데, 졌을 경우에 어제처럼 전국적인 개망신을 당할 거란 계산도 하지 않았느냐 등등.

"우선은 어제의 보도 내용에 대해 언론에다 해명 자료부터
내야 합니다."

선수들이 한 여러 얘기의 결론이라도 된다는 듯이 이대헌이
요구를 내놓았을 때, 시종 묵묵히 듣고만 있던 장 감독이 처음
으로 입을 열었다.

"어떤 내용으로 해명을 하면 되겠나?"

"그야 뭐… 어제 대산대와의 경기는 연습 경기도 아니고, 그
냥 2군과 고졸 신인들을 테스트해 보기 위한 자리였다고 하든
지……."

"그래서? 어제는 그냥 장난이었을 뿐이고, 진짜 실력으로야
어떻게 대학팀 따위가 우리의 상대가 될 수 있겠느냐? 하지만
그런 변명을 한다고 해서 뭐가 달라질까? 어쨌든 대학팀 따위
에 우리가 깨진 것은 너무도 분명한 사실인데?"

장 감독의 말에 대해 이대헌의 목소리가 곧바로 날카로워졌
다.

"깨지다니요? 그게 어떻게 우리가 깨진 것입니까?"

"그래? 그럼 어제 깨진 건 누구인가?"

"그거야……."

"왜? 주전들이 아니라 2군들과 신참들이 진 것일 뿐이라고
말하고 싶나? 그래서 자네를 포함한 주전들은 결코 진 것이 아
니라고 말하고 싶나?"

순간 이대헌의 얼굴이 핏기로 확 달아올랐으나, 차마 뭐라고
대답을 내놓지는 못하였다. 그리고 그 순간 선수들 사이에서도

지금까지와는 사뭇 다른 묘한 분위기가 생겨나고 있었다.

이대헌에게서 시선을 거두어 선수들을 하나하나 돌아보고 난 장 감독이 천천히 말을 이었다.

"아니다. 진 것은 우리였다. 우리가 진 것이다. 어제의 경기에서 뛴 선수들은 틀림없이 우리 D 불스의 선수들이었다. 내 말이 틀렸나? 어제 뛴 선수들 중에 K. 드래건스의 선수가 있었나? 아니면 R. 브레이브스 선수나, 혹은 다른 팀의 선수가 한 명이라도 있었나? 아니다. 한 명도 예외없이 모두 다 우리 D 불스의 선수들이었다. 이 중에서 누군가는 또 내 말에 대해 이렇게 이의를 제기하고 싶을지도 모르겠다. 어제 경기에 뛴 선수들은 주전이 아니었지 않느냐고. 그렇다면 나는 이렇게 반문하고 싶다. 그들이 주전이 아니라고 말하는 그 사람이야말로 내가 아니면 안 된다는, 내가 아니면 결코 이길 수 없다는 오만과 아집에 갇혀 있지는 않는가 하고. 어제 경기에 뛴 그들이 왜 우리의 주전이 아닌가? 그들은 당당한 우리의 주전이다. 여러분은 프로이고, 프로라면 결과로 말을 해야 하는 것 아닌가? 그들이 정당한 절차를 거쳐 정당한 노력의 대가로, 그리고 여기에 있는 우리 모두의 공정한 평가와 합의를 거쳐서 어제의 주전으로 선발된 사람들이 아니라고 감히 말할 수 있는 사람이 있나? 있다면 어디 한번 분명하게 말해보라!"

장 감독은 목소리는 조금씩 높아졌고, 이윽고는 가늘게 떨리고 있었다. 그 자신도 스스로의 흥분을 느꼈던지 말을 멈추고 잠시 숨을 골랐다.

선수들의 표정은 다양했다. 찡그리고, 붉어지고, 혹은 시선을 아래로 떨구고. 그러나 누구도 입을 여는 사람은 없었다.

평정을 되찾은 장 감독의 말이 이어졌다.

"각자의 사연이야 어떻게 되었든, 지금 이 자리에 함께 있는 한, 지금 함께 야구를 하는 한 우리는 한 팀이다. 한 팀일 수밖에 없다. 이길 때만 한 팀이 아니라 질 때에도 한 팀이다. 이겼을 때는 모두가 이긴 것이고, 졌을 때는 모두가 진 것이다. 그래서 우리는 한 팀이다. 우리가 한 팀이라는 데 이의가 없다면, 한 팀으로 야구를 하는 데 이의가 없다면, 자, 모두 다 운동장으로 나가라! 누구 한 사람의 예외도 없이! 지금 당장!"

그리고 장 감독은 뚜벅뚜벅 걸어서 밖으로 나갔다. 남은 선수들이 웅성거렸고, 여기저기서 새로운 불만도 새어 나왔다. 그때였다. 누군가 크게 소리쳤다.

"조용히들 해라! 할 말이 있다면 감독이 있을 때 했어야지 이제 와서 수군거리는 것은 비겁한 짓이다!"

이종찬이었다. 그리고 그는 천천히 세미나실을 나갔다.

그날의 우열팀 경기는 오후 세시가 되어서야 시작되었다.

第三十章
소통(疏通)

1

[그만 일어나세요!]

청량하고도 아름다운 목소리였다. 그저 듣는 것만으로도 기분이 좋아지는, 간지럽고 작고 깊고 부드러운 속살거림이었다. 그러다 철민은 언뜻 기억의 조각 하나를 떠올렸다.

'이건……?'

그랬다. 며칠 전 잠시간 그를 혼란스럽게 만들었던 그 미세하고 간지러운 느낌을 지녔고, 어느 순간에는 불쑥 작고 깊고 부드러운 소리로 변했던, 그러다 흔적도 없이 사라지고 말았던 바로 그 속살거림이었다.

철민은 퍼뜩 눈을 떴다. 점심을 먹고 난 뒤의 나른함 때문이었던지 의자에 기댄 채로 깜빡 존 모양이었다.

언제 왔는지 예인화가 엷게 미소를 띤 채로 그의 앞에 서 있었다. 철민이,

'어? 언제 왔어?

하고 말을 붙이려는데 문득 다시 울리는 소리.

[잘 주무셨나요?]

그 스스로의 가슴속에서 울려 나오는 듯한 그 소리는 이번에는 한층 더 선명하였다. 그저 '혼란스러운' 것이라고만 치부해 버릴 수 없을 정도로.

"뭐야? 이거 뭐야?"

철민이 흠칫 놀란 외침을 뱉고 마는데, 믿기 어렵게도 그 청명한 울림이 가벼운 웃음으로 다시 대꾸해 왔다.

[훗! 놀랐나요?]

"뭐, 뭐야? 누구야?"

[저예요!]

"저라니? 저가 누군데?"

[호호호! 저라니까요? 바로 앞에 두고도 계속 모른다고 할 건가요?]

"뭐? 너… 너, 설마? 예인화?"

[네, 저예요!]

"정말 예인화라고? 하지만… 이게 도대체… 무슨……?"

철민이 벌떡 일어날 듯이 의자의 팔걸이를 잡은 양손에 와락 힘을 주었다가 예인화의 예쁜 얼굴이 가만히 웃음 짓는 것을 보고는 다시 스르르 손아귀의 힘을 풀고 말았다.

[심동(心動)이라는 거예요. 아주 먼 고대에 창안된 심령소통법(心靈疏通法)이지요.]

"심동? 심령소통법?"

[예. 일정 깊이 이상의 교감을 이룬 특별한 관계의 경우에 상호간에 소통이 가능하도록 해주는 술법이죠.]

"교감? 특별한 관계라고? 너하고 내가 무슨 교감을 어떻게 이뤘는데?"

[어렸을 때 우연히 이 술법을 접하고 난 뒤로 늘 다른 사람들에게 제 마음속의 소리를 전하곤 했죠. 그러나 누구도 저의 심동을 듣지 못했어요, 인후 오라버니조차도. 그런데 당신은 정말 놀랍게도 너무나 쉽게 저의 심동에 감응을 하고 있는 것이지요. 그렇지만 어떻게 해서 그럴 수 있는 것인지는 저도 설명하기 어려워요, 아직까지는.]

"허허! 지금 나더러 그 소릴 믿으라는 거니?"

[믿지 못한대도 할 수 없겠죠. 그럼 지금의 이 상황은 어떻게 이해하실 건가요?]

철민은 할 말을 잃고 말았다. 잠시 틈을 두고 나서 예인화의 청명한 울림, 심동이 차분하게 설명을 이어나갔다.

[믿으세요. 어쨌든 지금 당신이 제 마음의 소리를 듣고 계신 건 분명한 사실이잖아요?]

그때 철민은 문득 거슬리는 게 하나 있었다. 우습게도 '당신'이라는 지칭에 대해서였다. 그러고 보니 심동인가 뭔가 하는 것이 결국 예인화의 '소리'라면, 아까부터 자꾸 '당신' '당신' 하고 그를 칭하는 것은 참으로 당돌하다고 해야 할 것이 아닌가?

하긴 엿장수 마음대로라고, 그를 뭐라고 부르든 그거야 부르는 사람 마음이겠지만. 더욱이 실제로 부르는 것도 아니고, 무슨 마음의 소린지 심동인지, 진짜인지 가짜인지 도무지 알지 못할 요지경의 상황임에야 또 뭐라고 하랴.

"나참! 그러니까, 그런 게 도대체 어떻게 가능하냐고?"

[혜광심어(慧光心語)라고, 불가(佛家)의 무공에도 이와 비슷한 수법이 있죠. 무공과 불도(佛道)의 깨달음이 최고에 달하면 시전이 가능하다는 극상승의 전음 수법인데, 곧 시전자가 대상자의 마음에 직접 자신의 의사를 전달한다고 하죠. 무공에 이미 그런 수법이 있으니 또 다른 방법으로 마음의 소리를 전달하는 것도 아주 불가능한 일은 아닌 거예요.]

"음!"

[그리고 저는 우리 두 사람 사이의 이런 소통이 앞으로 더욱 확대되리라는 기대를 하고 있어요.]

"뭐?"

[지금은 저만 당신에게 심동을 보낼 수 있는 일방 소통일 뿐이지만, 앞으로는 쌍방 소통, 더 나아가서는 거리상의 제약까지 초월하는 공간 소통까지 획기적인 확대를 기대하는 것이죠.]

"허! 이거야 원! 허허! 허허허!"

철민이 할 수 있는 건 그저 실소를 흘리는 일뿐이었다.

2

심령소통법? 생각하면 할수록 참으로 황당한 일이 아닌가? 필경 마음속 상상이 지나치게 분분해진 까닭일까? 그리하여 생각과 상상이 대화를 주고받는 듯한 난감한 착각에 빠지고 만 것일까? 그럼 정신분열증?

철민은 별별 생각이 다 들었지만, 어쨌거나 마음의 소리니 심동이니 하는 따위가 정말로 가능할 리는 없다는 쪽으로 입장을 정리하였다. '정신분열증'이라고 스스로 인정할 수는 없는 노릇이었으니까.

그러나 '입장의 정리'는 그렇더라도, 어쨌든 그 심동이니 하는 것 덕분에 그와 예인화 사이의 소통이 지금까지와는 비교할 수 없이 가히 획기적으로 원활해졌다는 것은 또 부정할 수가 없었다. '정신분열증'이거나 말거나 말이다.

[운기 한번 해보세요!]
하는 마음속 소리에 철민이 생각없이,
"운기? 그런 거 할 줄 모르는데?"
하고 대답을 해놓고는 곧바로 자신의 '정신분열증' 증세에,
"제기랄!"
하고 투덜거렸다.
예인화가 배시시 미소를 피워 올리는 중에 다시 마음속 소

리, 심동이 짤랑거리는 웃음소리로 물었다.

[호호호! 제가 당신의 독문심법 요결을 훔쳐보기라도 할까
봐 걱정이 되나요?]

심동의 '당신' 소리는 이제 철민에게 제법 익숙해졌다. 그
가 잘하는 방식대로 당돌하다고 여기기보다는, 그것이 그저
그를 지칭하는 하나의 고유명사쯤 되겠거니 여기면 되는 일이
었으니까.

"독문심법은 또 뭐야? 하여간 난 그런 거 모른다니까."

철민의 목소리에 짜증이 묻어났지만, 심동은 별 개의치 않
는 듯했다.

[뭐, 좋아요. 그렇다고 해두죠. 하지만 저는 의원으로서 환
자의 내부 상태를 세밀히 살펴볼 필요가 있으니까, 몇 군데 중
요 혈도의 기혈 상태는 점검을 해봐야겠어요. 그 정도는 문제
될 게 없겠죠? 자, 우선 단전에서 거궐혈(巨闕穴)로 약간의 진
기를 보내보세요. 천천히.]

"거궐혈? 그게 뭔데?"

[정말 이러실 거예요?]

"내가 뭘? 모르는 걸 모른다고 하지, 그럼 몰라도 무조건 안
다고 해야 하니?"

[백강이라면서요?]

"백강? 그거야……."

[백강에 드는 고수가 운기도 모르고 거궐혈도 모른다고요?]

"고수는 무슨… 그냥 죽지 않으려 발버둥 치다 보니까 어쩌

다가 그렇게 된 걸 가지고……."

　잔뜩 찡그린 채 중얼거리는 철민에 대해 다시금 따지고 들 태세이던 예인화의 표정이 문득 잔잔해졌다.

　예인화는 철민의 답답함과 울화 같은 감정에 대해 공감하고 있는 중이었다. 비록 그녀가 철민의 마음을 읽지는 못한다고 하더라도 '심동'의 전제 조건이 되는 것이 바로 두 사람 간의 깊은 공감이었기 때문이다.

　예인화의 심동이 문득 차분하게 가라앉았다.

　[정말 모르시는 거예요?]

　"뭘?"

　짐짓 반문하는 철민의 목소리도 조금은 풀이 죽었다.

　[혈도 말예요!]

　"무협영화 같은 데서 나오는 걸 보긴 했지만, 그거야 그냥 영화에나 나오는 거 아냐?"

　[무협영화가 뭐예요?]

　"쩝! 그냥 그런 게 있어. 하여튼 간에 난 그런 거 몰라! 그리고 그런 걸 내가 왜 알아야 해?"

　철민의 말에서 다시금 짜증이 묻어났기에 예인화도 그쯤에서 그녀의 의혹을 해소해 보려는 시도를 그만 접기로 한 것 같았다.

　[좋아요. 그렇다면 저와 함께 혈도에 대해 공부해 보는 건 어때요?]

　"그딴 짓을 내가 왜 해?"

[사실 혈도에 관한 공부가 제법 복잡하고 어렵긴 하죠. 그리고 별로 쓸데없는 짓일 수도 있고요. 그러나 최소한 한 가지의 의미는 둘 수 있지요.]

"무슨 의미?"

[복잡하고 어려운 공부를 함께하는 과정을 통해서 우리 두 사람의 심동 소통이 보다 확대, 발전될 수 있을 것이란 점이지요.]

"쩝!"

철민은 입맛을 다시고 말했다. 그러나 달리 이의를 달지는 못했다. 비록 그에게는 '그딴 짓'에 불과하고 정말로 관심사가 아닐지라도 예인화에게는 정말로 큰 의미가 있을 것 같다는 느낌을 받았기에.

정말인 모양이었다. 예인화에게 그것은 정말로 관심사이고 큰 의미가 있는 일인 모양이었다.

곧바로 방을 나간 예인화는 얼마 지나지 않아 선과 점이 복잡하게 그려진 목각 인체 모형 한 개와 침통을 들고 왔다.

[먼저 임맥(任脈), 그러니까 신체 전면의 주요 혈도들이에요. 승장(承漿), 염천(廉泉), 천돌(天突), 선기(璇璣), 화개(華蓋), 자궁(紫宮), 옥당(玉堂)…….]

예인화가 너무 열심이니 그냥 듣는 척이라도 해주자 하였지만, 철민이 막상 무슨 소리인지 알아들을 턱이 없었다. 그렇든 말든 예인화는 가히 일사천리로 임맥에 이어 독맥의 혈도들까지 쭉 짚어나갔다.

[혈도의 명칭들이 어렵다면 굳이 그대로 외울 필요는 없어요. 그냥 당신 나름으로 정의하세요. 숫자를 붙이거나 연상하기 쉬운 나름의 느낌으로 정의를 해두어도 좋아요. 다만 어느 위치에 어떤 혈도가 있고, 그 혈도의 특성이 어떻다는 것만 기억하도록 하세요.]

'참는 데도 한계가 있다!'

철민은 이윽고 그런 생각까지 들었다. 그렇더라도 그는 애써 짜증을 누르며 물었다.

"아무리 생각해 봐도 모르겠다, 내가 왜 이 짓을 하고 있어야 되는지."

[혈도는 운기의 통로가 된다는 점에서 무공의 근간이 되지만, 그 이전에 인체의 주요 급소라는 점에서도 지극히 중요하죠. 즉, 혈도를 앎으로써 최소의 힘으로도 적에게 최대의 충격을 가할 수 있고, 혹은 고통을 극대화시킬 수도 있죠. 그러니 무인이라면 다만 개괄적으로라도 반드시 혈도에 대해 공부를 해둘 필요가 있는 것이죠.]

철민이 다시 투덜거릴 틈을 주지 않으려는 듯이 심동은 바로 이어 아예 지시를 했다.

[자! 이제 침상에 누우세요.]

철민이 뜨악하지 않을 수 없어,

"왜? 뭘 하게?"

하고 묻자, 심동은 태연하게 대답했다.

[머리로 익히는 것보다 몸으로 익히는 것이 몇 배, 몇십 배 더 효과가 있을 때도 있는 법이죠.]

3

철민의 온몸에 빽빽이 침이 꽂히고 있었다. 사실 얼마 전까지만 해도 매일같이 당한(?) 일이었으니, 철민이 굳이 못 견딜 것은 또 아니었다.

예인화는 목각 인체 모형을 짚었던 대로 철민의 몸에 하나하나 침을 꽂아나가며, '여기가 무슨 혈 자리인데 어떤 기능을 하며, 또 자극이나 충격을 받는 정도에 따라 신체에 어떤 현상이 일어나고, 어떤 영향을 받게 된다'는 식의 세세한 언급을 덧붙였다.

그런데 사람 몸에 무슨 놈의 혈도가 그렇게나 많다는 건지, 예인화가 꽂아나가는 침은 끝이 없었다. 그리고 아까 인체 모형으로 설명할 때보다도 훨씬 많아진 것 같기도 했다. 무슨 대중소(大中小) 혈에다, 다시 세혈(細穴)에다, 그것도 모자라 미세혈(微細穴), 극미세혈(極微細穴) 등등.

예인화는 자신의 할 일만 한다는 식이었다. 철민이 이해를 하거나 말거나, 혹은 철민이 듣거나 말거나. 그러나 막상 철민은 잠시도 딴청을 피울 수가 없었다. 하나하나의 침을 통해 전해지는 자극들이 그야말로 천차만별이었기 때문이다.

이를테면 자극 중에서 따끔하다는 느낌 한 가지만 해도 다

시 세기 어려울 만큼의 다양한 '따끔함'으로 세분화할 수가
있었다. 얕게 따끔하고, 깊게 따끔하고, 부드럽게 따끔하고, 급
하게 따끔하고, 차갑게 따끔하고, 뜨겁게 따끔하고, 저리게 따
끔하고, 시리게 따끔하고, 저릿하게 따끔하고…….

나중에는 좀 더 복잡하게 특정 부위에 몇 개의 침이 조(組)
를 이루어 꽂히기도 했는데, 어떤 순서로, 또 각기 어떤 깊이로
꽂히느냐에 따라 지독한 고통이 엄습하기도 하고, 신체 마비
가 오기도 하고, 심지어는 짜릿한 쾌감이 오기까지 했다.

'내가 무슨 마루타냐?'

철민은 그런 생각이 들기도 했지만, 어쨌든 '인체 실험' 덕
분에 혈도에 대해 제법 여러 가지를 알게 된 느낌이었다.

'그 여러 가지가 뭔데?'

하고 누군가 따져 묻는다면 딱히 대답할 말은 또 없지만, 어
쨌든 그런 느낌이었다.

4

예인후가 온 지는 벌써 한참 전이었다. 문을 열어놓고도 그
가 방 안으로 들어오지 않고 있는 것은 안의 두 사람, 예인화와
철민이 각기 나름의 몰입에 들어가 있다는 것을 안 때문이었
다.

그렇더라도 철민이 간간이 혼자서 주절거리는 말은 좀 이상
했다. 혈도에 대한 내용인 것 같은데, 그 주절거리는 내용이 이

상하다는 것이 아니라, 마치 누군가와 대화를 나누듯이 주거
니 받거니 하는 모양새가 이상하다는 것이다. 예인화는 어떤
손짓이나 몸짓은커녕, 작은 표정이나 눈짓도 없이 내내 담담
하고도 조용할 뿐인데 말이다.

그러나 어쨌든 두 사람은 의원과 환자의 관계였고, 의원인
예인화가 자신의 환자의 '이상함'에 대해 그저 '담담하고도
조용할' 뿐이니, 제삼자가 이상하니 마니 참견할 일은 아니었
다.

한동안 더 지켜보다가 예인후는 조용히 방문을 닫고 돌아섰
다.

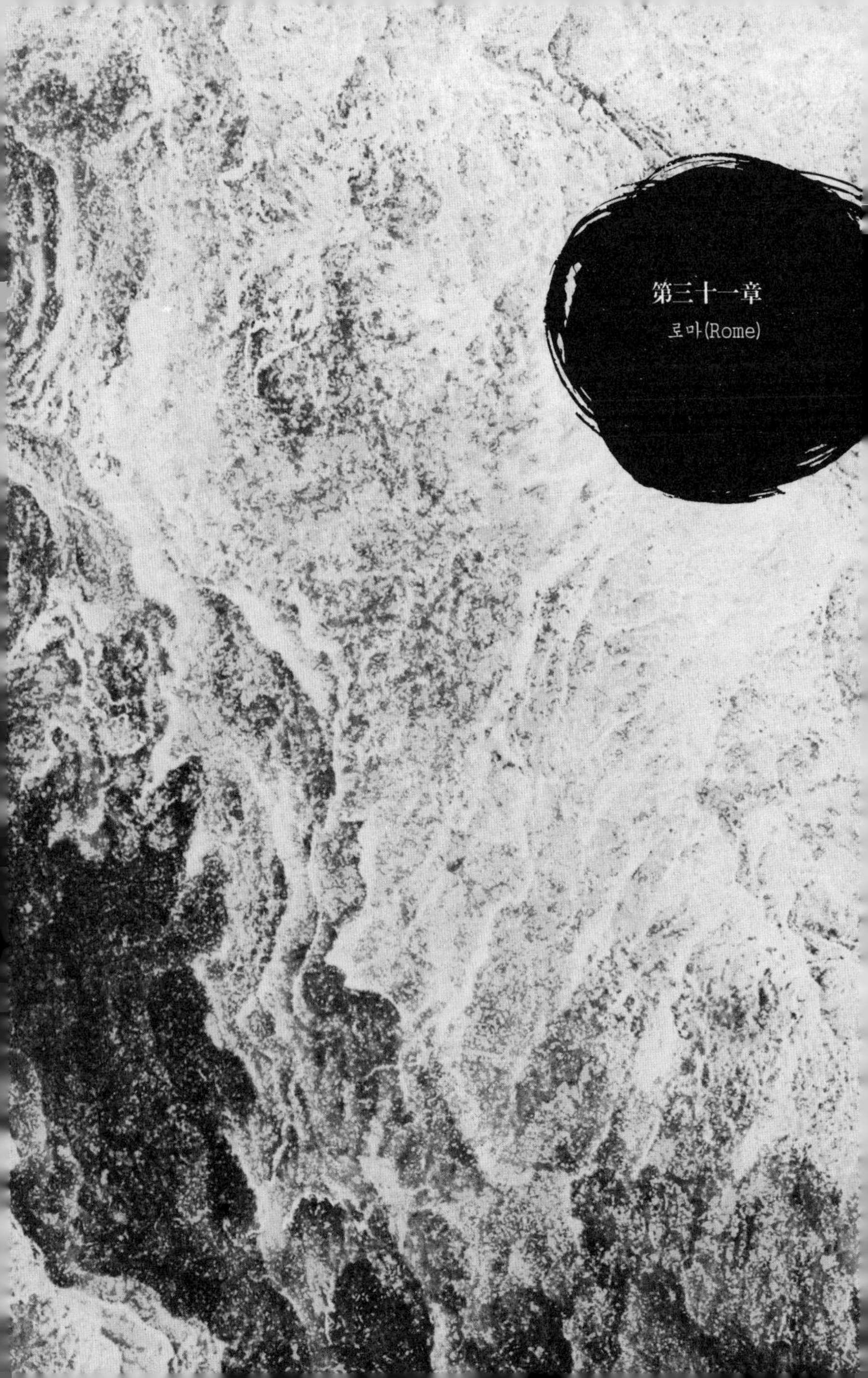

第三十一章
로마(Rome)

몽상가

1

　"만약의 경우를 대비해 두 사람을 신고선수로 등록해 뒀으
면 하는 생각이 들어서 말이야."

　장 감독이 저녁에 방으로 와서는 대뜸 하는 말에 대해 철민
은 무슨 소린지 잘 모르겠고, 선수 등록에 관한 문제야 자신과
는 별 상관도 없는 소리라 여겨져서,

　"예?"

　하고 무성의한 반문이나 툭 뱉고 말았다.

　"백업 자원이 아무래도 부족하단 말이지. 지난번 KBO에 선
수 등록 할 때도 등록 제한 인원을 다 못 채웠잖아? 이대로 시
즌에 들어갔다가 예기치 못한 상황이라도 생긴다면, 하반기쯤
에는 아주 곤란해질 수도 있겠단 말이지. 그래서 말이야, 일단

두 사람으로 머릿수라도 채워놓고 보자고. 김 팀장도 잘 알다시피 외부에서 선수를 보충할 길은 다 틀어막아 놨잖아? 아무리 머리를 쥐어짜 봐도 이것 말고는 약간의 대비라도 해놓을 게 없더란 말이지. 어때, 김 팀장 생각은?”

철민은 처음보다 더 별 상관없는 얘기라 여겨져 속으로 ‘그런 걸 왜 나한테 묻는데? 언제부터 그런 걸 나하고 상의했대?’ 하였지만, 겉으로는,

“뭐, 고심을 하셨다니까… 감독님 생각대로 하십시오. 그런데 두 사람이라니요?”

하고 말을 받으며 짐짓 관심이 있는 체까지 해주었다.

“김 팀장하고 강호지 누구겠어?”

뻔한 걸 왜 묻느냐는 듯이 장 감독은 가벼운 핀잔 투였지만, 철민으로서는 순간 어리둥절해질 수밖에 없는 소리였다.

‘이게 뭔 소리래?’

옆에 있던 손강호가 또한 멍하니 넋을 잃은 표정이 되어 있는 걸 보고, 철민은 어리둥절한 중에 다시 궁금해졌다.

“그런데 신고선수가 뭡니까?”

“허허! 신고선수가 뭔지도 몰라?”

“들어보기야 했지만, 구체적으로 뭔지는 잘……”

장 감독은 차라리 황당하다는 표정이었다. 하긴 프로 구단의 프런트라면서, 더욱이 명색이 현장지원팀장이라면서 신고선수가 뭔지도 모른다는 게 참으로 황당하기도 할 것이다.

장 감독은 인상까지 써가며 설명을 했다. 야구 규약인지 뭔

지를 들먹여 가며.

　신고선수는 선수 명단에 등록되어 있지 않다. 말 그대로 구단이 KBO에 '이런 선수를 거느리고 있다'고 신고한 선수들이다. 즉, 정식으로 프로 지명을 받지 못한 아마추어라고 하더라도 신고선수로 프로에 입문할 수 있는 것이다. 그리고 구단들은 2군 경기 운영과 보유 선수 숫자가 제한되어 있다는 이유로 신고선수들을 두는데, 야구 규약 상의 '선수 수 제한' 규정에 따르면, 한 구단은 정식 선수를 63명밖에 둘 수 없지만, 대신 2군 육성을 위해 정식 선수가 아닌 신고선수를 둘 수 있다고 되어 있다. 그리고 신고선수는 매년 6월 1일 이후에는 언제든지 정식 선수로 등록할 수 있고, 1군에서도 뛸 수가 있다.

　장 감독의 핏대 세운 설명을 대충 요약하자면 그런 얘기였다.
　철민은 비로소 황당하다는 심정이 되었다. 아닌 밤중에 홍두깨라고 하더니, 진짜로 황당해야 할 사람은 바로 그였던 것이다.
　그때쯤 손강호도 '잃었던 넋'을 겨우 되찾는 듯했다. 그런데 이번에는 갑자기 또 무슨 설움이라도 복받치는지 그 커다란 두 눈에는 눈물이 글썽글썽 맺혔다. 아니, 그것은 설움이 아닌 감격이었다, 명백하게. 아닌 밤중에 홍두깨를 맞은 것은 결국 철민 혼자였다.
　"구단에는 이미 운을 떼보았네."

홍두깨는 홍두깨고, 장 감독의 그 말에는 철민이 다시금 불쑥 궁금해지지 않을 수가 없었다.

"그랬더니요?"

"김 팀장만 좋다면 구단으로서는 이의가 없다고 하더군."

순간 허탈해지는 심정을 애써 추스르며 철민이 다시 물었다.

"누구 얘깁니까?"

"며칠 전에 강영석 부장이 전화를 했더라구. 그래, 그냥 말이나 꺼내본다는 마음으로 슬쩍 흘렸더니 역시나 '그럴 수야 있나?' 하는 반응이야. 그래서 그냥 답답해서 한번 해본 소리라고, 없었던 일로 하자고 하고 말았지. 그런데 어제 혁신본부의 이종성 과장이라는 친구한테서 전화가 왔더라고. 자기가 구단의 실무 책임자라고 하면서 말이야."

'흐흐……'

철민은 차라리 헛웃음이 나왔다. 혁신본부는 그를 이제 신분에서부터 명백하게 튕겨내려는 의중일까, 아니면 도저히 받아들일 수없는 조건을 내세워서 그 스스로 회사를 박차고 나가라는 메시지를 이렇게 전하는 걸까? 그러나 아무리 그래도 그렇지, 어떻게 멀쩡한 회사원을 하루아침에 프로야구 선수로 만들 생각까지 할 수가 있었을까?

"그리고 연봉 문제 말이야, 난 그런 데까지는 미처 생각도 못하고 있었는데, 그쪽에서 미리 방법을 제시하던데?"

장 감독은 이 와중에도 철민을 자꾸만 궁금하게 만들려는 모양이었다. 하긴 철민에게 심각한 문제라고 해서 그에게도 똑같이 심각하라는 법은 없지 않겠는가?

"어떻게요?"

철민은 차라리 담담한 채 물었다. 마치 그 자신의 일이 아닌, 다른 사람의 일이라도 되는 양.

"간단하게 말해서, 올해 김 팀장이 받는 연봉을 그대로 승계하면 된대!"

"그럼, 내년은요?"

"내년? 그거야 그때 가서 다시 조정하고 재계약을 해야겠지. 연봉이란 게 원래 그런 거 아닌가?"

장 감독은 태연히 당연하다는 듯이 말했다. 하긴 그에게 연봉의 의미는 그런 것일 터였다.

철민이 신고선수가 무엇인지 오늘에야 제대로 알게 되었듯이, 장 감독 또한 야구선수의 연봉과 보통의 직장인의 연봉이 그 의미에서 어떤 차이를 가지는지에 대해 모르는 게 오히려 당연할 것이다.

철민과 손강호를 신고선수로 등록한다는 소리는 금세 선수들에게까지 돌았고, 그것에 대해 선수들은 놀라기보다는 차라리 피식 웃었다. 이미 여러 번의 파격과 충격을 선보이고 있는 장 감독이었으니, 또한 그가 벌이려는 이 정도의 사건은 크게 놀라울 일도 아닌 것으로 되어버렸는지도 몰랐다.

당연히 냉소적인 반응도 있었다. 혹은 프런트와 선수라는 구분이 확실할 때는 그래도 서로 다른 처지려니 하는 근원적인 완충지대 같은 게 있었는데, 갑자기 고유한 영역을 침범당한다는 데서 반사적으로 일어나는 반발 같은 것이랄까?

손강호는 내내 들떠 있었다. 철민은 그런 손강호에 대해 차라리 안타까운 마음이었다.

손강호가 그처럼 갈망해 오던 일이었으니, 이번 일은 그에게 실로 가슴 벅찬 희망을 가지게 하였을 것이다. 그런데 그 희망이 사실은 막 가라앉고 있는 난파선에 동승하는 것에 불과하다니…….

그러나 어쨌거나, 가장 황당하고, 가장 크게 반발을 해야 하고, 가장 안타까워야 할 사람은 바로 철민 자신이었다. 아니, 그래야 마땅했다.

그럼에도 불구하고 제반의 현실적인 상황과 여건들은 철민으로 하여금 막상 표시 나게는 황당해하지도, 반발하지도, 안타까워하지도 하지 말 것을 강요했다.

그러고 보면 지금 그에게 벌어지고 있는 일련의 일들이 꿈―물론 여기에서 꿈이란, 무슨 희망이나 목표, 소원 따위가 아닌, 진짜로 그의 꿈속에서 벌어지는 일을 말하는 것이다―과 참 비슷하다는 생각을 철민은 잠깐 해보기도 했다. 그 자신의 의지와는 조금도 상관없을 뿐더러 이해할 수도 없는 막막한 길을 아무런 선택의 여지도 없이 걸어가야만 한다는 점에서.

'피할 수 없다면 즐기자?'

그것은 철민이 누려볼 수 있는 최소한의 반발이었다. 그로서는 무엇에든, 어떤 식으로든 몰입이라도 하지 않으면 견디기 힘든 시간이었다.

2

야구선수가 되는 건 간단했다. 그냥 신고하는 걸로 '오케이!' 였으니 말이다. 그래서 철민과 손강호는 신고선수가 되었다, 졸지에.

요즘 가장 모범적인 훈련 태도를 보이는 것은 바로 손강호였다. 그는 그야말로 넘치는 의욕과 성실성으로 매사에 솔선수범의 전형이 되고 있는 중이었다.

사실 다른 것은 하나도 바뀐 게 없고 다만 신고선수라는, 별로 자랑스러울 것도 없고 타이틀 같지도 않은 타이틀을 하나 더 단 것뿐인데도, 솔직히 타이틀이라기보다는 꼬리표여서 남들에게 인정받기는커녕 오히려 무시와 조롱을 당하기 십상인데도, '선수' 로서의 손강호의 각오는 참으로 대단한 데가 있었다.

다만 그런 손강호로 인해 철민까지도 때 아닌 고역을 치르고 있었다. 손강호가 열심을 떠는 거야 철민이 뭐라고 할 일은 아닌데, 문제는 손강호가 자신의 '열심' 에 굳이 철민을 동참시키려고 하는 데 있었다.

그러나 고역이긴 해도 손강호의 열정이 어떠한지를 모르지 않는 터에 철민이 어찌 매정하게 거절이야 할 수가 있었으랴.

손강호는 본격적인 '몸만들기 돌입' 을 선언했다(뭐, 선언이라고 해봐야 그냥 목소리에 힘 좀 주고 말을 한 것에 불과하지만).

그는 우선적으로 체력 보강이 시급하다며 한동안 기본 체력 훈련에 집중하겠다고 했다. 철민에게도 동지이자 동기생(同期生)으로서 동참을 강요한 것은 물론이다.

"자! 일단 운동장 다섯 바퀴입니다!"

아침에 눈뜨자마자 운동장으로 달려나가는 손강호를 따라 러닝으로 몸을 풀고, 이어 리조트 뒷산을 빠른 걸음으로 정복하고, 땀범벅이 된 채 다시 운동장 구보로 마무리 운동을 하고, 샤워하고, 아침 먹고, 헬스장에서 근력운동하고, 실내 미니 연습장에서 캐치볼과 배팅을 하고, 점심 먹고, 우열팀 경기 치르고, 미팅하고, 근력운동하고, 또 캐치볼하고, 배팅하고…….

쳇바퀴 돌 듯이 며칠이 후딱 지나가고 있었다.

3

이제 손강호를 두고 '땜빵'이라고 하기에는 오히려 어색한 데가 있었다. 진용철의 허리 상태가 좀처럼 좋아지지 않고 있었기에 매일 경기에서 우열팀 중 어느 한 팀에는 당연히 출전하고 있었으니 말이다.

뿐만 아니라 여전히 감을 잡지 못해 이따금씩 초보 같은 실수를 범하기도 하지만, 손강호는 꾸준히 포수로서의 다분한 가능성과 자질을 보여주고 있었다. 그리고 무엇보다도 야구에 대한 그의 못 말릴 열정은 어느덧 선수들과의 사이에서 조금씩 인정과 공감을 얻어가고 있는 것 같았다.

철민의 경우에도 이따금씩 보여주는 장타력 외에, 선구안과 다양한 구질에 대한 컨택 능력 등에서 조금씩의 발전이 있기는 하였다. 그러나 신고선수라고 하더라도 어쨌든 선수라는 타이틀을 전제해야 한다는 데서는 여전히 엉성함 그 자체였다. 한마디로 야구의 기본이 안 되어 있었으니 말이다.

그런 철민이 안타까웠던지 선수 각자의 훈련에 대해서 관여하는 일이 거의 없던 장 감독이 시간이 날 때마다 짧은 지도를 해주기도 했다. 이를테면 철민이 상대적으로 능력을 보이는 타격 쪽, 그중에서도 그가 거의 스탠딩 삼진을 당하곤 하는 변화구 공략법에 대해서 반복적으로 설명을 하고 시범을 보였다.

그런 두 사람의 모습에 대해 선수들은 무슨 개그 프로그램이나 본다는 듯이 피식거리기 일쑤였다. 그게 하루아침에 되는 일이 아님을 잘 알기 때문일 것이며, 그게 그렇게 쉽다면 십년, 이십 년 야구만 해온 자신들의 입장은 뭐가 되겠느냐는 생각을 할 법도 하였다.

그러나 장 감독의 지도 덕분인지 철민은 이내 변화구에도 제법 적응을 하는 모습이었다. 물론 제대로 타이밍을 잡고 힘을 실어 치는 것은 말 그대로 난망(難望)하였고, 다만 속수무책으로 멀거니 바라만 보다가 삼진을 당하던 것에 비하자면 이제는 그래도 툭툭 공을 건드려 내는 정도의 적응이었다.

그런데 철민이 엉덩이를 쭉 빼다시피 하고 손목 힘만으로 툭툭 걷어내기에 급급한데도, 타구가 내야를 너끈히 넘어가 안타로 이어지곤 하여서 보는 사람들을 놀라게 만들었다.

그러나 철민은 여전히 반쪽이었다. 수비 쪽이 여전히 '젬병'이었기 때문이다.

그러나 또한 그러거나 말거나, 철민이 야구에는 진짜로 완전 초보라는 사실을 놓고 보자면 그가 보이는 그 정도의 재능과 가능성은 분명 놀랄 만한 것이어서, 선수들 중에서는 묘한 자극을 느끼는 이들도 있는 것 같았다. 이를테면 어릴 때부터 오로지 야구 하나만 해왔으면서도 프로선수로서는 스스로 늘 미흡하고 부족하다 여기는 입장에서, '완전 초보'의 제법 그럴듯해 보이는 흉내와 재주에 대해 언뜻 가져보는 잠깐의 시기심 같은 것이랄까?

그리고 그런 점에서는 손강호와 철민을 신고선수로 전격 등록한 장 감독의 충격요법이 또 다른 측면으로의 효과를 어느 정도 보고 있는 셈이라고 할 수도 있을 것이다.

4

선수들의 분위기에 사뭇 긍정적인 변화가 일어나고 있었다. 선수들 간의 대화가 아래위로, 수평으로 상당히 활발해졌고, 개인 훈련과 우열팀 경기에 임하는 선수들의 태도에서도 활기와 열심히 해보려는 의욕을 쉽게 느낄 수 있었다. 특히 이종찬을 비롯한 고참들이 후배들을 독려하며 화이팅을 외치는 모습을 심심찮게 볼 수 있었다.

전반적으로 좋아진 분위기에 편승하여 철민 또한 선수들과의 보다 폭넓은 소통을 시도해 보고 있는 중이었다. 주로 신참들을 상대로 시시콜콜한 얘기들을 나누는 정도였는데, 누구는 뭘 좋아하고 누구는 뭘 싫어하고, 누구에게는 어떤 웃기는 버릇이 있고, 누구에게는 어떤 이상한 징크스가 있고 하는 따위의 화제였다.

철민과 고참 급들과의 관계에서도 변화가 아주 없는 것은 아니었다. 물론 이종찬이나 이대헌과야 워낙 골이 깊은 터라 여전히 그를 유령 취급하는 중이었지만, 다른 고참 급들에게서는 적어도 노골적으로 적대시하거나 단합하여 소외시키려는 분위기는 없어졌다.

장 감독도 그동안의 대체적인 방관(?)에서 벗어나 조금씩 선수들과의 소통을 시도하고 있는 모습이었다. 그러나 감독으로서 선수들을 설득시키고 이끌려는 시도라기보다는 차라리 호소하여 공감을 이루려는 것으로 보였다.

"우리에게 기댈 구석은 없다. 모두가 인정하듯이 우리는 막판에 몰려 있다. 죽이 되든 밥이 되든 우리 스스로 결과를 만들어낼 수밖에 없다. 솔직히 말해, 우리가 가진 전력으로 훌륭한 결과를 만들 수 있을 것이라고 기대하긴 어렵다. 그러나 후회없는 결과를 만들 수는 있다. 야구를 하자는 거다. 야구다운 진짜 야구를 한번 해보자는 거다. 다른 누구를 만족시키기 위한 것이 아닌, 바로 우리 자신이 만족할 수 있고 기꺼이 인정할 수 있는 그런 야구를 한번 해보자는 거다."

그런 게 있는 것 같았다. 그들만의 문화 같은 것.

문화? 이를테면,

"조금씩 통할 기미가 보이기 시작하는 판에, 구질구질하게 시간 끌 것 있나? 그냥 '됐나?', '됐다!' 하고 통 크게, 화끈하게 한 방에 '혹!' 통해 버리자!"

그런 것, 아마도 그런 것 같았다. 팀 분위기가 확연히 좋아지고, 선수들과의 소통의 폭도 조금씩 넓어진다 싶던 중에 엉뚱하고도 돌연한 계기로 인해 갈등이 재점화되고 만 것은 바로 그런 '그들의 문화'와 '자신의 문화'가 가지는 차이 때문이리라고 철민은 나중에 정리를 했다.

"김 팀장, 이제 옛날 계급장은 떼버리는 게 좋지 않겠어?"

어느 날 이종찬이 방으로 찾아와 갑작스런 말을 꺼냈을 때, 철민은 그저 농담을 거는 것이겠거니 했다. 이제 지난 앙금일랑 걷어버리고 좀 친해보자는 뜻에서 말이다. 그러나 이어지는 이종찬의 말은 '그저 농담'이 아니었다.

"야구는 단체 운동이거든? 그러다 보니까 선후배 간에 위계질서란 게 없을 수가 없어요. 물론 외부에서 보기에는 비민주적이니 구시대적이니 할지 모르겠지만, 막상 어릴 때부터 그런 환경에서 커온 우리에겐 그런 게 없으면 오히려 부자연스럽고 문제가 되기도 하거든? 그래서 하는 말인데, 김 팀장하고야 선후배 관계를 따질 것도 아니고 하니, 우리 그냥 쿨하게 나이 기준으로 했으면 하는데……."

"아……."

철민이 그제야 무슨 얘기인지 감을 잡고 순간 당황하고 마는데, 그의 기분이 대해서는 조금도 상관하지 않고 이종찬은 내쳐 결론을 내려는 기세였다.

"솔직히 김 팀장이 크게 이익 보는 거야. 강호한테 물어보니까 올해 서른이라며? 그럼 중간쯤 되겠네? 그게 어디야? 밑으로 프로야구 판의 산전수전 다 겪은 베테랑들이 우르르 후배로 생기는 장산데 말이야. 물론 기껏 나이 몇 살 많다고 족보에도 없는 사람을 갑자기 선배로 대우해야 한다는 점에서 억울해할 친구들도 있겠지만, 그런 건 내가 알아서 책임을 지도록 하지. 어때?"

"글쎄요. 너무 갑작스런 말씀이라서……. 어쨌든 생각할 시간이 좀 필요할 것 같습니다."

이종찬의 인상이 설핏 구겨졌다. 그러자 두 눈을 크게 뜨고서 지켜보고 있던 손강호가 대번에 불안한 표정으로 변했다.

"생각하고 말고 할 게 뭐 있나? 남자가 하면 하고 말면 마는 거지!"

이종찬의 말투에 그의 불편한 심경이 그대로 묻어 나왔기에 철민이 급한 대로 손강호에게로 눈길을 돌렸다.

그러나 손강호 또한 사뭇 당황스럽고 곤란하다는 기색이었다. 이 문제에 관한 한 그로서는 간단히 개입할 수 있는 문제가 아니란 표정이었다.

하긴 일전에도 철민의 편을 들다가 이종찬과 충돌 직전까지 가는 바람에 그 뒷수습을 하느라 한동안 진땀을 뺐던 손강호 였으니, 그 때문에라도 이번에는 더욱 곤란한 입장이기도 할 것이다.

"미안합니다. 호의로 하시는 말씀인 줄은 알지만, 제 입장에 서는 결코 쉬운 문제가 아닌 것 같습니다. 솔직히 말씀드리자 면, 당면해 있는 제 개인적인 몇 가지 문제 때문에라도 말씀대 로 따르기는 어려운 처지입니다."

철민이 조심스럽게 말을 한다고는 했어도 결국은 거절이었 다.

이종찬이 평상시에 묵묵하나 일단 한번 열이 뻗치면 곧바로 수직 상승하여 폭발하고 마는 다혈질답게 이내 격해졌다.

"어이, 니가 박쥐야?"

"그게 뭔 소립니까?"

철민도 반발이 생기지 않을 수는 없어서 목소리의 톤이 날 카로워지고 말았다.

이종찬이 어느새 벌겋게 변한 얼굴로 화를 토해냈다.

"프런트면 프런트, 선수면 선수, 둘 중 하나만 하란 말이다!"

"그런 건 이종찬 선수가 강요할 사항이 아닙니다. 사람마다 사정이 다르고 생각도 다른 것인데, 저에 대해 잘 알지도 못하 면서 섣부른 흑백논리로 함부로 사람을 몰아세우지 마십시오!"

"뭐? 흑백논리? 어이, 지금 나한테 가방 끈 길다고 티내는 거야? 그래, 난 그런 거 몰라! 내가 아는 건 야구뿐이야! 그리고 흑백논리든 뭐든 야구 판에선 다 그렇게 해. 그러니 너도 야구를 하려거든 야구 판의 법을 따르든지, 그렇게 못하겠거든 그냥 원래 하던 일이나 잘하라는 거야! 괜히 다른 사람들 헷갈리게 하지 말란 말이지! 나나 우리 선수들이나 야구밖에는 해본 짓이 없어서 대개 무식하거든? 그래서 너같이 유식한 놈들의 수작에 쉽게 헷갈리고 말거든?”

결국 ‘놈’ 자까지 나왔고 ‘수작’ 이라는 말까지 나오고 만 마당이니, 철민이 순간 치미는 화를 삭이기 어려워 이종찬을 노려보았다. 그리고 그게 다시 이종찬의 성질을 제대로 폭발시키고 만 듯했다.

“왜? 한판 뜨게? 좋아, 덤벼봐! 계급장 떼고 화끈하게 한판 뜨자, 이 자식아!”

이종찬이 머리부터 디밀고 철민에게로 덤벼들자 그제야 손강호도 더는 두고 보지 못하여서 뒤에서 덥석 이종찬을 껴안았다.

“선배님! 왜 이러십니까?”

“야, 손강호! 너, 이거 못 놔?”

“일단 진정하십시오! 애들이 보기라도 하면 어쩌려고 이러십니까?”

이종찬이 격렬하게 몸부림을 쳐보았으나, 0.1톤의 손강호가 뒤에서 꽉 껴안고 있으니 호리호리한 체형의 이종찬으로서는 꼼짝해 볼 재간이 없었다.

잠시 가두고 있던 중에 이종찬의 기세가 언뜻 한풀 꺾인 것을 확인하고서 손강호는 슬그머니 그를 문 쪽으로 잡아끌었다.

"자자, 저랑 같이 가십시다."

이종찬이 손강호의 포박을 벗어날 수도 없었을뿐더러, 그때 쯤에는 자신이 너무 지나치게 흥분했다는 사실을 인지한 터이기도 해서 못 이기는 체 밀려 나가며 짐짓 트집을 잡았다.

"놔, 인마! 가긴 어딜 가자고 그래?"

"제가요, 이런 날 마시려고 일층 관리실에다 소주 한 병 맡겨놓은 게 있습니다."

"허! 이 자식 이거, 진짜 웃기는 놈이네? 야! 손강호! 너 말이야!"

"예, 선배님!"

"난 십구도 밑으로는 싱거워서 안 마신다?"

"아, 예! 걱정 마십시오! 안 그래도 제가 선배님 취향을 진작에 딱 알아보고 십구 점 구 도짜리로 딱 구해놨다는 거 아닙니까?"

손강호가 이종찬을 몰고(?) 방을 나간 뒤 철민은 길게 한숨을 내쉬었다. 다시 생각해 보니 그가 틀리고 이종찬이 맞는 것 같기도 했다. 어쨌든 그는 지금 '로마'에 와 있는 것이니 말이다.

좀처럼 익숙해지지 않는 '로마'. 그곳에서의 또 하루가 지나가고 있었다.

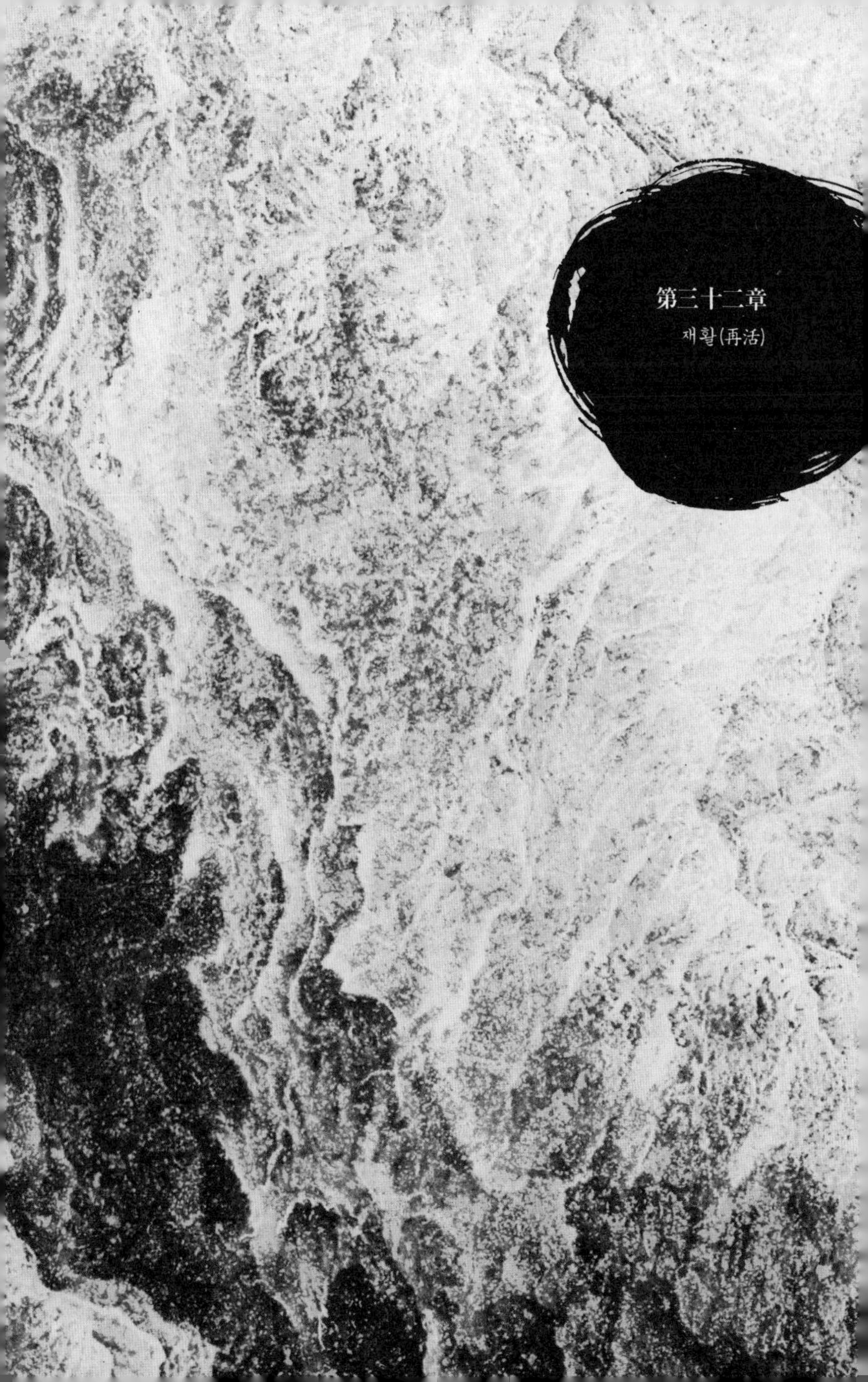

第三十二章
재활(再活)

몽상가

1

「당신이 할 수 있는 건 뭔가요?」

탐닉하듯이 몇 날 며칠을 꼬박 '혈도 공부' 에 빠져 있던 어느 날 그녀가 문득 그렇게 물었다, 마치 이제는 싫증이라도 났다는 듯이.

그녀가 꼬박꼬박 당신이라고 칭하는 것은 철민에게 이제, '제법 익숙하다' 는 느낌을 넘어 차라리 깜찍하기까지 하였다. 물론 그녀가 정말로 예쁘지 않았다면 '끔찍' 했을지도 모르지만.

의견을 묻듯이 했지만, 기실 예인화는 이미 정해놓은 생각이 있었는데, 철민에게 새로운 것을 가르쳐 보려는 것이었다. 바로 무공이었다.

　　물론 그녀에게 무공의 의미가 당장에 써먹을 수 있는 실전용의 의미인 것은 아니었다. 그녀는 무공도 하나의 뛰어난 학문이라고 했고, 그 명칭에서부터 무공보다는 굳이 무학(武學)이라는 용어를 더 자주 썼다.

　　어쨌거나 그녀가 언제까지 하겠다는 기한도 두지 않은 채, 다만 '방대하기 짝이 없는 학문'이라는 전제만 두고서 사뭇 진지하게 무학의 기초 이론에 대해 설파를 시작하려는 데 대해 물론 철민은 일단 '조심스러운 거절'을 했다.

　　"사실 나도 한때 공부를 했다면 좀 해본 사람인데, 그것도 한때더라고? 이제 나이 서른에 다시 공부에 너무 깊게 매진한다는 건 좀 그런 거 같네? 그리고 잘은 모르겠지만, 무공이든 무학이든 결국은 싸우는 것과 관련된 거 아냐? 그런데 난 싸우는 거 좋아하는 사람이 절대 아니거든?"

　　철민의 '조심스러운 거절'에 대해 그녀의 심동이 짧게 대꾸했다.

　　[투왕이었다면서요?]

　　순간 철민은 잠깐의 배신감을 느끼지 않을 수 없었다, 입 싼 예인후에 대해.

　　'사람이 그렇게 안 봤더니… 그런 것까지 시시콜콜 떠벌리고 다닐 필요까지는 없잖아?

　　그러고 보면 철민에게 예인화는 이곳 수호천에서, 나아가 점점 더 거대해져 가고 있는 이곳 세상에서 그가 폼을 잡아볼 수 있는, 맘 편하게 폼을 잡아도 되는 유일한 사람이었다. 더욱이 여자였다.

또한 그러고 보면 그녀는 너무 당돌하고, 너무 익숙하고, 너무 깜찍하고, 너무 편하고, 무엇보다도 너무 예뻤다. 물론 오해는 사절이다. 그냥 예쁘다는 것뿐이니까.

어쨌거나 그녀가 무엇을 요구하던 철민이 두 번까지는 차마 거절할 수 없어서 이내,

'뭐가 됐든 배워둬서 손해 볼 일은 없지 않겠나?'

하는 심정이 되고 말았다.

[어떤 종류의 무공을 익혔나요?]

하는 물음에는 철민이 막막할 수밖에 없었다. 철민이 우물거리고 있자, 그녀의 심동이 문득 짜랑한 웃음소리를 만들어내며 덧붙였다.

[호호호! 그것 역시 말해줄 수 없다는 건가요?]

"아니, 말해줄 수 없는 게 아니라 정말로 없다니까?"

[비전(秘傳)의 수법이나 비결(秘訣)에 대해 알고자 하는 건 아니에요. 그저 간단한 초식들, 이를테면 기초적인 권법이나 검법 같은 것에 대해 말해보라는 것이죠. 당신에게 가장 익숙한 초식 중에서 이제부터의 본격적인 재활에 합당한 동작들을 추려보려는 거예요.]

"아, 글쎄 간단하고 기초적이고 간에 말해줄 게 정말로 없다니까?"

[정말로 일초반식(一招半式)도 아는 게 없다고요? 그 말을 누가 믿을까요?]

“쩝!”

괜히 입 안이 마르는 듯해서 철민이 입맛을 한번 다신 다음에 어쩔 수 없이 궁색한 답을 내놓았다.

“허참! 사람 말 진짜 안 믿어주네? 좋아! 없는 대답이라도 만들어내라면… 숨 쉬는 법을 좀 배운 적이 있고, 또 방망이질 연습을 좀 해본 적은 있지. 이제 됐어?”

예인화는 잠깐 새침한 표정을 지었으나 이내 포기하고 만다는 기색으로 되었다.

[방망이질이라고요? 뭐, 그것도 재활운동으로 나쁘지는 않겠네요. 그러나 처음부터 무리를 할 수는 없으니 우선은 간단한 권법 동작부터 시작하기로 하죠.]

“아, 글쎄 난 그런 쪽으로는 아는 게 없다니까!”

[상관없어요. 제가 몇 가지 기본적이고도 간단한 권법 초식을 가르쳐 드릴 거니까.]

“뭐? 권법도 할 줄 알아?”

[호호호! 직접 하지는 못해도 이것저것 수박 겉핥기로 알고 있는 건 제법 많죠.]

2

방문을 열다 말고 멈칫하며 예인후는 그만 묘한 표정이 되고 말았다. 방 안에서 펼쳐지고 있는 이상한 광경 때문이었다. 하긴 그가 이곳에서 이상한 광경을 목격하는 것이 처음은 아니지만, 그렇더라도 이번의 경우에는 더욱 이상했다.

철민은 지금 일련의 동작들을 취해 나가고 있었는데, 사뭇 어설프고도 우스운 자세들이었다. 가만히 보고 있자니 무슨 권법 초식인 듯한데, 장난스럽게 흉내를 내고 있는 모양새였다. 그런데 그것이 그저 장난이라는 정도를 넘어서 사뭇 이상하게까지 보이는 것은, 철민이 지나치게 진지하여서 장난의 기미를 조금도 찾아볼 수 없기 때문이었다.

'장난이 아니라면? 그는 지금 무공 연마라도 하고 있다는 건가? 저런 어설프고 황당한 몸짓들이 사실은 고명한 무공 초식이라도 된다는 건가?

이상하기는 예인화도 마찬가지였다. 그녀는 지금 철민의 세세한 동작 하나하나에 집중하며 간간이 가벼운 손짓과 눈짓, 그리고 표정들을 만들어내고 있는 중이었다. 그 작고 가벼운 표현들이 그녀에게는 상당히 예외적이라고 할 만큼의 적극적인 의사 표시임을 예인후는 알고 있었다.

'설마 저 아이가 지금 철 형의 저 이상하고도 해괴한 동작들에 대해 어떤 개입을 하고 있다는 말인가?

그러나 예인후는 곧바로 고개를 가로저었다. 비록 두 사람이 지난 두 달여 간에 걸쳐 의원과 환자로서 아주 가까운 사이로 지냈다고 하더라도, 그리고 예인화가 지금까지 그 누구에게도 보인 적이 없을 정도의 지대한 관심과 배려를 철민에게 베풀고 있는 중이라고 하더라도, 그럼에도 지금 보이는 저 이상한 광경을 두 사람 사이의 소통이라는 맥락으로 볼 수는 없는 일이었다. 도저히 그렇게는 믿을 수가 없었다. 예인화와의 그런 정도의 소통은 친혈육인 자신이라고 하더라도 결코 가능한 일이 아니었으므로.

예인후는 결국 실소하고 말았다. 제멋대로 허우적거리던 철민의 손과 발이 이윽고는 대책없이 꼬이고 있는 중이었다. 권법과 보법의 이치를 조금이라도 아는 사람이라면 당연히 힘을 빼야 할 동작에서 오히려 잔뜩 힘을 쓰고, 반대로 당연히 힘을 써야 할 부분에서는 역으로 힘을 분산시켜 버리는 무리를 범하였으니, 초식이 위력을 발휘하는 것이 아니라 오히려 그 자신의 몸을 묶어버린 꼴이다.

크게 휘청거리다가 겨우 중심을 잡고 선 철민이 연신 투덜거리기 시작했다.

"제길! 제기랄!"

철민이 다시 뭐라고 한참이나 혼잣말로 중얼거리더니, 문득 도저히 짜증과 화를 참지 못하겠다는 듯이 마구잡이로 손발을 내뻗고 휘두르기 시작했다.

'마치 정신이상자 같다!'

예인후는 절레절레 고개를 흔들며 조용히 방문을 닫았다. 장난을 치고 있는 건지, 아니면 무슨 일로 다툼이 있는 건지 모르겠지만, 어쨌든 두 사람이 노는 꼴로 보아서는 그가 조용히 사라져 주는 게 좋을 것 같았다.

3

[백강에 들었다는 거 정말이에요? 혹시 사기 아니에요?]

　짜증과 화를 참아가며 시키는 대로 별별 시늉을 다 했더니, 기껏 한다는 소리가 그랬다. 뭐라고 되받기는 또 그래서 철민이 그저 불편한 기색을 조금 비쳤을 뿐인데 예인화는 기어코 불을 질렀다.

　[기초 꽝! 유연성 꽝! 이해력 꽝! 이건 뭐, 정말 최악의 자질이네요!]

　'이런 못된 계집애!'

　당장에 그 소리가 목구멍까지 올라왔지만, 그러나 차마 어떻게 입 밖으로 뱉어낼 수야 있으랴. 철민의 얼굴이 술 취한 듯이 불콰해졌다.

4

　권법 수련이 대개는 엉터리에 가깝다는 사실을 예인화도 알고 철민도 잘 알고 있었다.

　그러나 그 '엉터리'가 재활운동으로는 꽤나 효과적이라는 사실에 대해서는 둘 중 누구도 부인할 수가 없었다. 권법 수련을 한 지 열흘여가 지날 즈음, 철민은 다른 사람의 부축 없이도 혼자서 마음대로 마당을 돌아다닐 수 있게 되었으니까.

　하루는 예인후가 한 아름의 물건을 안고 철민에게로 왔다.

무기들이었다. 그중에는 긴 철봉 끝에 커다란 칼날이 달린, 아마도 관운장이 썼던 청룡언월도가 저런 모양일까 싶은 것도 있었다. 나머지 것들도 대개는 보통의 검이나 도와 비교해서는 훨씬 더 길고, 크고, 무거워 보였다.

지난번에 '숨 쉬기와 방망이질'에 대한 말이 있고 나서 예인화가 나중에 다시금 '방망이'에 대해 캐물었는데, 철민이 귀찮기도 하고 또 괜스레 '별로 건전한 대화가 아닌 것 같다!'는 별 '쓰잘머리 없는' 생각까지 언뜻 드는 것이었다. 그래서 그냥 대충 길고 무거운 놈이면 된다는 정도로 말을 했는데, 아마도 그것이 예인후가 지금 저런 물건들을 가져온 까닭이 된 것 같았다.

당연히 마땅한 물건은 없었다. 그러나 가져온 사람의 성의를 생각해서라도 철민이 손 가는 대로 한 개를 집어 들었다. 대개는 무식하게 생긴 물건들 속에서 그나마 좀 덜 무식하게 생긴 모양새였고, 또 전체적으로 검은색을 띤다는 점에서 선뜻 손이 간 것이었다.

그런데 집어 드는 순간 생각했던 것보다 훨씬 더 묵직하게 느껴졌기에 철민이 그제야 손 안의 물건을 제대로 살펴보았다.

어린아이 손목 굵기의 둥근 철봉인데, 그 한쪽 끝이 마치 칼자루(劍柄)와 같이 손 보호대[護手]가 달렸으니, 봉(棒)도 아니고, 곤(棍)도 아니고, 검(劍)도 아니고, 그렇다고 도(刀)도 아닌 이상한 형태다. 게다가 세워놓고 보니 그 길이가 생각보다 길어서 거의 철민의 키에 육박한다. 도대체 그 용도가 무엇인지 짐작이 안 되는 묘한 물건이었다.

　그러나 철민은 이내 실소하고 말았다.

　'용도가 무엇이든 무슨 상관이랴? 어차피 쓰일 데도 없는 물건인데.'

　힐끗 동생을 돌아보는 예인후의 표정에 슬쩍 호기심이 비쳤다. 그도 보기보다 훨씬 무거운 '그 물건'에 대해 알고 있었다. 그 무게란, 도저히 검이나 도로서의 역할은 하지 못할 정도였다. 즉, 찌르거나 베는 용도로는 쓰기 어렵고, 다만 휘두르고 치는 용도로밖에는 쓸 수 없으니, 당연히 상당한 완력의 소유자에게나 어울릴 물건이었다.

　그러나 당연히 예인후는 알지 못했다, '그 물건'이 철민의 매봉에 비해서는 여전히 가볍다는 사실을.

　'그 물건'에 대해 예인화는 오히려 철민보다도 더욱 관심을 보였다. 철민에게 들고 있으라고 해놓고는 세세히 살피는 중에, 그녀는 결국 '그 물건'의 손잡이 부분 끝에 각인된, 자세히 살피지 않으면 알아보지 못할 작은 글자 하나를 발견해 냈다. '중(重)' 자였다. 그것을 근거로 예인화는 간단히 이름 하나를 만들어냈다.

　묵중(墨重)!

5

예인후 남매가 간 다음 철민은 문득 엉뚱한 충동 하나를 느꼈다. 그 물건, 묵중 때문이었다. 갑자기 한번 휘둘러보고 싶다는 생각이 든 것이었다. 수호천에 온 이후로 줄곧 갇혀 지내다시피 했으니, 문득 그간의 답답함을 그렇게나마 한번 풀어보고 싶은 심정이었다, 후련하게.

그러나 마음이야 그렇더라도 정말로 후련하게 돌려볼 처지는 못 되었다. 힘은 어떻게 내볼 수 있을 것 같은데, 역시 몸의 뼈마디들이 못 따라줄 것이 문제였다. '재활운동'을 하는 중에도 아직 무리해서는 안 된다는 주의를 수시로 받는 형편이니 그저 조심조심 흉내나 내보는 수밖에.

느릿하게 횡으로 묵중을 움직여 보다가 철민은 움찔 멈추고 말았다. 그 별것 아닌 몸짓에 몸 어딘가에서,

뚝!

하는 소리가 들렸기 때문이다. 그러나 단지 뼈마디가 가볍게 꺾이는 소리일 뿐 어디에 문제가 생긴 것 같지는 않았다.

기왕에 시작한 것, 철민이 이번에는 좀 더 빠르게 묵중을 돌렸다.

획!

묵중의 기다란 묵신(墨身)이 허공을 가르면서 제법 공기 가르는 소리를 냈다.

휙! 휘익!

두어 번을 더 돌리다 보니 묵직한 느낌이 손에 착 달라붙었다, 마치 매봉을 휘두를 때처럼.

묵중에 조금씩 속도가 더해지면서 철민의 흥도 커졌다.

붕! 붕! 붕!

문득 철위강의 목소리가 들리는 듯도 했다.

"거 기왕 휘두르는 김에 어디 제대로 한번 휘둘러보게!"

피식 웃으며 철민이 혼잣말로 물었다, 그때처럼.

"어떻게 휘둘러야 제대로 휘두르는 겁니까?"

그러자 기다렸다는 듯이 기억의 편린들이 와르르 쏟아져 나왔다.

"빠르게!"

"좀 더 빠르게!"

"더 빠르게! 지금 눈앞에서 화살이 날아온다고 생각해 보게! 그렇게 느려서야 어떻게 화살을 쳐낼 수 있겠나?"

"더! 더!"

아마도 그리움일 것이다.

"그래, 이까짓 방망이나 휘두르는 걸로 강해진단 말입니까?"

철민이 묻자, '그리움' 이 대답했다.

　"아우의 놀라운 힘과 임기응변, 그리고 매봉의 강력함이 적절하게 조화를 이룬다면 내공이 없어도, 정교한 초식이 없어도 그것들만으로도 아우는 강해질 수 있네."

　'그리움' 이 자꾸만 희미해지려고 했다. 그 끝자락이라도 붙잡기 위해 철민은 더욱 빠르게, 힘차게 휘둘렀고, 그에 따라 묵중이 허공을 가르는 소리도 거세게 변해갔다.

　붕! 붕! 부웅! 부우웅!

　어느 순간 내부에서 시원하기도 하고 뜨겁기도 한 기이한 활력이 솟구쳤을 때, 철민은 '휘두르는 것' 을 넘어 흐름을 타기 시작했다.

　우우웅! 우우웅!

　소리가 길어지고 깊어질 때, 철민을 중심으로 묵중의 거뭇거뭇한 그림자들이 생겨나고 있었다, 마치 환상처럼.

　철민은 자신이 이상한 환상 속으로 빠져들고 있다고 느꼈다. 그러나 언젠가 한번 겪어본 적이 있는 환상이었기에 이상한 중에서도 조금은 익숙한 느낌이었다.

　시간이 흐르고 있었다, 그때처럼. 한 시간, 두 시간, 세 시간, 네 시간… 하루, 이틀, 열흘, 일 년, 이 년… 마구 흘러가다가 어느 순간에는 다시 거꾸로 이 년, 일 년, 열흘, 이틀, 하루로 되돌아왔다가, 또다시 하루, 이틀, 열흘, 일 년, 이 년… 그러다 마침내 시간은 사라져 버렸다.

철민은 얼마나 길고 광활한지도 모를 몰입의 공간 속에 존
재하였다. 그 속에서 그는 휘두르고 있었다. 여전히, 무수히,
끝없이.

6

[그만! 그만 멈추세요!]
어디선가 아득히 울리는 소리에서 철민은 언뜻 몰입에서 빠
져나올 수 있었다. 그러나 완전히 빠져나온 것은 아니어서, 그
는 여전히 그의 앞에서 펼쳐지고 있는 상황을 주재(主宰)하지
못하고 그저 구경만 해야 하는 객체(客體)일 뿐이었다.
우우우웅!
매봉은 숫제 울부짖고 있었고, 그의 주변 허공에는 몇 개나
되는 매봉이 마치 살아 있기라도 한 것처럼 번뜩거리며 허공
을 돌아다니고 있었다.

"그만 멈추라니까!"

'그리움' 이 외쳤고, 그 소리는 마치 거대한 종의 울림 같았
다.
철민은 당장 멈추어야겠다고 생각했다. 그러나 그는 여전히
객체일 뿐이었다.
우우우우우웅!

매봉의 시커먼 그림자 군(群)이 미친 듯이 울부짖으며 이윽고는 '그리움'을 덮쳐들었다, 거대한 해일처럼.

"안 돼!"

비명처럼 부르짖음을 토하며 철민은 겨우 멈출 수 있었다. 그의 손에 들린 것은 매봉이 아니었다. 묵중이었다.

아슬아슬하게 멈춘 묵중 앞에 새파랗게 질린 얼굴 하나가 부들부들 떨며 서 있었다. 예인화였다.

예인화가 공포에 질린 얼굴에서 울음을 터뜨리고 말 듯한 얼굴로 변하더니, 다시 철민의 놀라고 당황한 눈과 마주친 다음에는 곧바로 질책부터 쏟아냈다.

[제가 무리하면 안 된다고 했잖아요? 부러진 뼈들이 이제 겨우 붙었는데, 그동안의 노력을 한순간에 허사로 만들고 말 셈인가요?]

철민으로서는 변명으로라도 할 말이 있을 리 없는데, 금세 담담한, 아니, 담담함이 지나쳐 사뭇 차가운 얼굴이 된 예인화는 연이어 강단있는 심동을 토해냈다.

[묵중은 압수니까 그런 줄 아세요!]

그런 줄 알라니 그런 줄 알 수밖에. 철민이 따르지 않을 도리가 없었다.

그러나 압수라고 해봐야 그냥 방 한구석에다 두는 것이었다. 예인화가 허락(?)할 때까지는 손도 못 댄다는 전제로.

안 지켜도 되고 안 지키고 지켰다고 속일 수도 있는 일이겠지만, 철민은 웬만하면 지킬 생각이었다.

여전히 '강단있는' 기색으로 휙 몸을 돌려 방을 나가려던 예인화가 문득 다시 몸을 돌리며 물었다.

[방금 그게 뭐죠?]

"응? 방금 뭐?"

[묵중으로 펼쳤던 초식 말이에요?]

"초식? 뭔 초식?"

[자꾸 딴소리할 거예요? 지금 이 난장판이 안 보이세요?]

그러고 보니 방 안은 온통 난장판이었다. 여기저기 기물들이 흩어지고 부서지고 찢어지고 아주 난리였다. 이렇게 되기까지 어떻게 모를 수가 있었던 건지, 철민이 쓰게 입맛을 다시며 대답했다.

"그게… 매봉파(魅棒破)라고 하는 건데… 무슨 초식 같은 건 아니고 그냥……."

[매봉파요?]

예인화가 잠시 곱씹어 보는 듯하더니 이내 차가운 울림을 전해왔다.

[내일 아침에 당신에게 적합한 몇 가지의 동작들을 조합해 올 테니까 당분간은 재활훈련을 좀 더 하도록 하세요!]

일방적인 '지시'를 남긴 예인화는 찬바람이 나도록 휙 돌아서서는 방을 나가 버렸다.

철민은 차라리 피식 웃고 말았다. 저 정도의 당돌함쯤이야 얼마든지 용서해 줄 수 있었다. 귀엽잖아? 예쁘잖아?

　난장판을 대충 정리하고 나서 침상에 누웠을 때, 철민은 문득 전신을 휘도는 싸한 느낌에 쾌적한 기분이 되었다. 아마도 전신에 땀이 배었던 모양인데, 그것이 식으면서 나는 느낌인 모양이다. 느낌만으로는 그의 몸은 이제 다 말짱해진 것 같았다. 활력이 넘치다 못해 온몸 구석구석이 다 근질거리고 있으니 말이다.

　그런데 근질거림 때문이었을까? 철민은 문득 혈도에 대해 떠올리게 되었고, 나아가 예인화가 열강(熱講)했던 혈도와 미세 혈도들—이름은 모르겠지만 그 위치와 각각의 특성은 철민 자신도 놀라우리만치 제법 선명히 기억에 남아 있었다—중에서 임의로 서너 개를 정해 지금 내부에 충만한 활력의 한 가닥을 움직여 볼 생각까지 해보게 되었다.

　물론 다만 생각이었을 뿐, 철민이 실제로 뭘 어떻게 해보자는 것까지는 아니었다. 그리고 그가 생각을 한다고 해서 생각대로 되기나 할 것인가? 혈도들 간에 기운을 움직이는 것이 곧 운기(運氣)라고 했는데, 철민이 예인화에게 '그런 거 모른다'고 했다가 '그런 것도 모르느냐? 고 핀잔을 먹었던 바도 있지 않은가?

　그런데 되고 있었다. 움직이고 있었다. 그가 생각한 혈도들을 따라 그가 하고자 하는 대로 한 가닥의 기운—예인화가 말한 바로는 진기겠지만—이 고분고분히 움직이고 있었다.

　철민은 곧바로 집중할 수 있었다. 그것은 마치 내부를 조용히 관찰하는 것과 비슷하였으니, 곧 일종의 관조라고 할 수 있었다.

　‘벽(壁)?’

　몸속에 존재하는 무형의 경계 같은 것을 발견하였을 때 철민은 언뜻 그렇게 생각했다. 그리고 바로 뒤이어,

　‘육벽(六壁)?’

　하고, 의문이라기보다는 단정에 가까운 짐작을 해보았다.

　지난번 그가 오벽(五壁)이라고 짐작했던 때의 경계와 유사한 것이었다. 즉, 전신에 분포한 힘과 활력을 포용하고 있는, 혹은 가두고 있는 무형의 무엇, 피부 아래 일 센티미터쯤에서 전신을 감싸고 있는 어떤 가상의 테두리, 또는 까마귀늙은이가 언급한 바 있는 ‘확장된 단전’ 일지도 모를 바로 그 경계였다.

　다만 그 경계는 지난번에 비해서는 아주 조금쯤 더 바깥으로 나와서, 이제는 피부의 바로 아래, 혹은 거의 피부와 같은 윤곽을 이루고 있었다.

　‘단정에 가까운 짐작’ 이라고 해서 혼란스럽지 않은 것은 아니었다. 사실은 지난번 오벽이라고 짐작을 했을 때부터, ‘칠벽(七壁)에 도달해서야 비로소 벽(壁)이 무슨 의미인지를 실제로 느낄 수 있게 된다’ 고 했던 까마귀늙은이의 말과는 무언가가

어긋나기 시작했던 것이다. 그때도 철민이 오벽에 대해 확신
은 하지 못하고 '그냥 그러려니', '아니면 말고' 하는 심정이
있었는데, 지금 육벽을 짐작함에 있어서는 그때의 불확실한
가설 위에 다시 또 하나의 가설을 세우는 것이니 혼란은 더욱
가중되는 느낌이었다.

  '위려려라면 확실히 알고 있을 텐데!'

  문득 그런 생각이 스쳤으나 철민은 이내 쓴웃음을 짓고 말
았다. 까마귀늙은이에게 그만큼 치를 떨었으면 되었지, 그 악
연을 다시 그 손녀에게까지 연장시키고 싶은 생각은 손톱만큼
도 없었다.

  그리고 생각해 보면 웃기는 얘기 아닌가? 그러한 모든 가설
이며, 혼란들이 결국은 '귀신 씻나락 까먹는 소리'로부터 시
작된 게 아니던가? 그렇다면 이제라도 정리하여 조금도 혼란
스럽지 않은 또 하나의 '귀신 씻나락 까먹는 소리'를 만들어
내면 될 일이었다.

  '그래! 이렇거나 저렇거나 난 이제 육벽에 도달한 것이다.
단전의 확장? 그래, 확장됐다고 해! 내 몸 전체가 이미 하나의
거대한 단전이 되어버려서 더 이상은 확대되고 말고 할 것도
없다고 해버려! 그냥 그렇게 정해 버려. 까마귀늙은이가 뭐라
고 했던 지금부터는 그냥 그런 것이라고 해버려! 제길! 아니면
말고! 앞으로 칠벽이니 팔벽이니 해서 새로운 상황이 벌어지
면 그때는 또 어떻게 할 거냐고? 훗! 귀신도 아닌데 그걸 난들
어떻게 알겠어? 한 치 앞도 모르는 게 사람 일이라고 하잖아?

사실은 뭐, 간단한 거 아니겠어? 나중에 문제가 생기면 그때는 또 그때에 맞는 새로운 '귀신 씻나락 까먹는 소리'를 만들어 내면 되는 거 아니겠어? 제기랄! 어차피 그 따위가 나하고 무슨 상관이야? 칠벽이든 팔벽이든 구벽이든, 아니, 백벽이라도 될 대로 돼라지! 이 귀신, 저 귀신, 천지간에 온갖 귀신 다 모여서 씻나락이나 졸라 까먹으라지!

우웅!

우우웅!

철민의 품속에서 천마비가 울었다.

'얘는 왜 또 갑자기 울고 난리야?

그러고 보니 철민이 수호천에 온 이후로 천마비가 우는 것은 처음이었다.

8

[고급의 초식은 당신에게 무리예요.]

다른 날보다 한참이나 일찍부터 와서 대뜸 한다는 소리가 그랬으니, 예인화를 보는 철민의 눈초리가 고울 리는 없었다.

그러나 꽝이니 최악의 자질이니 하는 소리를 이미 들은 바이니, 철민은 굳이 따지고 싶은 생각도 들지 않아서 묵묵히 듣고만 있었다.

[특히 하체의 움직임이 둔하니 차라리 하체를 굳건히 한 상태에서 상체 기술 쪽으로 집중하는 것이 최선이라고 판단했

재활(再活) 297

어요.]

그러면서 예인화가 한 뭉치의 종이 묶음을 펼쳐 놓는데, 맨 위의 종이부터 사람의 형체가 빽빽이 그려져 있었다.

"이게 뭔데?"

[초식설명도(招式說明圖)예요.]

"이걸 나보고 어떻게 하라고?"

[기껏 스물네 장밖에 안 돼요. 각 장마다 간단한 초식을 한 가지씩 세부 연결 동작으로 그렸으니까 어렵지도 않을 거고요. 오늘부터 연습해서 몸에 익숙해지도록 하세요!]

"참나! 아니, 내가 왜 그래야 하는데?"

[재활체조라고 생각하세요.]

"재활체조? 나 이제 괜찮은데? 다 나았다고, 어제 너도 봤잖아?"

[당신은 제 환자예요. 다 나았는지 덜 나았는지는 제가 판단해요.]

그러는 데야 철민이 더 할 말은 없었다.

"끙!"

답답한 된소리를 뱉으며 철민이 애꿎은 종이 뭉치에다 화풀이를 하듯이 펄럭펄럭 거칠게 넘겨보니, 어느 장 하나 그림으로 빽빽하지 않은 장이 없었다.

철민이 치밀던 화가 슬그머니 스러졌다. 이 많은 그림들을 그리려고 예인화는 아마도 밤을 새웠을 것이기에.

철민은 굳이 초식설명도에 얽매이지 않고서 그가 이해하고
쉽고 받아들이기 편리한 쪽으로 초식들을 변형시켜 버렸다.
그나마 예인화의 성의에 대한 억지 시늉이었고, 또한 요령이
었다.

그런 까닭에 그가 펼치는 초식들은 중간중간 어색하였고,
매끄럽지 못하였고, 때로는 흐름이 끊어지기까지 하였다.

그럼에도 불구하고 예인화는 아주 약간의 개입을 하는 외에
는 대부분의 경우 그저 묵묵히 지켜보기만 하였는데, 그런 모
습에서 그녀는 마치 이제야말로 철민이 지닌 자질과 능력의
한계를 인정하고, 아울러 그녀와 철민 간의 소통의 한계 또한
인정하고야 마는 것처럼 보이기도 했다.

9

예인후는 진작부터 방 안에 들어와 있었는데, 그가 탁자 위
에 펼쳐진 그 한 묶음의 종이들을 뒤적여 보는 동안에도 예인
화와 철민은 그에게 신경조차 쓰지 않고 있었다.

종이 뭉치에 그려진 그림에서 세밀하게 묘사된 동작들 하나
하나는 예인후에게 어딘가 익숙한, 그러나 딱히 어떤 초식이
라고 단정하기는 어려운 것들이었다. 이를테면 권(拳), 장(掌),
지(指), 금나(擒拿) 등의 일반적이고도 기초적인 초식들에서 부
분부분의 동작들을 따서 조합시키고 연결시켜 놓은 것이었다.

그런데 그 동작 요소들의 조합과 연결이 예인후가 보기에는

도무지 이치에 맞지가 않았다. 우선 각(脚)이나 퇴(腿)의 수법이 전혀 없다는 것과 보법의 묘를 아예 적용하지 않고 있다는 점은 극단적으로까지 보였다.

뿐만이 아니었다. 그림의 초식들에는 공수(攻守)의 배합과 강약완급(强弱緩急)의 조정이라는, 무공의 가장 기본적이면서도 결코 빠져서는 필수적인 이치들이 철저하게, 아니, 어찌 보자니 의도적으로 완전하게 배제되어 있어서, 처음부터 끝까지 오로지 공(攻)과 강(强)과 급(急)의 요결로만 일관되게 몰아쳐 가고 있었다. 무학의 상도(常道)를 크게 벗어나 극단의 편격(偏格)을 취하고 있는 것이다.

물론 한 가지 조건만 확실히 전제가 된다면 그 같은 편격이 통할 수도 있을 것이다. 바로 힘의 절대적 우위다. 즉, 초식의 시전자가 상대에 비해 확실한 힘의 우위에 있다는 가정이라면, 그림의 초식들은 오히려 절대적인 위력을 발휘할 수도 있을 것이다. 그러나 강호의 그 누가 있어 그러한 조건을 감히 전제할 수 있을 것인가?

아직도 은은한 묵향(墨香)이 남아 있는 것으로 보아 그림들은 예인화가 급조해 냈으리라는 짐작이 충분히 되었다. 그녀가 실제의 무공은 일초반식도 익혀본 적 없이 서책으로만 잡다한 무공들을 접했으니, 지금 그림 상의 급조된 초식들이 어설프지 않으면 오히려 이상할 것이었다.

이상한 것은 오히려 철민이었다. 백강, 그중에서도 서열 십위의 고수인 그가 어설픈 '급조된 초식'들을 더욱 어설프게

펄쳐 내고 있는 광경에 대해 예인후는 이상하다는 것을 넘어
차라리 실소를 지을 수밖에 없었다.

　예인후는 조용히 방을 나갔다. 그러나 예인화와 철민은 여
전히 눈길조차 주지 않았다.

10

　우웅! 우우웅!
　품속에서 천마비가 울기에 철민이 다독이듯이 가만히 가슴
을 누르는데, 예인화가 문득 물었다.
　[뭐죠?]
　철민이 언뜻 놀랐으나, 천마비의 울음을 그 외의 다른 사람
이 들을 수 있는 것은 아니라고 생각하였기에,
　"뭐가?"
　하고 가볍게 의뭉을 떨었다.
　[당신 품속에서 울리는 소리 말이에요.]
　예인화가 다시 묻는 소리에 철민이 이번에야말로 정말로 놀
라고 말았다.
　"들려?"
　[꼭 칭얼대고 있는 것 같네요? 대체 뭐죠?]
　"천마비란 놈이야."
　[아아!]
　천마비를 받아 들고 신기한 듯이 이리저리 살피고 있는 예

인화를 보고 있다가 철민이 불쑥 말을 뱉었다.

"그거 너 가질래?"

예인화가 흠칫 놀라는 기색이더니 이내 사뭇 복잡한 눈빛이 되며 물었다.

[가지고 싶다면 정말로 줄 건가요?]

"그동안 날 보살펴 준 데 대한 작은 보답이라도 되었으면 해."

철민의 진심이었다. 이제 몸도 거의 회복이 되었고, 까마귀 늙은이의 손녀에게 신물도 전했으니 그는 조만간에 수호천을 떠날 생각을 하고 있었다. 까마귀늙은이가 남긴 저주 따위는 애초부터 별 개의치도 않았으니 조금이라도 미련이 있을 까닭이 없었다. 다만 예인후 남매에게 큰 은혜를 입은 것이 마음의 짐으로 남을 것이나, 이곳에 계속 머문다고 딱히 보답을 할 수 있는 것도 아니고 오히려 폐만 더 끼치게 될 게 뻔했다. 그리하여 지금 그가 지닌 것 중 가장 가치가 있다고 할 천마비를 예인화에게 주려는 것이었다.

"사람들 말로는 꽤나 귀한 보물이라고 하던데, 뭐, 나한테는 크게 쓸모도 없는 물건이야. 괜히 곤란한 일이나 생길 뿐이고 말이야."

예인화가 너무 빤히 그의 눈을 들여다보고 있었기에 철민이 계면쩍은 마음에 괜한 말을 만들어냈는데, 그 말에 반응이라도 하듯이 천마비가 긴 울음을 토해냈다.

우웅! 우우우우웅!

예인화가 얼른 천마비를 내밀었다.

[천마비가 당신에게서 떨어지기를 원하지 않는 것 같군요.]

철민이 웃으며 손을 저었다.

"그게 아니고, 널 반기는 걸지도 모르지. 나 외에 이놈이 우는 소리를 들은 건 네가 처음이거든? 그건 곧 이놈이 너와도 통하는 데가 있다는 거 아니겠어?"

그러나 그는 이내 나직한 혼잣말로 투덜거리고 말았다.

"제기랄! 내가 지금 도대체 뭔 소리를 하고 있는 거야?"

해놓고 보니 새삼 말이 안 되는 소리들일 뿐인데, 이제는 그러한 것들이 당연하기라도 한 것처럼 아주 태연스레 받아들이고 있는 데 대한 뒤늦은 경각이었다.

[천하의 보물에는 각기 정해진 주인이 있다고 하더군요. 제가 보건대 천마비의 주인은 바로 당신이에요.]

예인화가 철민의 손에다 가만히 천마비를 쥐어주었다.

스치는 그녀의 손길이 참으로 보드랍고 따뜻하였기에 철민이 차마 힘으로 밀어내지는 못하고 입으로만 불만인 체하였다.

"주면 그냥 받지 뭐가 그렇게 까다로운지, 원!"

예인화의 얼굴에 방긋한 미소가 떠올랐다.

[훗! 그럼 우리 공유하는 걸로 할까요?]

"공유? 같이 가지자는 거야? 천마비는 하나뿐인데 어떻게 그러냐?"

[천마비는 신령(神靈)을 지닌 물건이에요. 그 신령은 천마비가 스스로 선택한 주인과만 교감을 할 것이고요. 그런 점에서 저는 굉장한 행운을 잡은 셈이에요. 당신 덕분에 천고의 보물

과 교감을 하는 기연을 경험하고 있으니까요.]

"내 덕분이라고?"

[제가 당신과 심동으로 통하는 까닭에 당신을 매개로 해서 천마비의 신령과도 제한적이나마 어느 정도의 영적 교감을 이룰 수 있는 게 아닌가 여겨지네요.]

철민이 고개를 흔들고 말았다. 얘기가 그런 쪽으로 이어지자 이내 머리가 혼란스러워졌다.

[천마비를 갈무리하세요. 그리고 앞으로는 누구에게도 보여주지 마시고 말도 하지 마세요.]

예인화가 정색으로 말하고는 이어,

[오직 저하고만 공유하는 거예요?]

하고 덧붙이는데, 그녀의 두 뺨에 언뜻 발그레하니 연분홍의 홍조가 드리우는 것 같았다.

그 모습에 철민이 아무 생각도 나지 않아서 그저 고개만 끄덕끄덕하고 말았다. 그러나 역시 괜한 오해는 사절이다. 그저 예뻐서 그런 것뿐이니까.

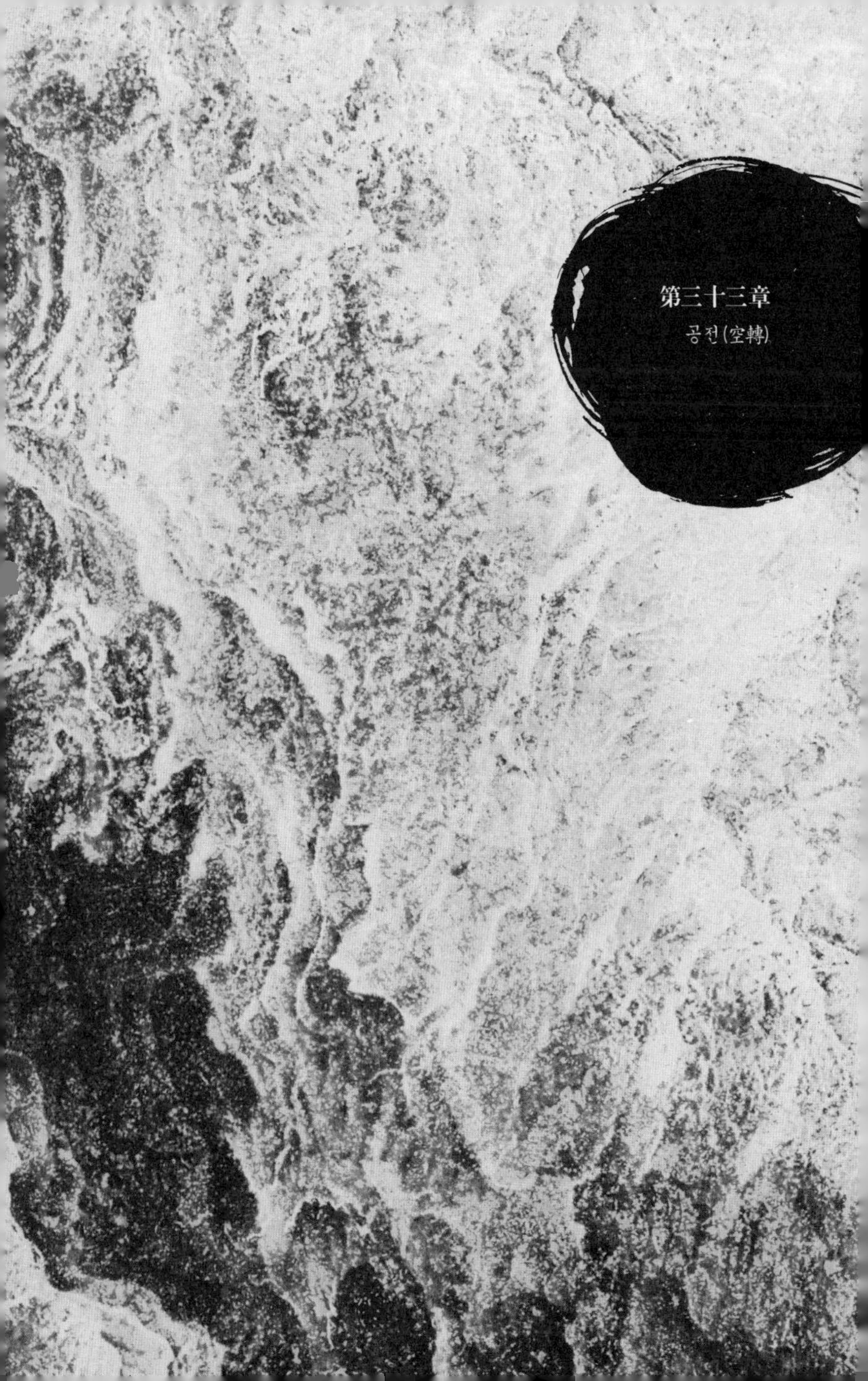
第三十三章
공전(空轉)

몽상가

1

2월도 이제 며칠 남지 않았다. 그럼으로써 전훈도 어느덧 막바지로 접어들고 있었다.

점심으로 국수가 나와서 두어 젓가락 만에 해치우고 나니 시간이 좀 남았기에, 철민은 손강호와 함께 숙소로 올라왔다. 잠시 쉬었다가 운동장으로 나갈 요량이었다.

철민이 세면대에서 거울을 보는데, 코밑과 턱 아래로 제법 덥수룩하게 자라 있는 수염이 문득 낯설었다. 낯설다? 그러고 보니 그동안 거울 보는 일조차도 많이 소홀했으니 수염을 깎은 적이 한 번도 없었다.

하긴 철민은 원래 수염이 빨리 자라는 체질이 아닌데다, 전지훈련을 와서는 귀찮기도 하고 또 어차피 사무실에서 근무하는 것도 아닌데 정돈된 얼굴을 하고 있어야 할 필요성이 없기도 했다.

띠리링! 띠리리링!

핸드폰의 폴더를 열자 장 감독의 급한 목소리가 들렸다.

"김 팀장! 빨리 옷 챙겨 입고 현관 쪽으로 와!"

"예? 무슨 일입니까? 곧 경기해야 할 시간인데?"

"허! 진짜 모르고 있나 보네? 지금 경기가 문제가 아니야! 지금 구단주가 이리로 오고 있다고!"

"구단주가요? 왜요?"

"허참! 난들 아나? 나도 방금 전에 그 이종성 과장인가 하는 친구한테 급하게 전화를 받았구만. 하여튼 한 시간 전에 김해 공항에 내려서 지금 차로 이동하고 있는 중이래. 그러니까 빨리 내려오라고! 그래도 구단주가 온다는데 영접하는 시늉은 해야 할 테고, 그러자면 김 팀장하고 나밖에 더 있어?"

당황스럽기보다는 의아한 심정이었으나 철민이 일단은 알겠다 하고 전화를 끊었다. 그때 옆에서 듣고 있던 손강호가 빠르게 물었다.

"팀장님, 저는 어떻게 해야 합니까?"

오히려 당황한 듯한 그 모습에 철민이 괜히 피식 웃음이 새려는 것을 참았다. 하긴 내내 구단 직원으로 일해온 손강호에게 구단주는 최고로 높은 사람이었다. 게다가 지금까지 한 번도 본 적이 없는 구단주를 갑자기 상면해야 한다는 상황은 그에게 충분히 당황스럽고 긴박할 것이다.

"저하고 장 감독님이 영접을 나가면 되니 손 대리는 그냥 경
기에 나가세요."
"구단주님이 오시는데 제가 그래도 되겠습니까?"
"편하게 생각하세요. 그리고 서류상으로 우리는 이제 구단
직원이 아니라 선수 신분인데, 구단주가 오고 가는 것과 상관
없이 열심히 훈련에 매진하는 것이야말로 당연한 본분이겠
죠."

2

인근 공단에 소재하는 계열사의 총무팀으로부터 구단주가
곧 도착한다는 연락이 있었기에 철민은 장 감독과 함께 리조
트 현관에 나와 기다리는 중이었다.
지금 스스로의 심정이 어떤 것인지에 대해 철민은 조금 혼
란스러웠다, 반가운지 어색한지. 그러나 금세 '반가울 것도 어
색할 것도 없다!' 는 쪽으로 편하게 심정을 정리했다. 한영주와
그는 다만 구단주와 현장지원팀장의 관계일 뿐이고, 다시 지
금에 와서는 그가 좀 전에 손강호에게 해주었던 말을 자신에
게도 그대로 적용시켜 '서류상으로는 구단 직원이 아니라 선
수 신분' 일 뿐이었으니까.
검은색 중형승용차 한 대가 와서 멈췄다. 조수석에서 재빨
리 내린 회사 유니폼의 남자 하나가 뒷문을 열었고, 이어 그녀
가 내렸다.

순간 철민은 눈이 부셨다. 그녀 뒤로 드리운 한겨울의 차가운 빛살 때문이었을까? 그녀는 여전히 아름다웠다.

'나와는 상관없는 아름다움이다.'

철민은 짧게 생각을 정리했다. 그것이 주문이라도 된 듯이 순간 그녀의 아름다움은 그와 사뭇 동떨어져 갔다. 그리고 철민은 차라리 담담해질 수 있었다. 혹은 '담담한 체' 할 수 있었다.

이종성 과장이 뒤늦게 전화를 걸어 장 감독에게 알릴 수밖에 없었던 것이, 한영주가 구단에조차 알리지 않고 출발을 해놓고서 김해공항에 도착하고 난 뒤에야 계열사에 차량 협조를 구함으로써 계열사에서 비서실로, 다시 비서실에서 혁신본부 쪽으로 연락이 갔으리라는 추론을 철민은 해보았다, 쓸데없이도.

하여간에 한영주는 이래저래 여러 사람을 피곤하게 만드는 여자였다. 물론 그녀 자신은 자신 때문에 그처럼 여러 사람이 피곤하게 된다는 사실 자체를 알지 못할지도 모르지만.

'저 아가씨가 구단주야?'

묻는 눈짓을 하며 장 감독이 철민의 옆구리를 툭 건드렸다. 이미 모든 상황에서 굳이 물을 것도 없겠건만, 그리고 구단주가 젊은 아가씨라는 것을 알고 있으며 통화까지 해본 적이 있는 장 감독이었지만, 그래도 직접 보는 것은 처음이기에 미인에다, 글래머에다, 디럭스하고 럭셔리하여 연예인 같은 분위기를 내는 한영주와 그가 생각했던 구단주의 이미지 사이에서 상당한 괴리를 겪고 있는 모양이었다.

어쨌든 철민은 굳이 대답을 할 필요 없이 한영주에게로 가서 가볍게 고개 숙여 인사하는 것으로써 그녀가 과연 D 불스 구단의 구단주라는 사실을 간단하고도 명확하게 확인시켜 주었다.

3

한영주는 장 감독의 안내를 받으며 굳이 운동장으로 나갔다. 날씨도 춥고 그냥 자체 연습 경기일 뿐이니 직접 보실 것까지는 없다고 장 감독이 만류를 해보았지만, 한영주는 고집을 꺾지 않았다.

"그래도 여기까지 와서 선수들 훈련하는 모습도 안 보고 그냥 가면 되나요?"

딴에는 맞는 말일 수도 있지만, 지금의 상황으로는 안 맞는 말에 더 가깝기에 철민 또한 만류하고 싶었다. 선수들이 구단에 대해 어떤 감정을 가지고 있는지 지난 한 달 가까이 직접 몸으로 체감한 그가 아니던가?

그러나 한영주, 아니, 구단주가 굳이 선수들을 보겠다는데 굳이 안 된다고 말릴 명분은 철민에게 또 없었다. 직원 된―혹은 직원이었던―입장으로서, 그리고 선수된 입장으로서도.

운동장에 홀연히 나타난 젊은 아가씨, 그것도 눈에 확 들어

오는 늘씬한 글래머의 미인에게 젊은 청춘들의 시선이 확 집
중되었다.

그러나 잠시뿐이었다. 그 늘씬한 미인이 바로 구단주라는
사실이 감전되는 것처럼 알려지고 나서 선수들은 곧바로 무심
해졌다. 아니, 무심한 체를 했다. 구단주가 왔다고 아는 체도,
더 열심히 하는 체도 하지 않았다. 오히려 평상시와 조금도 다
르지 않으려고 애를 쓰는 듯이 보였다. 그래도 구단주이니 대
놓고 적대감이나 불만을 표시하지는 못하고, 그렇게 무시라도
해보려는 걸까?

한영주는 오히려 선수들의 '성실성' 에 대해 상당히 만족해
하는 것 같았다.

철민은 한영주를 선수들이 덕 아웃으로 애용하는 곳에서 조
금 떨어진 스탠드로 안내하여 경기를 관람하도록 했다. 거기
에는 선수들의 적개심에서 그녀를 보호하려는 의식이 그 자신
도 모르게 작용했는지도 모를 일이었다.

한영주는 금방 시들해하는 기색이었다. 하긴 야구단의 구단
주라고 해도, 그녀가 막상 야구 자체를 지극히 좋아하거나, 혹
은 잘 알거나 하는 것도 아니고, 더욱이 춥고 황량한 운동장에
서 관중 하나 없이 벌어지는 훈련 경기에 무슨 대단한 재미가
있을 것도 아니었다.

그러나 어쨌든 공수 체인지 하는 광경은 한번 보고 갈 생각
인지 그녀는 쉽게 자리를 뜰 기색이 아니었다.

'혹시 엿 먹이는겨?

오늘따라 뭔 놈의 경기가 그렇게나 늘어지는지 한참이나 지켜보고 나서야 겨우 원아웃이 되었다.

퍼뜩 드는 생각에 철민이 슬쩍 한영주를 돌아보니 그녀의 말갛던 뺨에는 약간의 푸른 기운까지 돌고 있었다. 그리고 추위에 떠는 기색이 역력하였다.

철민은 아무 말 없이 그녀의 곁을 떠났고, 그런 철민에 대해 한영주는 언뜻 기분 상한 표정이 되고 말았다. 그렇더라도 어디를 가냐고 묻거나 하지는 않았다.

덕 아웃으로 간 철민은 대뜸 손강호에게 옷을 벗으라고 했다.

손강호가 황당하다는 기색이더니 슬쩍 한영주 쪽을 가리키는 철민의 가벼운 눈짓 한 번에 곧바로 눈치를 채고는 후다닥 점퍼를 벗었다. 두툼한 방한 후드가 달린 보온 점퍼였다.

점퍼를 건네는 손강호의 얼굴에 언뜻 홍조가 드리우는 걸 보면서, 그가 마치 자신의 체온이 담긴 점퍼로 미인의 몸을 감싼다는 사실에 가슴 설레는 사춘기 소년 같다는 생각을 철민은 언뜻 했다.

'그래? 그렇다면야…….'

내친김에 손강호가 깔고 앉은 미니 방석까지 챙겨서 철민은 다시 한영주에게로 돌아갔다.

점퍼를 건네자 잠깐 멈칫하는 기색이더니 한영주는 이내 받아서 어깨 위로 걸쳤다. 그리고 배시시 웃으며 말했다.

"따뜻하네요!"

철민이 바닥에다 미니 방석을 깔았다.

"이제 원 아웃이니 공수 교대까지는 아직 한참 더 있어야 할 겁니다. 잠깐 앉으세요."

한영주가 군말없이,

"예!"

대답하고는 다소곳이 앉았다.

철민도 그 옆 시멘트 바닥에 앉았다. 그리고 두 사람은 말없이 경기를 지켜보았다.

4

"우~!"

덕 아웃에 있던 선수 중 누군가가 나직하게 소리를 질렀는데, 꼭 야유를 하는 것 같았다. 나란히 스탠드에 앉아 있는 철민과 한영주에 대해,

'이 추운 운동장에서 무슨 같잖은 짓거리들이냐?

하는 야유일까? 혹은 구단에 대한 불만과 적개심을 결국 그런 식으로라도 표출하는 것일까?

그런데 야유(?)가 있고 난 뒤 곧바로,

"아자~! 자자자자자~!"

하고 누군가 한껏 박력을 담아서 외쳤다. 회이팅을 외치는

소리였다.

철민은 문득 피식 웃고 말았다. 그 외침의 타이밍 상, 마치 좀 전의 야유 또한 기실은 야유가 아니라 화이팅을 외치는 소리였다고 얼렁뚱땅 넘어가려는 의도가 있어 보였기 때문이다. 그리고 그것이 바로 손강호의 외침이었기에 그런 '의도'를 의심할 여지는 없어 보였다.

그런데 철민이 웃는 의미를 알 리 없겠건만, 한영주가 괜히 따라서 배시시 웃고 있었다. 필시 그 '괜한' 웃음 때문이었을 것이다,

"결혼은 언제 합니까?"

하고 아무 생각도 없이 철민이 불쑥 내뱉고 만 것은.

철민이 머리가 어지러울 정도로 자책을 하고 있는데, 다행히도 한영주는 참으로 어이없는 그 질문에 대해 가벼운 농담쯤으로 받아주었다.

"훗! 글쎄요! 결혼이 어디 혼자 하는 건가요?"

"약혼자가 있지 않습니까?"

해놓고 나니 또 주제넘은 짓이라 철민은 다시금 자신의 가벼운 입을 원망하였다.

그런데 한영주는 이번에야말로 마음이 상했는지 팩 토라진 얼굴로 쌀쌀하게 받아쳤다.

"약혼자요? 누가 약혼을 했대요?"

주고받는 말이 그쯤에 이르렀으면 철민이 짐짓 멋쩍은 듯이 뒤통수라도 긁으면서 '아, 그러세요?' 하고 대충 물러나야 맞

는 것인데, 생각은 그래야겠다고 하면서도 철민이 막상 이상하게도 다시 캐묻듯이 말을 뱉고 말았다.

"지난번에 약혼한다고……?"

"뭐예요? 도대체 언젯적 얘기를 지금 하세요?"

"……?"

"사정이 있어서 미뤘어요, 한 일이 년쯤 뒤에 다시 생각해 보기로."

차갑고 어색하기 짝이 없는 침묵이 잠시간 흘렀다. 그동안 운동장의 선수들조차도 움직임을 멈춘 듯했고, 사방의 모든 것이 덩달아서 정적에 들어가 버린 듯했다.

"혹시 야구단 때문입니까?"

"꼭 그런 건 아니에요. 그렇지만… 사실 그렇기도 해요."

몇 숨 만에야 어렵게 한마디씩을 주고받은 뒤 두 사람은 다시 침묵을 지켰다. 그리고 침묵이 견디기 어려울 정도로 부담스러워질 때쯤 철민이 뭔 말이라도 해야 되겠다 싶은 압박감에 겨우 말을 꺼냈다.

"왜 말 안 했어요?"

그러나 말이 입 밖으로 나가는 것과 동시이다시피 철민이,

'아차! 내가 오늘 왜 이러나?

하고 말았다. 그런데 한영주가 픽 웃더니, 마치 코미디 대사라도 읊듯이 받았다.

"언제 물어보기나 했어요?"

철민이 머쓱해지고 말 때, 한영주가 다시 혼잣말처럼 나직

이.중얼거렸다.

"기껏 말해줄 때는 술에 떡이 되어 있더니……."

그 말을 잘 듣지 못하여 철민이,

"예?"

하고 목소리를 조금 높였는데, 그것이 돌연히 화라도 돋우었다는 것처럼 한영주가 갑자기 날카롭게 쏘아붙였다.

"그런 걸 내가 왜 일일이 김 팀장님께 말해야 해요?"

철민이 움찔하고 말았다. 그러고 보니 지금 두 사람은 꼭 싸우고 있는 것 같았다. 아닌 게 아니라, 그때부터 둘의 대화는 조금씩 삐딱해져 갔다.

한영주가 애써 진정하고 난 다음에 화제를 바꿀 요량으로,

"요즘 어떠세요?"

하고 물었을 때는 철민이,

"제 주제에 어떻고 말고 할 거나 있겠습니까? 그저 그럭저럭 살고 있는 중입니다."

하고 대답해 버리는 식이었다.

"염세주의자라도 되셨나 보군요?"

"염세주의자요? 하긴 멀쩡히 직장 생활 잘하던 사람이 하루 아침에 팔자에 없는 프로야구 선수가 되었으니 염세주의자가 될 만도 하지 않습니까?"

"홍! 드라마틱하군요."

"글쎄요. 드라마를 보는 사람의 입장에서야 드라마틱이니 뭐니 할지 몰라도, 막상 드라마 안에서 움직여야 하는 입장에

서는 조금도 매력이 없는 각본이죠."

다시 잠시의 어색한 침묵이 있고 난 다음, 이번에 두 사람의 대화는 다시 조금 더 이상한 쪽으로 변질(?)되어 갔다.

"수염은 왜 길렀어요?"

한영주의 난데없는 트집성 발언에,

"그냥요!"

철민이 무성의하게 툭 내뱉고,

"별로 어울리지도 않는구만."

한영주가 핀잔을 주고, 다시 철민이,

"어차피 잘생긴 얼굴도 아닌데 어울리고 말고 할 것도 없습니다."

하고 틱틱거린다.

"무슨 현실 불만 같은 거 있으세요?"

"그런 거 신경 쓸 의욕도 없습니다."

"남자가 되어가지고 왜 그래요? 뭐가 마음에 안 들면 안 든다고 당당하게 말을 하고, 불만이 있으면 불만이 있다고 시원스럽게 털고 푸는 게 남자답지, 구질구질하게 수염이나 기르고……."

"남이야 불만이 있든 말든, 수염을 기르든 말든 댁이야말로 웬 상관이십니까?"

"뭐예요? 지금 나보고 댁이라고 했어요?"

"……!"

한영주는 갑작스럽게 가버렸다.

쌩!

찬바람을 남기고서. 결국은 이래저래 여러 사람 피곤하게
만들어놓고서.

「몽상가」 4권에서 계속…